研磨时光

张云波 ◇ 著
YANMO SHIGUANG

全国百佳图书出版单位
时代出版传媒股份有限公司
安徽人民出版社

图书在版编目(CIP)数据

研磨时光/张云波著. —合肥:安徽人民出版社,2016.7
ISBN 978 - 7 - 212 - 09182 - 8

Ⅰ.①研… Ⅱ.①张… Ⅲ.①散文集—中国—当代 Ⅳ.①I267

中国版本图书馆 CIP 数据核字(2016)第 159509 号

研 磨 时 光

张云波　著

出 版 人:朱寒冬　　　　　　　　　　责任印制:董　亮
责任编辑:李　莉　　　　　　　　　　装帧设计:刘海亚

出版发行:时代出版传媒股份有限公司 http://www.press-mart.com
　　　　　安徽人民出版社 http://www.ahpeople.com
　　　　　合肥市政务文化新区翡翠路 1118 号出版传媒广场八楼　邮编:230071
　　　　　电话:0551 - 63533258　0551 - 63533259(传真)
制　　版:合肥市中旭制版有限责任公司
印　　制:安徽联众印刷有限公司

开本:710×1010　1/16　　印张:16.5　　字数:300 千
版次:2016 年 8 月第 1 版　　2016 年 8 月第 1 次印刷

标准书号:ISBN 978 - 7 - 212 - 09182 - 8　　　　定价:38.00 元

版权所有,侵权必究

序

张云波先生的《研磨时光》即将由安徽人民出版社出版了,翻阅着散发着墨香的清样,心里为作者感到高兴。作者是一位特级教师,在繁忙的教学之余笔耕不辍,如今他的心血之作即将结集出版,与读者见面,自然是一件令人欣喜的事。

张云波的创作内容广泛。在本集中有不少篇章是抒写爱情、赞美爱情的。如第一辑"风动桂花香"、第五辑"遗憾的风景"均以爱情为主题。"风动"中摇晃着青春的影子,"桂花香"里散发着爱情的滋味。这部分作品应该是作者青年时期的情感体验,其写作风格和语言运用,类似于散文诗。"第一眼看到她,我就有一种太过熟悉的感觉。那脉脉含情的目光,那嫣然一笑的神情,那仪态大方的举止,那楚楚动人的面容,完完全全带着桂花的气质。我立刻意识到,她就是桂花的化身,是时光对季节的深情问候。"(《风动桂花香》)"我背弃了土地,背弃了所有的人。我孤独地行走着,孤独地寻找着你。"(《找》)"我可以放弃眼前的美景和脚下的土地,我却不能放弃对爱的追求。"(《爱的絮语》)"我不会在花花绿绿的万千鲜花或景观前停滞脚步,我拼尽全身的力气走向彩虹。"(《忆你》)一篇篇读下去,你会发现作者的文字充满了温度。在他的笔下,爱的曲折、纠结、执着、美好都跃然纸上,语言也充满了诗意,读之流畅而充满回味。

在本集中还有一部分作品是写家乡的。如第二辑"家乡的古槐"。家乡是一个人成长的最初环境,家乡情结也是每个人情感世界中最丰富、最珍贵的一个部分。作者出生并成长在淮北大地,血管里流淌着故乡热土的基因,濉河浍水自然而然成了他深情的牵挂。无论时光和年轮怎样变幻,在他的心里,临涣古城永远是那么的瑰丽雄伟,浍河的波涛永远是那么的汹涌澎湃,一马平川的淮北平原永远是那么的肥美辽阔。作者的心灵一直与家乡息息相通。在这辑中,《家乡的古槐》《温情的榴园》等篇章都充满了感情,颇值一读。

此外,本集中还有相当一部分文章是作者的游历之作。如收录在第三辑"画廊新安江"大抵都是这类作品。在作者笔下,祖国的风光就像一幅幅水墨画卷,浓淡相宜,清疏秀逸。"江岸上,树木葱茏滴翠,树荫吐凉送爽,让游乐的孩子们的欢笑和散步的成年人的细语也染上了浓浓的绿意。各种各样的野花散长在郁郁葱葱的草丛间,引得大大小小蝴蝶恣意地起舞翻飞。徜徉在江风微薰、绿树婆娑的江畔,沐浴着湿润的空气和欢腾怡然的氛围之中,看着江水缓慢东流,一切不顺心的事情都被这清凉的河水带走了。"(《美丽的哈尔滨》)"晴和日丽中的泰山宛如亭亭玉立的少女,温情地站在高处,迎来送去八方游客。轻风抚慰中的高崖深涧仿佛蕴含着泰山不轻易告人的一种期待,迷离中是一种雄浑与柔情相兼的性格。那是舒松回拔的臂弯,等待一次如潮涌动般的拥抱和依偎。"(《泰山行》)作者沉浸在山水风物里,用大自然的神韵来陶冶自己的心灵,抒发自己对美的追求。

散文贵在有情。张云波的散文无论是写爱情,还是写家乡,抑或写祖国的山山水水,都充满了真情,由心而发,由感而发。在写作上,他继承了中国散文的传统,于托物寄情、物我交融之中达到美的境界,通过一些特定的形象,用心地描绘,把自己独特的感受、体悟、情绪和情感投入进去,而这些情绪、情感又随着文字的铺陈得到了新的升华,从而打动读者、感染读者。

在语言和手法上,作者自然地把诗与散文结合起来。文字凝练、生动、优美,语言挥洒自如,联想丰富,既有铺陈,又有点睛之笔,这样的诗化写作,使他的散文在朴实之余,又具有空灵的诗性。

文学是一项艰苦寂寞的事业,也是一项充满乐趣而又伟大的事业。在张云波的散文集出版之际,我向他取得的成绩表示祝贺,同时也希望他不断努力,写出更多更好的作品。

是为序!

季 宇

(季宇:著名作家,中国文联、中国作协全委会委员,安徽省文联、安徽省作协名誉主席,安徽省报告文学学会会长,安徽省人民政府参事,2010年"感动安徽"年度新闻人物)

目录 contents

/序 001

/风动桂花香

「风动桂花香」002

「研磨时光」006

「爱的絮语」009

「菊」012

「秋去了」014

「关闭一扇门」016

「闪烁的眼神」018

「找」020

「因为爱你」022

「爱心所向」024

「纯情的女孩」026

「酒意」028

「思考·醒悟」030

「一根羽毛」032

「美丽的笑脸」034

「忆你」036

「目光可以走弯路」038

「抓住了事实」040

042 「欣赏·孤独」

044 「春天·雨水」

046 「视野中」

048 「起风的时候」

050 「伸出手」

052 「影子」

/家乡的古槐

054 「家乡的古槐」

059 「滩河情」

063 「浍水自悠悠」

069 「香山庙的追忆」

073 「温情的榴园」

078 「煤矸石上的七彩霞光」

082 「茶馆」

087 「游走石山孜」

091 「石板街的脚步」

095 「热土上的黑白协奏」

100 「走在古城之上」

106 「千年沧桑文昌宫」

113 「聆听大运河」

/画廊新安江

122 「画廊新安江」

125 「寻觅石弓山」

「美丽的哈尔滨」 128

「走近梁山」 132

「泰山行」 136

「看海」 140

「彩云之南」 142

「风情秦淮河」 144

「皇藏峪探幽」 146

「流连于淄博」 150

「禅缘」 153

「感受凤阳」 156

「车牛返的深情」 160

随性的嵇康

「随性的嵇康」 162

「永远的寨叔」 165

「油菜花般的清廉」 168

「拜谒虞姬」 170

「人间走了陈晓旭」 174

「融化的雪糕」 177

「拾荒的老太」 180

「春天的阳光」 184

「写给母亲」 186

「宝宝」 190

「红」 194

「勉」 199

201 「梁老师」

/缺憾的风景

206 「缺憾的风景」

208 「瓷瓶上的梅花」

211 「路上的断想」

214 「我眼中的酒」

216 「那时的村庄、男人和女人」

218 「我写诗」

220 「问路」

222 「看山」

224 「路遇石榴」

227 「河畔桃花」

230 「梨树·梨花」

233 「断枝的洋槐树」

236 「青檀树」

238 「杏台与日轩」

242 「走在校园的广场上」

246 「钟情于诗」

248 「桂花树」

250 「用宽容的心态接纳诗」

252 「教师节感想」

254 /后　记

风动桂花香

那脉脉含情的目光,那嫣然一笑的神情,那仪态大方的举止,那楚楚动人的面容,完完全全带着桂花的气质。我意识到,她就是桂花的化身,是时光对季节的深情问候。随着阅历的丰厚和视野的开阔,接触了各种各样的花,但这些花朵上面摇曳的仍然是桂花的影子,飘动的依然是桂花的香气。

研磨时光
YANMO SHIGUANG

风动桂花香

  一生之中，真正触动我的就是桂花了。

  小时候家里很穷，一家人住在两间破旧的茅草屋里，吃的是红薯和杂粮，买不起邻居家让人看着眼馋的玩具，唯一能给我带来快乐的就是屋后那棵桂花树了。

  阳光夹在柔柔的风中，悄悄地铺在青草地上，让这寂寞的一隅笼罩上一层圣洁的光彩。桂花树在阳光下尽情地伸展着枝枝蔓蔓，去窥探一个泥土里不曾有过的天地。树冠，葱葱茏茏，像擎在少女头顶之上的一把伞，应和着飘荡在农家上空的歌谣。充满活力的枝干张扬着生长的强势，似要完成一次惬意的追逐。灰褐色的树皮，带着天然，带着质朴，像父亲的手，以一种不服输的操劳，成为一个家庭的依靠。厚实光滑的叶子平展着，充盈的深绿，那么浓，那么纯，那是任何水墨画家都调不出的温润色泽。倘若伸出手去，轻轻捏住一小片叶子，缓慢地增加一点力量，便能感觉到叶子的灵性随着轻微的触碰而被唤起。

  我所贪恋的温暖更多地来自桂花树开出的花朵。它簇生于叶腋间，开得蓬蓬松松，恰似九天仙女把心爱的绸缎无私地撒向人间，不经意一瞥，那种特别的震撼感觉，令人长时间不能忘怀。卵圆形的乳白花瓣四裂伸展，简单而又纯粹，有着玉一般的质地和高雅。花蕊附生于花冠管的中部，携着温润、清透的花丝，似乎有一种来自内部的本性迷幻，在金秋里演绎着它的风姿绰约。细弱的花梗，青翠、敏感，仿佛一颗空灵的心，盈着一种持久、婉约的欲望之火。柔柔的和风，以其独有的节奏，轻轻地掠过枝梢，摇曳起朵朵桂花，片片花瓣像是一只只美丽的蝴蝶翩翩起舞。桂花的美，不艳丽，不妖娆，清秀文静，淡雅绝尘。

  仲秋时节，我站在桂花树前，在和煦的秋风里沐浴着桂花的清香，时不时贪婪地呼吸上几口,让体内每个细胞都膨胀起来,真想把这独特的馥郁之气全部吸进肺腑。这一刻,桂花是刻在心中的恋恋爱意,是荡漾在童稚眼睛里的美好期待。

桂树蓬勃向上的不只是肆意伸展的身躯,更是它内蓄的一分执着与坚韧。也就是这种执着与坚韧吸引了我、激励了我,也温暖着我。

一季季的桂花陪伴着我走过了美好而又纯真的岁月。桂花改变不了我的生活,但改变了我的心情。早晨、正午、黄昏,抑或夜晚,只要兴致一来,我便会跑到茅草屋的后面,去探究"天风绕月起,吹子到人间"的神话,去欣赏"花团夜雪明,叶翦春云绿"的景致,去感悟"玉棵珊珊下月轮,殿前拾得露华新"的意境,去想象"影落浮杯酒,香飘袭客衣"的雅兴。每天和桂花朝夕相处,无形之中对它产生了太多的依恋,甚至是痴迷,这种依恋和痴迷的心态不是别人可以真正理解的。人最痴迷的时刻也是最享受的时刻。那时候,桂树不仅带给了我无限的欢乐,使我的童年岁月充满阳光,它为我打开了认知世界的一扇窗,一颗心沿着馥郁的桂花香味飘向了远方。

初三那年,一个女生因留校复读进了我们班。她个子不高,苗条中带着一点文弱;乌黑柔亮的长发,白皙红润的皮肤,脸庞稍瘦,眼睛大而有神,似乎眸子里有柔和的水波在荡漾;淡雅朴素的穿着,让人显得格外清爽,浑身散发着幽雅、迷魅的气息,像是一股清新的芬芳悄然散开。

第一眼看到她,我就有一种太过熟悉的感觉。那脉脉含情的目光、那嫣然一笑的神情、那仪态大方的举止、那楚楚动人的面容,完完全全带着桂花的气质。我立刻意识到,她就是桂花的化身,是时光对季节的深情问候。她站在那儿,蔓延出摄人心魄的桂花气息,似一条太过诱人的小蛇,悠悠地游进我的心田。懵懵懂懂中,我就暗暗地喜欢上了她。

喜欢关注她的举止。一走进教室,眼睛就会朝着她的座位上瞅。有时她在低着头看书;有时她在和同桌说着闲话;有时端端正正地坐着,眼睛望向教室窗户的外面。偶尔四目相碰,她会温和地冲我一笑,脸上泛起红晕。

喜欢看她沉思。她有时目光凝视着前方的黑板,仿佛思绪穿透墙壁抵达了另一个微妙的世界。有时眉目紧缩,闭着眼睛,在自己的世界里遨游。有时颔首低眉,因内敛含蓄而楚楚动人。风从窗户吹进来,扫着她的发丝,恍如蓝色大海上扬起的黑色帆影。

喜欢听她说话。奶甜般的细音,犹如邻家三婶巧手做出的芋糕,清脆香甜。尤其那声音中带着坚定与自信，格外打动人心。每次我都能从这声音中获取快乐与力量。

我对一个女孩子的萌动感觉就始于此时。在学习上我便开始了暗自的努力，说不清我加倍的用功是为了她，还是为我自己。

我的语文、数学、英语、物理成绩都好于她。她遇到问题的时候常常会求助于我。她的化学比我好，我在化学上遇到问题，也会求教于她。

我和她成了当年母校仅有的两名考取中专的学生。中考体检结束，在母校门前分手。那微微扬起的手臂，永远停留在我的记忆里，成为心灵的一处温暖的风景。那远去的背影，成了我最后最深的惦记。

虽然心仪的女孩淡出了我的视野，但深情的怀念时时都在。那个洋溢着欢乐的初三生活始终萦绕心间。我揣着支离破碎的梦想，朝着一个大致的方向，上路了。

一百五十多年前，西雅图一位老酋长在写给总统富兰克林·皮尔斯的信中说："如果在夜晚听不到夜莺优美的叫声，人生还有什么意义呢？"在我的生活中，这夜莺的叫声便是桂花。于我，对桂花始终不变的痴迷不仅仅是一种执着，也是一种心态，更是我生活中一抹亮丽的色彩，滋养我的灵魂和精神世界。

后来，随着阅历的丰厚和视野的开阔，接触了各种各样的花，也有过一些自己比较钟情的花朵，但这些花朵上面摇曳的仍然是桂花的影子，飘动的依然是桂花的香气。分不清现实与虚幻，看什么花都是桂花。后来交朋友、处对象，我也总试图从她们身上找到她的影子。

初中的母校就在我们村庄的前面，如今已成了一个只剩断墙残壁的破败院落。每次回家路过这儿，我都会情不自禁地朝它望上几眼。若不是急着赶路，我便会走进破败的院子里，逗留一会儿。没有了沾满泥土嬉耍玩闹的快乐孩子，没有了一脸严肃的老师的大声吆喝，更看不到那个挂在树梢上由绳索牵引着的铁铃了。大殿前的老槐树仍是一副览尽世间繁华、历尽沧桑的模样，光秃的枝丫上染了些许惆怅的绿意。阴暗潮湿的内墙杂草丛生，院墙之外，几位被岁月风霜染白了双鬓的老人，围着一张老旧的桌子，在旱烟的缭绕中悠闲自得地打着麻将。

站在曾经的那间教室的位置上，我仿佛感觉到这里依然留着她的气息。是桂花般的她让那段枯燥无味的时光灵动了起来。

如今的单位里，也有一棵桂花树。花开时节，我会停下手头的工作，信步走到桂花树前。"叶密千层绿，花开万点黄。"那一串串仿佛镶嵌在碧绿翡翠间的金黄色小花在微风中摇曳着，竟是如此婀娜，成了这个季节最美的风景。绿树、黄花在明媚的阳光下显得格外耀眼。"暗淡轻黄体性柔，情疏迹远只香留。"一阵清风裹着摄人魂魄的幽香扑鼻而来。重温我喜欢的那种温暖和味道，重温我曾经一遍又一遍吟诵过的诗句，心里不由一阵颤动。

桂花飘香之时，正意味着中秋的临近。

过往的快乐时光散落在岁月的微风里，化作一缕柔美的琴声，漂泊在记忆的脑海里。今天，回味那个时候，满心充盈着快乐和幸福，也脆生生感到心疼。耳畔响起了罗文的歌："人随风过，自在花开花又落，不管世间沧桑如何，一城风絮，满腹相思都沉默，只有桂花香暗飘过……"

（2009 年 9 月 28 日）

研磨时光
YANMO SHIGUANG

研 磨 时 光

两个朋友约我到咖啡厅一聚,咖啡厅的名字叫"研磨时光"。一听到这个名字,就很喜欢。"研"是用心用情的,"磨"是随意随性的,"研磨时光"的好不只在"研",也不只在"磨"上,而在"研"与"磨"的和谐统一。

坐下之后,服务员便把咖啡端了上来。两位朋友随手把糖包搁置在一边,他们说就喜欢喝咖啡的那份苦味。虽然我也曾不止一次喝过苦味的咖啡,但是只要有可能的话,我还是喜欢给咖啡里加点糖的。秉承本性固然是一种好,如果在本性不变的基础上,添加些别样的东西,不仅是一种调和性的改善,也有更深一层的眷恋韵味。我喜欢这种调和。放下手中急做的材料,毅然决然地来到这里,也就是寻求一种调和的苦味。

话题一开始,就落在性情、意趣和文学上。多少年了,我把与这些字眼有关的东西都尘封在记忆的最深处,不愿再去触碰它。我也学着和热衷于工作事业的人去谈拼命劳作带来的乐趣,去和沉醉于小家庭生活的人谈女人和孩子。今日重提旧日话题,再续因单纯而显得过于稚嫩、因执着而透着傻气的过往,心中充溢着兴奋与感动。好久没有这样的感觉了。

我有了一次自我回视的机缘。

从工作了二十五年的学校调到县教育局教研室,今天又从工作了六年的教研室调到教育股,从被人以校长称呼,到主任,再到股长。我自我调侃"官"是越做越小。我知道教育股是教育局的核心股室之一,领导把这个需要慎之又慎才能确定人选的职位交给了我,这是对我的莫大信任与厚爱。我清楚唯有倾尽全力把它做好,才能不辜负领导期望。我剪去了稍长的头发,留了一个很少留过的平头,是一切"从头开始"的心迹表白,也是下了"平凡之人成就头等之事"的决心。

我这一生最感幸运的事,就是有那么多人和单位信任我。最早是几家英语报社邀聘我,接着是一北京双语学校让我去担任改制后的校长。城市、县城的学校约过我,有的许我一个"正科"的位子,有的许我一套大房子。也有一些政府部门很看重我对文史的研究,提出一些让我可以充分发挥专长的意向。这些我都一一推辞了,但是由之产生的感激和感动伴随着我一生。我知道,每一份看重对我来说都是一份恩情。也许是因为习惯了贫穷,所以就把钱看淡了;也许是有着特立独行的品行,所以也把位子看淡了。我是个恋乡情结十分浓郁的人,我深爱着家乡这片浓情热土。

相对于一帆风顺的工作来说,我的生活道路充满了坎坷。小时候我的家是全村子里最穷的,每年到了春节连一挂鞭炮也买不起。上师范时,幸有国家给的每月十八元钱的生活补助,才不至于饿肚子。有时为了买一本心爱的书,就不得不一个星期甚至两个星期只空啃馒头,不吃一点菜,然后把省下的菜票拿到会计室里兑换成现金,这才有了一个个伴着新书而眠的安静夜晚。真正能调节和改变我的,那就是书了。夏天,身上只有那么一件衬衫,到了周末脱下来洗上一次,晾干后再穿。对于习惯了贫穷且适应了贫穷的我来说,没有抱怨也没有遗憾,也从没有把这样的生活看作困苦。贫穷给了我很多看起来悲惨但最终是美好的东西,它教会了我在自己力所能及的范围内懂得安分和满足,我反倒觉得踏实和感激。物质上没有资格和人比,我便扯起贫穷的旗帜,编织成寻梦的魔杖,安心地把功夫用在了学习上,大胆地追逐自己的梦想。在黑夜里走路,心里充满了灿烂的阳光。

工作以后,我要把大部分钱拿出来资助两个弟弟学点手艺,再后来帮助他们成个家。家里穷,我就尽着自己最大的努力帮衬着。虽然是望不尽的天涯路,但仍不失独上高楼的勇气。男人的肩膀,就是来承担责任的。

四十五岁这个被民间戏称为需要出"驴"力的年龄上,我得了脑梗死,差点造成半身不遂,好在救治及时,恢复效果很好,还能一如既往地为社会、为我这个家庭尽些绵薄之力。

为了给孩子买房子,我欠下了几十万元的外债。为这债我曾有一段时间寝食不安,也就是那么一阵子之后,我便能坦然处之了。我和妻子发下誓言,在还清私人欠款之前,不再添置一件新衣服,并把生活开支降到尽可能低的水平。好在我有着固定的薪金收入,还有着很强的耐受力。守着有限的收入,紧巴巴地过着日子,就像墙角的狗尾巴草,开出的也同样是一朵花。我把每一次苦难都当作走向成熟的台阶和谋取幸福的基石。苦难从没有赶走脸

研磨时光
YANMO SHIGUANG

上的笑容。

　　服务员把米饭端了上来。身为北方人，我对北方的面食情有独钟，生活中我几乎是不吃米的。今晚的米饭吃起来特别香，有一种从未有过的亲近感。米饭和面食是可以替换着吃的。米香里透着一份菊香，我的思绪又回到了菊的世界。曾经喜欢一簇菊花，每每经过它的面前，总会长久驻足，细细地欣赏。后来有一天我伸出了手，就是这瞬间的触摸改变了菊的颜色。我不敢再走近菊，便开始绕道走，甚至不敢再偷偷地瞄上一眼，我觉得多看一眼，甚至对着它笑，都是对它的伤害。菊漂浮在我的视野之外。

　　夜里，我做了一个梦。梦里我被赶进了一个死胡同。情急之中，我撞倒了挡在面前的那堵墙，我走进了另一个世界。

（2013年4月15日）

爱 的 絮 语

　　河沟边开着浅紫色的野花，与葱郁的庄稼相比，显得渺小、单薄。但是它们不招惹也不沉沦，不显摆也不自卑，倒让人觉得可爱了许多。

　　进入春天，日子一天比一天明媚，阳光落在了石碑的正面。石碑的背面，依然遮掩在自己的阴影里，却不能随着明媚的日子释然开放。低一低头，就会涌现一桩不加梳理的心事。

　　我的双脚践踏着荒废的土地，我的眼睛描绘着绿色的草原。当我以瘦弱的双肩和孤独的心灵承载着生活上、工作上和情感上的冷风热雨的时候，我突然发现我一直以来都在固执地怀念和刻意地找寻母亲羽翼下的那份温暖与安全。

　　一直以来，我沉默寡言、索居独处，但又不乏热情和梦想。我拼命地在脑海里搜索过去的点点滴滴，却发觉记忆是那么的脆弱和单薄，它已在时光流逝的过程中一点点褪色。

　　我想从月亮的微光中找回母亲吻我的那张唇，我想从云朵的缥缈中找回姐姐抚慰我的那双手，我想从河水的流淌中找回第一位女教师的那张慈祥的脸，我想从书本的墨香中找回第一个心仪女孩的眼神……回忆是枯萎的花朵，隐约中依然散发着尚未消失的余香。很多时候只是回头看一下，我的泪就夺眶而出。

　　脚步踏入了一座房子，却不能踏进一个家。我走进了人类精神的禁地。于是一盏灯亮着，所有的人都无法入眠。

　　总有一种孤独的情绪。走出校门，我可以享受清新的空气和醉人的美景；走在校内，我可以享受校园的安宁和环境的和谐，但是我的心无法避免和着孤独的节拍跳动。孤独是一本书，真正读懂它的时候，却又看不清自己。我的目光，穿透生命的本体，走向了自己。我一直认为，能停下来看一看自己

研磨时光
YANMO SHIGUANG

的人,无论人在哪里都能寻到一个优雅的出口。

我淡泊名利,所有欲望的承重与世俗的哀怨,都在淡泊中化为云烟水波。我也学会了在无数平平淡淡的日子里享受那一份宁静的美丽,享受田园花草间的那份清新氛围。

我自恃清高,不愿也不屑与周围的一些人为伍。但是我仍有一份郁结在心头的重荷,这重荷在功名利禄之外、在工作之外、在肉体之外。也正因如此,我不能拥有一份一无牵挂的轻盈。我站在孤独中,就像山站在水里,裸露的青翠是山呈给世人的微笑,点点心血都在水中不为人洞悉。

这不仅仅是一种心情,它已成了堆积情感的一个空间。我独自漂泊在这个落寞的情感街头,穿梭于繁忙的事务和遐思当中。

我不想把事情看得过于高深莫测,我要一生一世在心灵的一角保留一块清纯的天地、一块纤尘不染的天地,我要把这片天地留给自己以及自己最钟爱的人。

我可以放弃眼前的美景和脚下的土地,我却不能放弃对爱的追求。隐约之中,我感觉到生命有着突然而至的尽头,我却始终无法看到自己的尽头在哪里。

我心甘情愿地接受这一切,因为我知道一个人拒绝了飞沙走石,也就拒绝了随之而来的阳光和水分。

再也没有什么东西比爱更自自然然的了,爱的美丽就在自然状态本身之中,任何意义上的表述都使它或多或少地有些虚幻和失真。在爱的追求上我固守着一分执着与天真。我不看重人生长河中波澜壮阔的恢弘,我只在意清风柔波中的那份浅淡温情。

懵懵懂懂中,我从春天走到了秋天。

在我疲惫的心灵可能躺倒在任何一个可以躺下的地方的时候,一朵菊花在我的眼前静静地绽放。在菊的身上,我仿佛看到了一个长久以来未了的梦想! 菊的姿态,在我的心里心外,优雅地绽放。

为了看到菊回眸一笑,我把自己演练成一只蝶,纵情而忘我地朝着菊的方向飞舞。我已经不能收拢我的双脚和翅膀,我期盼着菊敞开心扉的那一刻,让我轻盈地落下,让我紧贴着菊的心律,安静温柔地睡去。

我不追求完美的人,我只追求我爱的人。我像猎人一样沉浸在身处森林的感觉中,却不能像猎人那样守候着一片属于自己的树林。睡梦里,幻想中,总有菊的影子,盈盈地向我走来,一弯浅笑,一双明眸。

我喜欢上了一个人温暖的文字，喜欢听她悠扬又饱含深情的歌声。那些虽然不是为我而写的文字和不是为我而唱的歌，却永远地印在了我的记忆里。在一月的每个日子，在一天的每个小时，在一小时的每一分钟，在一分钟的每一秒，我都在想她，思念已深入骨髓之中。

想象中的幻影，在思念的凝视中，愈来愈清晰生动。她已成为我灵魂中唯一可以穿梭于感情和理智之间的精灵。我不知道自己把她珍藏心底的最终结果会是什么，其实这种难以割舍的感情怎能用一个爱字就能表达清楚。我也说不清，为什么我就认定这个在工作中走进视野、在交流中走进心田的人就是我真正爱的人！

我总认为结合并非爱情得以善终的唯一方式。心中的那份牵挂也是一种深情的呼唤，是用一种特定的方式，走出语言圈定的所有限度，向对方传递世界上最真诚的爱的声音。

看不见花，却闻到了花香，这是春天永驻的印证，哪怕无数叶子在一哭一笑之间腐败成泥。思念中，我吟出了自己的歌，爱的歌。

在我的视觉里，爱是雨天撑在头顶的荷叶，尽管免不了衣服被雨水打湿，但总能让我以一副干净的面孔面对未来的日子。

这样想着，光泽又走到了我的脸上。我期盼着母亲羽翼下的那份温暖与安全的重生与再现。母亲的爱在母亲走之前与之后，都一直托举着我的整个世界。躲进假想的爱里，也是怜惜自己的一种方式吧。

心里也清楚，只要我还能抬起头来，绵延起伏的山丘也能为我让出哪怕是崎岖坎坷的一条小道。

泥土之上是一个世界，泥土之下是一个世界，母爱就行走在这两者之间。对母爱的思念，让我去疼爱每一个走近我的女人。我的眼神在女人身上变换着。

我的目光回到石碑上。伸出满布纹路的双手，触摸残留在石碑上的落叶。我不知道做些什么样的事情，能使落叶从迷离中复苏；我不知道脱去什么样的包裹，能使石碑的背面不再需要遮掩。总有一种深沉的哀叹提醒着我，让我在爱中作出选择。

在丧失勇气之前，我还能扣响一下那扇对我关闭的房门吗？

（2006年6月11日）

研磨时光
YANMO SHIGUANG

菊

我在繁花盛开的春天里,回味和期待着秋天的菊。

我爱菊"暗暗淡淡紫,融融冶冶黄"的君子之德。幽芳逸致,清雅淡泊,不以娇艳姿色取媚,却以素雅品质立身。刚毅,而在喧嚣嘈杂中不动声色;智慧,而在风起云涌时静观万物。露湿秋香,心中自有一季宁静;霜染枝翠,眼前自有一份清凉。淡泊其中,菊的心境离尘嚣远,离自然近。菊的静美、沉郁与包容是一种慰藉,平复了世间无数悸动的心灵。

我爱菊"秋光叠叠复重重,潜度偷移三径中"的隐士之风。不事张扬,那是一种从容不迫的沉稳;不屑斗艳,那是一种气定神闲的大气。花生百态,品性各异,菊走着自己的轨迹。不染重妆,静静立于空旷的原野,让自己的枝叶体味生命的美丽,接受平静中产生的思想的烛照。

我爱菊"宁可枝头抱香死,何曾吹落北风中"的志士之节。无论身处规整的庭院苑园,还是偏僻的沟坎谷渊,它都会坚强地扎下自己的根,从容地去接受风雨的洗礼,流淌着属于自己也属于整个秋天的血液。即使在暴风雨中摇曳,也仍不屈不挠地保持原有的秉性,凌霜盛开,遇风不落,永远不改那份美丽与幽香。

秋天是幸运的,因为有了菊。"欲讯秋情众莫知,喃喃负手叩东篱。"有菊的世界,历史的长河中才有了一次次低吟浅唱,笔端蕴藏着菊的形象,人不用说太多的话。菊色映衬下的秋天,祥和而又充满诗意,第一缕带着凉意的风抚摸季节的窗帘,秋的情感便在菊的海洋上纵横驰骋。

我走近菊,菊不因我而开,但我的眼睛因菊花而光亮。菊开在小河边,我就记住了小河;菊开在小桥上,我就记住了小桥;菊开在野地里,我就记住了野地;菊开在铁路上,我就记住了铁路;菊开在田间的小沟里,我就记住了小沟;菊开在街道上,我就记住了街道;菊开在餐馆里,我就记住了餐馆。黄昏里随风飘飞的淡淡菊香,清晨中顺雨暗放的清清菊花,还有枝叶间传来的悠悠响动声,静谧中,一点一点,进入我的生命里。

菊开在我的睡梦中,菊开在我的想象里。

菊在不知不觉中照亮了我脚下的路。

菊在不知不觉中改变了我生活的方向。

菊在不知不觉中濡染了我生命的色彩。

我有一季的秋情,因菊的灵性而绿溢枝节;我有一季的秋思,因菊的情结而香满枝头。当秋风瑟瑟的时候,在落叶纷飞的大地,默默地倾听菊在寸寸缕缕的空气里不卑不亢地倾诉。心底不经意间浮起一秋的心事,让敞开的心灵,去认真地研读一双深邃的眼睛。

菊花香里,蕴藏着我的一片憧憬,我想鲜活在菊的叶瓣中,期待在静香弥漫的日子,见到开阔的南山,见到菊花映衬下的画笔、洞箫和土豆丝儿。

我站在外面,我一直沉醉在眼神沐着菊光的想象里。我请菊不要直白地告诉我不肯收容我的眼神。即使是海市蜃楼般的景色,我也宁愿相信它是真实的。我愿意相信自己的感觉,哪怕这感觉有上千万倍的虚幻,我愿意相信它,我愿意被自己无望的爱恋与追求欺骗,我想用自己虚幻的想象温暖自己。在秋天里,甚至在四季中,这也许就是我抛开经年叹息的唯一希望与支撑。我不能没有菊,因为我还不能做到完全放弃希望和梦想。我还不能做到微笑着欣赏无菊的空阔的原野。再不可能发生的事情,不要说出来,我需要一点鼓励,哪怕只给我一闪而过的一抹菊影。

我已经习惯了生活在菊的视野中。我没有能力超越自己,涂改过去,我没有能力达到菊的期望,我没有能力与季节抗衡。菊要转身的时候,我请菊慢些,再慢些!对即将到来的改变我还没有做好准备。我请菊再给我一些时间,多些,再多些!让我慢慢地适应没有菊花的日子。

一朝与菊的邂逅,竟是一生绵绵的相思。

(2005 年 10 月 13 日)

研磨时光
YANMO SHIGUANG

秋 去 了

秋来了,从炎炎酷暑中,带着一片清凉。

秋天是个有故事的季节。

整个季节蝶都没有抬起头来。

蝶的全部思念都在秋里,却不敢再去触碰。

曾经,蝶抖动着灰色的翅膀,想绵延一场五彩斑斓的幻梦。为不失去一个太容易失去的机缘,蝶积聚了无数个黄昏的凝思和清晨的雨露,酝酿成雨,挥发成谷,渲染出丰腴的情思,等待秋天菊叶的青翠,等待秋天菊花的韵姿,等待秋天菊香的眷顾。

这梦想太过飘浮,这真实也太过遥远,像脆弱的丝弦,轻易就被扯断。

蝶不怕寒冷,因为蝶知道寒风吹过的地方,一定有菊的红润。菊的红润曾晶莹剔透地滑过蝶周身的脉管,菊的开闭是悬挂在蝶的夜空中明灭的星辰,菊无意抖落的叶子成了蝶攀爬一生的台阶。

蝶可以把自己变得火热,并且愿意捧出所有的温暖为菊点一盏灯火。可是,蝶近不了菊的身旁,那里有一只手把菊的现实生活操持得殷殷实实;蝶也进不了菊的梦中,菊把满心的爱恋给了最初的相识。

蝶在自己最喜爱的季节手足无措了,蝶躲得开思念吗?

秋去了,一步步化为这世间最后的一抹云烟。

干枯的树枝,在雨滴的压迫下瑟瑟发抖。一阵阵的冷风钻进脖子里,蝶退缩在角落里,以不改初衷的眸光看着远去的秋天与远处的菊,执拗着不让岁月抹去所存在过的一切痕迹,包括曾经有过的起落沉浮。

蝶反反复复在心里念叨着菊的名字,就像一直流浪的人儿突然被温暖包裹还不想这么快就卸去满身的疲惫,因为那是它太过熟悉、唯一能寄托痴情的一份美丽。蝶还想作最后一次努力,把自己的心锻造成向日葵的心,把来

自太阳的暖投给冬天招引中的菊。秋的尾声里,蝶心中的爱比盛夏的阳光更灿烂、更炽烈,它甚至把自己也演练成了菊的色彩。蝶坚定一个信念:蝶在,菊在,快乐就在,它们的未来就在。

蝶很容易向爱低头,却不能从爱中抬起头来。

在蝶的栖息地旁边,有一座古旧的房子。房子的一扇窗子忽然打开了,一位满头银发的老人从中探出头来,手中拿着一个不大不小的收音机,歌声从收音机里传了出来:"秋来也秋去,秋风教人掉眼泪,何时才跟你可重聚?秋来也秋去,要到几多岁,方信你与我早早告吹?秋来也秋去,千千片红叶跌坠,如完成凄美的程序?秋来也秋去,我似秋空虚,只有信会跟你再共对。"

叶倩文唱着的歌,也是蝶唱着的歌。老人的影子将蝶包裹了起来。

秋来了。

秋去了。

(2006年11月6日)

关闭一扇门

荒草散发着一种淡淡的清香,一种夹杂着泥土气息的清香,一种渴望着被走近、被触摸、被爱抚的气味。这间房子,像褪光了羽毛的小鸟,在喧嚣的公路旁静静地蹲着,守着一份沮丧和落寞,在秋天落叶的映衬下,愈发显得孤独和无助。

每当一个人站在这儿,我的眼睛就会全神贯注地凝望着前方,脸上充满期待的表情。

我沉在一个梦中,我的眼睛在梦里睁得最亮。杂草与鲜花疯长,我不能醒来;石头与沙尘对决,我不能醒来;浪喊风啸,我不能醒来;一抹花色把我的梦击穿,我不能醒来。

我放飞着我的梦想。

我心中一直亮着一盏灯,那是我自己挂在心壁上的一盏夜灯。我从一开始就认定,我的路会在灯的照耀下愈加清晰明朗。我无时无刻不在修饰内心深处的情感与希冀。

爱是孤独的心灵驯化出来的最具杀伤力的精神之剑,系着美丽诱人的红色绫缎,在希冀和迷惘中慢慢地深入骨髓。

我曾坚定不移地走着,烈日下的每一声喘息仿佛都在呼唤着一个美丽的梦。梦在无望的等待中浮沉。

我不知道,用情太深也是一种堕落。

我一个人站在夜色中,站在堤坝上,回味着每一次走近与疏远。我的眼里含着奔涌的真诚与爱意,但我看不到月亮的返照,只能永远站在一个人的静寂与落寞中。脚趾和泥土窃窃私语,我的嘴唇本来就沾满了乡村的泥土气息。

花,在我呆滞的目光里渐渐隐退。

有一种来自心灵的血液,诡谲地流淌成河。我看到,一座坟墓散落在我的周围。有一条路,我的脚踏踩了一万次。一万次啊,我的鞋底磨穿,我的脚底流血,渗透在泥土里。

孤单的身影,任由深爱的美丽一点一点破碎。

我的文字是我最真实的声音,洗尽山尘海沙,却也无法抵达你。我不怕时光苦味让我咀嚼,我不怕煎熬、不怕等待,就怕一双漠视的眼神。

雨水与泪水也无法将一脸漠然慢慢化开。

我还想在最后的张望里诉说你的美丽,在脚步离开前叫一声你的名字。

有一扇门,我一直想走进去。

有一扇门,我怎么都走不通。

我将这扇门关闭,在悄无声息里。

(1998年2月27日)

闪烁的眼神

一直想写一篇关于你的小散文或一首诗,但我迟迟不敢下笔。我怕我笨拙的笔难以描述你冰清玉洁的面貌和你聪颖智慧的眼神。

下午的阳光,漫过远处的村庄树林,漫过浍河荡漾的水波,投射在你的身上,投射到我的眼眸里,把这片土地染成了古朴的土黄色。松散、棉絮般的云朵紧紧地贴服着蔚蓝的天空,让人觉得它是那么的近,那么的软,又是那么的温暖。我的心头流淌着一股清泉。

你太美,在你面前,桃李不敢言及娇艳风韵,菊梅羞于提起淡雅清高。我怕单薄的文字难以传达你轻松愉快的心境和纯真奔放的热情。你太快乐,秉持大自然的本性,不受人间烦琐牵系的束缚,自由飘扬你美丽的思想,随意挥洒你舒心的微笑。你聪明过人,你惊人的记忆力是一位步履从容的游客,许多人气喘吁吁地跑着,也追赶不上。你机智善辩,多少人采用多少种方式,想留住你闪烁的眼神,又有多少人用泡沫的浪花,用微弱的夕照招引你。你的镇静、你的聪慧、你的敏锐、你的才气犹如一只只充满无穷力量的手臂,抖落一片片枯黄的树叶,惊退那浮躁的喧哗。

你自由地出入荆棘丛林中,不带任何伤痕,不沾任何污垢。霞光落进你的眼睛,希望之花在你心中开放。

你走近我,坐下来听我断断续续地哀歌。你敞开心扉,收容我,一只受伤的小鸟,你不时地发出共鸣和弹奏和弦。我在你的共鸣与和弦中得到怜爱和抚慰,得到恩宠和求生的勇气。

我被命运的毒箭射中,注定要受命运的有意捉弄。我是一个被定了罪的囚犯,罚我在深山老林中,在炎热酷寒中,捡拾破碎的残梦。你伸出温暖的手,想拯救我于无边的悲哀之中。

我把你的救赎挡在心门之外,我知道,你的花朵是应该向着阳光的。看

着阳光下你的温柔姿态,我就已经十分满足。

我还是要感谢你。感谢你在我凄怆失望的时候,送来圣洁纯真的微笑。我把这份微笑看作我一生最珍贵的东西,永远珍藏在心底。在我荒芜冷清的心地,是你带来一春的绿意。在我干渴枯萎的时候,是你送来一湖清澈的甘水。

你把亲手编织的黄色花环送给我。

我喜欢黄色的花,我把黄色的花环搁置在记忆里。

你寄来一封又一封满含深情的信件。

我喜欢读你的文字,我把你文字的色彩收藏在脑海里。那本书,我珍藏着,那枚胸花,我保存着,我知道那些物件的上面闪着你的眼神。

但我不能合着你的眼神的节拍走路,为你,也为我自己。

我知道,日子会远去,记忆也会走远。站在下午的阳光里,闻着空气里散发的庄稼的香味,就让一切回归自然的怀抱,就让我为你作世上最诚挚的祝福和祈祷。

我希望每一个字都能燃起熊熊大火,让我欣赏火光映照下的那闪烁的美丽眼神。

(1995年12月3日)

研磨时光
YANMO SHIGUANG

找

我背弃了土地,背弃了所有的人。我孤独地行走着,孤独地寻找着你。

我是一个浪迹天涯的疯子,头发蓬乱,蒙着灰尘,身体瘦弱得像个影子。

我骄傲,我自卑;我坚强,我脆弱;我聪明,我痴迷。我容不得虚伪,我一身的虚伪。

可是我的存在是个奇迹,我把这个奇迹用来寻找你。

我禁闭了心门,瞪着火一样的眼睛四处寻找。我要找到的就是你。

我不知自己究竟要什么,别人要什么。我没有能力窥探自己内心的深处,没有人能够窥探自己的内心深处。有一种声音告诉我:站着别动,那就是归宿。可是我已经迷失了本心,我认准了找寻这一条道。那个声音告诉我:一点希望都没有了,去找一个永远得不到的东西。我已经停不下来了,寻找已经变成了我存在的方式,成了我的整个命脉与肌理。

我依然不停地四处找寻。

为了找到你,我不惜牺牲一切代价,我的衣服,我的脚板,我的胸膛,甚至我的生命。

我不向你求什么,我就是想从你的眼睛中看一看我自己。我只想问一问,到底我离你有多少距离。

为了找你,我拼命地痛苦地奔跑。跑不动的时候,我一步一步地走;走不动的时候,我一点一点地爬;爬不动的时候,我把双手插进泥土里。我在可能存在你的每一寸土地上,挖掘,找寻。

我找寻着,太阳一身的娇艳与红润。我找寻着,小草身下还有属于自己的星点土地。我找寻着,黑夜从不打算看清自己。年复一年,我不停地找啊找……蹚过大海,翻过高山,跨过大漠……千山万水,都超越不了我脚板的厚度。

忍住蚊虫的叮咬,忍住豺狼的撕扯,忍住海啸的威胁。千难万险,都遮挡不了我凝望的眼神。

在我的寻找中,我看到安娜·卡列琳娜走向了铁轨,邓肯围着长长的围巾,雪莱乘坐着自己建造的小船"唐璜"号从莱杭渡海返回勒瑞奇,伍尔芙在自己的口袋里装满了石头……

在我的坚持中,有"凤兮凤兮归故乡"的深切呼唤,有"我爱极了你的诗篇——而我也同时爱着你"真诚的表白,有"一骑红尘妃子笑"的痴迷……

一根根毒刺扎进我的脚板里,可是那流出的血是美丽的,我忍着疼痛咬着牙齿的姿势是美丽的。荆棘划破了我的衣衫,可是那留下的一道道口子是美丽的,那沾着泥土裸露的皮肤是美丽的。

历尽千辛万苦,我四处寻你,我在走过的每一个角落找寻你。

(1994 年 11 月 17 日)

研磨时光
YANMO SHIGUANG

因 为 爱 你

  素笺飘香,只轻轻地一嗅,那芬芳的浓郁气息,便充溢了我的空间。那张棱角分明的纸,唤醒一桩深埋的心事。
  有那么一段日子,我的身旁总晃动着你的身影。有时,你向我绘声绘色地描述一件开心的事情;有时你泪眼婆娑地向我抖落一桩心中的憋屈。你给我讲家人的故事、朋友的故事、同学的故事,你不断地问我这事该怎么做那事该怎么做。别人说我好,你的脸上开出了花朵;别人说我的不是,你马上涨红了脸和人争论。
  想想有了你,便有了一个清爽洁净的世界。心中荡漾的波潮一缕一缕地涌动,生成落入谷仓的一只麻雀。
  你的眼睛为我亮成永久的白昼,我没有了黑夜,却留住了黑夜的凄凉、孤单与寂寞。我把阴森可怖的漆黑夜色留住,定作我一生中最绚丽的色彩。我用我真实的手去抚摸虚幻的影子。
  我爱看你的笑脸。迷蒙是一种美,我真想抖擞成一团透明的丝纱,为你造就永恒的迷蒙之美。
  那片愈走愈近的风景,在大千世界中显得太单薄、太消瘦。在那张冷峻的面孔上留下过我最初的脚印,一片羞涩初萌的纯情在上面迷失了自己。那颗禁不住寒冷的冻得发紫的心,诱发我的心走出心之门。
  你无心地走来,又无心地走去,却不曾知道我的心从此追随着你,做长久艰难的流浪漂泊。来去匆匆的是一双冷艳中杂着温柔的眼,稍纵即逝的是因胆怯而躲避的身影。
  明知道这只是一场游戏,却无法改变自己正在扮演的角色;明知道这是一种没有结果的事情,却不能走出那幽长的山谷。也许挥一挥手,便不会影响各自的行程;也许摇一摇头,便可避免心灵的又一次创伤。但我用这只手

卡住了自己的喉咙。

伫立在那个路口,等待你走近的脚步,等待你抬起略带忧郁的脸,等待你犹豫中伸出的手,等待你不经意间说出的问候。想你,在每一个白昼里!

我将众多的影子叠放在一起,如同从满地落叶中抓起一把残花败叶。我向重重叠起的影子抒发情怀。我把最后一只鸿雁划破天空的悲鸣留住,定为我全部生命的主题曲调。我的爱是真实而高尚的。

愿去的与不愿去的,最终都成了时间的俘虏,一切被洗荡一空。

(1994 年 12 月 22 日)

爱心所向

　　常为一个迷人的姿势、一声温柔的声音而出神,却总在绿意最浓的时候告别。我的情绪总是在离别时,波动,变幻,深入骨髓。我的期盼也总在迷离中,翘首,伸展,咬紧关节。

　　女孩子含情脉脉的一瞥便能将一个男孩子的心灵推向极美的境界。我所能记起的最早的一瞥出现在一个稚嫩的梦中,我一生的孜孜追求和苦苦奋斗就源于那个单纯的梦,那梦中纯真的一瞥。受梦的宠爱和那一瞥的怂恿,我的心开始发芽。

　　一个人在身陷绝境时能因想起儿时的趣事而开怀大笑,就如同一个勇士泰然自若沉着冷静地面对一群歹徒一样伟大。为了一个女人甘愿冒着生命的危险去做自己无法做成的事,就如同一个女人看上一个男人就马上买一件贴身胸衣一样,这里多少有着可笑的成分。人们常常不会因为一件事情的可笑而松懈自己在这方面的执着和认真。我就这样执着着、认真着。

　　那心驰神往的一瞥落在了我的视野中。她的笑脸比任何人的都可笑可亲。如果有一条项链挂在脖子上,我想这项链一定是世界上最有福分的东西了。一看到那飘洒着的长发,我就想到高亢的乐音。她的一举一动都牵扯着我的心。看到她伤心流泪时,我就想变成一张洁白的手帕,帮她揩去脸上的泪滴。但我只能默默地站在一旁,眼看那泪珠顺着脸颊,滴落在尘埃里。

　　总以为我的路一夜之间会化为绝壁。她的出现使我在山重水复之后寻到了出路,如果有一段日子我幸免悲哀,那是因为我曾伫立在她的霞光里,染上快乐的色彩,长时间把所有的情愫都倾注在一个人上,痴痴迷迷、缠缠绵绵。

　　生活太多彩,多变故,我在感悟人生中体验生活给予我的苦与乐。我想探知人的真正意义和生活的神秘。在经历中我遇到许多茫然不知的事。我想走到茫然的背后,走到巧合的背后,去看个究竟。但我不知道路,我只有留

下我的斑斑足迹。我时常回过头来,思一思,想一想,再小心翼翼地往前走。

也许会有一天我走累了、走腻了,我会自动停下脚步,或在路边小憩,或永久地睡去,或走进一间小屋,把所有的门都封死,只留一扇小窗。以后的事就留待以后说吧,至少我目前还有着走下去的决心、力量。我仍然不停地往前走。

我走进一块菜地。横不成畦、竖不成沟的地面上,杂草以自己的野性生长欺压着干渴得几近打蔫的菜苗。一向不甘于低头的秧苗已无力支撑起纤细瘦弱的枝条,不得不垂首。隔三差五便有一颗秧苗抵不过干旱与杂草的胁迫而夭折。剩下来的散布在这园中,以它们的稀疏与零落向路过的人展示它们的悲凉与焦渴。

我蹲下身来,轻轻地扶起一颗歪倒的禾苗,然后顺手拾来一根被人丢弃在这儿的枝条,用力插下去。然后找来一根细细的绳子,把这棵仆地的禾苗绑在枝条上。打来水,细细地浇注,慢慢地滋润。然后走向另一棵,再另一棵。我不是在尽我的责任,我是在补我的过。

禾苗是离不开水分的。

我思念的穴窠找不到安放的枝头,可在我的心中,在我整个生命中,永远有一个清纯朴实的名字、一棵离不开水分的禾苗。

她向往远方的开阔,我向往她回视的眼神。

(1993 年 3 月 24 日)

研磨时光
YANMO SHIGUANG

纯情的女孩

　　那个时候,你穿着一身红色的运动服,身后背着一个浅蓝色的书包,蹦蹦跳跳地来到我的面前,很诚恳地让我帮你补习英语。你很用功,我讲的每一句话你都认真地听着,并且在本子上工工整整地做着笔记。有时,你会抬起头来,很专注地问一个你不明白的问题。每次离开前,你会深深地向我鞠上一躬,很真诚地说一句:"谢谢你,老师!"

　　你就站在我的面前,生动又鲜亮。我想起南国盈满汁液的蜜橘,那种光泽与色彩,让人的心荡漾低回。那种清澈与明晰,让人的眼缭乱痴迷。

　　后来,你的脸上少了那份快乐与单纯,多了一丝忧郁与沉稳。在每次交上来的作业本上,你总会用汉语写上几句消极低落的话语。终于有一天你向我讲了在你身上发生的故事。

　　你爱上了你的一位老师,这爱一旦在你的心中得到确认就一发不可收拾。你和这位老师走过了一段情义缱绻的日子。有一天,你的这位老师突然告诉你这段感情不能走下去了。你的深入骨髓的爱恋遭遇了老师的决绝,你接受不了,但是又无能为力了。

　　一个人因自己的单纯和天真而意外地遭拒,既难以忍受剧烈的伤痛,又不好将伤口展示给别人看,于是这伤口在长期的压抑与苦闷中进一步恶化。这难以言传的折磨曾使你熬过一个个不眠之夜,这无处安置的一颗绝望的心曾使你起过轻生的念头。这无形的摧残使你怕阴天怕雨天。曾经爱得那么痴迷、那么热烈,到最后都随枯枝败叶一起被秋风掠走,让你在爱失去了依靠后又恨不起来,面对无法接受又不得不接受的事实,你既无进路,也无退路。你面对可怖的一切,只能徘徊在那极小的一片天地。

　　你踏入了一条不该过早涉足的河,在体验爱的甜蜜、欢乐与温馨的同时,必然要经受爱的苦涩、爱的无奈、爱的无情与爱的屈辱。我为你的不幸而难过,也曾尽我所能给你以理解、给你以劝勉、给你以慰藉,但这伤口要真正得到平复,还得靠你自己的醒悟和决心。

你还是没有能够承担起这无情的打击,退学了,离开了这个伤心的地方,投奔在一个城市里工作的亲人去了。

再见你时,已是三年过去了。时间是医治一切伤痛的最好良药。我很高兴终于看到你能以坦然的姿态面对周围的一切。提起过去,你只是淡然一笑;面对未来,你充满了信心和勇气。你认真缜密地设计着自己的蓝图,走出凄惶的秋色,走出坎坷的山谷。

一个单纯的女孩,上帝一定会眷顾和偏爱她的,一个有爱又曾为爱执着的女孩,命运会回赠她一个美好的未来。你很轻松、高兴地走了。

你要去的那个地方固执地滞留在我的脑子里。我在想:那里一定有枝繁叶茂的丛林,为你撑起希望的绿色;那里一定有凉爽的清水环绕绿草,为你供奉美丽的情趣;那里一定有幽静的小路,引你走向理想的枫林;那里一定有静谧的夜晚,带你进入甜甜的梦乡。在你希求一枝细嫩的花枝时,愿上帝赐予你整个春天;在你渴盼一滴晶莹的露珠时,愿上帝赐予你一池清泉。

相距遥遥,唯一了解你的方法就是读你的信。你说过有些事通过书信往来可以达到共鸣,可以得到理解人和被人理解的慰藉。

抬头看一看天,已是暮色浓烈的醉人时刻。秋天将明丽的色彩洒满每个纯情人前行的路上。这条路也是你的路。

(1995 年 4 月 11 日)

酒　意

在这个世界上,不是什么事情你投入了就会有结果的。我做人的最大执拗之处也就在这里,在明知道没有结果的情况下,却不肯放弃对最初看中的东西的执著追求,以至于最终连自己也看不清楚了。

我刻意地坚持着、努力着,我满怀激情地等待着、准备着,可是,从那双眼睛里我再也看不到那种眼神,或者那种眼神根本就不曾有过,或者那只是我心灵期待中的长久彩饰而带来一时的误读。

渴望着相见,相见时的游离目光又让我有一种说不出的难受。

有些东西,你走得越近,它就离你越远,不论是昨天的还是明天的。当一个人的走近成为另一个人的负累时,脚步就再也没有一种踏实的感觉。

生活不像醉酒,不能像醉酒那样什么都能想起,也什么都能忘记;也不能像醉酒那样多荒唐的举止都不遭人嫉恨,多愚蠢的言语都不遭人耻笑。

我是在最清醒的时候做了一件最荒唐、最愚蠢的事情。

一个四十多岁的男人,离开了自己小有成绩的事业,甘愿降低级别和舍弃优厚待遇,背离家庭,背负购买新房的沉重债务,到一个陌生的单位,担当一个不起眼的角色,去做一种默默无闻的工作,去过一种单身汉的生活,就是想给自己寻找一个自由呼吸的空间,给思念装上一双强劲的翅膀。

一个看中内心体验的人,总会在自己看中的东西上无私认真地付出,实践真实的生命意义。

我不要精彩地活着,只要自在地活着,无论活得多么平凡与简单。我就这么一点需求:平凡而快乐,简单而幸福。

我顺着自己的心路找寻而来。有些阳光下找不到的东西,灯光下就能找到,一直以来我对此深信不疑。所以我珍爱每一丝光亮。我不是那么贪心,绝对不是,我只是期待着我所喜爱的光线真正照到自己身上。可是我不能向

人们辩解,我不能一一述说身上的积雪再厚都毫无意义,我只是希望有那么一个人告诉我:meaningful living style and proper color of life。

我知道那是一个最懂得生活的人,那是我灯光下最看中的人啊!

在朋友的一再规劝下,本不能喝酒的我却多喝了点酒。回到住地,在一片漆黑之中,我艰难地攀爬着楼梯。一不小心,左膝盖顶撞到了楼道的水泥护栏上,一股锥心刺骨的疼痛顿时传遍全身,整个人就倒在了楼梯上。一座楼就住着我一个人,我试图站起来却未能站起来。我下意识地把手伸到口袋里摸出手机,习惯性地拨打了那个号码,可是无人接听。接下来我不知道该把电话打给谁。我对自己苦笑,伸出右手去抚摸左膝的伤痛。

在酒力的作用下,我很快就进入了睡眠。半夜里我被冻醒了,身上什么也没有盖,电扇一个劲儿地转着,门敞开着,北面的风吹进来,外面下起了小雨。

我不是对人说没有过多过繁的事务和压力轻松多了吗?我不是对人说离开了刻薄的语言我自由多了吗?我不是对人说我可以完完全全静下心来做自己想做的事情了吗?我不是把自己的经历和感受一篇篇写下来发到博客里了吗?我不是潜下心来在认真整理自己多年的教学感悟了吗?我不是一遍遍对人们不厌其烦地说这就是我要的生活吗?

我就是不能把一种思念从自己心底彻底根除。这无望的思念,渺茫而又沉重。

我不得不接受现实了。

我不能再存任何幻想了。

我不敢再去看那双眼睛了。

那种令我感动的眼神无意逗留在我的视野之中,也就只能视为幻影了。

我从床上坐起来,就再没有了睡意,酒意也已消散。这时,我感觉到有风有雨的夜色很美,昏黄的灯光很美,静静的室内氛围很美。

夜色之中,灯光之下,氛围之内,我抬起头,平视着前方。

窗外夜色正浓。夜色正浓啊……

(2007 年 5 月 12 日)

研磨时光
YANMO SHIGUANG

思考·醒悟

  当池塘边的露珠不再晶莹剔透,当路边的枝叶不再繁茂青翠,你是否会为一季的春色而伤悲?你是否会为悄然离去的浓夏而流泪?当理想的天空黯然失色,当多彩的幻梦化为乌有,你是否会在心中培植长久的孤寂?你是否会在胸中藏匿无限的怨艾?

  走在人来车往的繁华大街,你是否注意到巷角伤残的乞儿?独自沉吟在花前月下,你是否听到茅舍里传来的凄惨哭声?

  一生中遭遇无数的不幸,一生中面对无数的不公,这不幸与不公中,有多少是来自自身的无奈,有多少是来自外在的环境?回过头来,认真透视走过的路程,细细品味经历过的雨雪霜冻。做一番反省,发一番感悟,也许会使自己从迷蒙的夜色中走向黎明,也许会使自己从幻梦的混沌中走向清醒。

  既然一个人无法改变自己的过去,那么就必须好好地把握现在和未来。也许过去的蓝图上有空白、有污点,那就更应该用满腔的热情和全部的爱心去充实未来的画卷,认真地走前面的路。

  将过去的那棵由于水薄肥短而打蔫的幼苗连根拔起,弃之于记忆之河之外,让自己的心轻松得像天空的云雾,融合于大自然中。也许漂泊的心没有固定的驿站,但漂泊的轻快与自由会让很多人惊羡。

  春夏秋冬,四季交替,这是大自然的规律,如同世上万物,总免不了由丰满走向凋朽。面对人力无法改变的东西,我们无须凄楚黯然、对月挥泪,面对必然要发生的事情,我们也无须幽咽低泣。以坦然的姿态面对云卷云舒,以平静的情怀面对花开花落。

  不论在工作上还是在生活中,一个人的勤恳与努力固然重要,但起着很大作用的还有机遇与缘分。正由于这个原因,一个人的一生免不了会出现事与愿违的事情。不必在意机得机失、缘聚缘合。

生活中,我们每一天都可能遇到最不幸或最幸运的事,但至关重要的是——当我们突遇不幸时,也能拥有接受美好的心情。

幸福的家庭都是相似的,不幸的家庭各有各的不幸。当无论什么样的不幸降临到我们的家庭时,其实能够使我们克服痛苦、勇敢生活下去的只是这样一种知识,即,人类能够将一些有害或悲伤的东西转化为一种积极而有价值的东西。我们不应该总是把眼光落在过去和痛苦上,不应该总是自问:"为什么不幸偏偏降到我头上?"代替这话的应是面向未来的问题:"既然这一切已经发生,我应该做些什么?"毕竟,我们曾经欢笑过,生命中还有许多事情值得我们去庆祝。

世上许许多多的痛苦来自用过分理想的尺度衡量周围的一切。如果在事前尽量把结果想得更糟糕一些,也许在得到结果的时候会多一分镇静、多一分安然、多一分自慰、多一分欣喜。有些事过于沉重,不是事情本身沉重,而是灰暗的心理增加了它们的重量。擦亮心灵的窗子,窗外的一切才能明朗起来。

很多时候,我们需要学会放弃。心情好,枝叶的飘落才能呈现迷人的舞姿。笑容升起在心情轻松的时候。

(1992年11月2日)

一 根 羽 毛

又是一个阴冷潮湿的天气，一个人躲在屋子里，想自己的心事。上帝给了我多愁善感、丰富细腻的感情世界，却同时又给了我沉默寡言、不善言辞的性格，让我一生中，很多时候只能自己对自己说话，让我在梦中走过生活中不敢走过的路。

常常为一双明亮的眸子酣睡多日，常常为一缕无心的媚笑搜肠刮肚，常常为一声感人的歌声去苦苦地寻找和弦，常常为一朵娇艳的花朵去构思浓浓春意的绿叶。

为这难以抛却的闲情，苦苦等待在寒风肆虐的十字路口；为这难以忘怀的碎石残粒，默默地承受着孤独的煎熬。

过眼烟云就这样去了。

一只鸡走进欢呼跳跃的鹤群中，被这眼前忘情的欢乐所陶醉，忘乎所以地随之舞蹈、随之歌唱。到达兴致最高处闭上了双眼，当它再睁开眼时，所有的鹤已去，独独剩下它自己。也许它会从地上捡起从仙鹤身上掉下的一根羽毛，小心翼翼地珍藏在最隐秘的地方。它不会轻易捅破这段记忆，当它回到凄然的栖所后，它会照常做自己的事。没有人知道它无法叙说的心绪。

在我的心中珍藏着这根羽毛，不过它不是我捡到的，是我数百个不眠之夜精心构思的。在这羽毛上我耗费了太多的思索。疲惫如劳作整个夏天的农夫，欣慰亦如劳作整个夏天的农夫。有时真希望满地落满羽毛，有时真希望每根羽毛都变成姣好的明眸，有时真希望每一根羽毛变成利箭，在我得意忘形时，穿透我，让我在欢乐中死去。

羽毛上有多少解释不清的痴情迷意，羽毛上有多少挥洒不尽的缕缕愁怨。我把命交给一根羽毛，如同猎物走向猎人的枪口。我把枪声当作世界上最美丽的音乐。也许我的离去是与这枪声最和谐的舞姿。

我以我自己独特的方式去感受周围的一切,去领悟周围的一切。如同我伸出手,以世上最诚恳的姿态去接起滴落的泪水。我不停地将我的感受、我的畅想写下来,写作成为我生命中最具实际意义的一部分。

我不敢给我写的东西一个实际的名称,因为我深知我离文学的殿堂相距太遥远。文学的任何一种形式都是我拼尽所有力气都无法企及的。我的态度过于偏执,我的感情过于细腻,我无法以一种超然洒脱去面对生活中遇到的种种失落与困惑。

我微笑,是因为我害怕黑夜;我歌唱,是因为我害怕孤独;我呼唤,是因为我希望每一次回音都成为一个亮点,照亮我眼前的空地。我被忧伤所包围,但我从不让忧伤走到我的脸上。

这时,羽毛成了我的写作主题之一。心思躲开多雨的季节,全神贯注在羽毛上,用我的笔描绘羽毛的美,用我的心感受羽毛的轻。

我不能再像往常那样熬夜了。我在入睡的铃声敲响的时候就进入了梦乡。梦中我也变成了一根羽毛,轻柔地飞了起来,遇山越过山头,遇树掠过枝头,遇海贴近海水,遇鸟擦过翅膀。待我落地的时候,我成了找不到妈妈的孩子眼中的一滴眼泪。眼泪闪着光芒,像一双扶在脸颊上的手。我终于明白了,再不起眼的东西,亲近它,它就是你的阳光和水分。

(1993年7月11日)

美丽的笑脸

不知从何时起,在同一个位置上,我的目光总是不由自主地走来走去。我留恋这个位置,又无法安置那驿动的心。

在你蓝蓝的一片秋波中,我是一个溺水者。我是在饮了你纯美的酒之后一头栽下去的。酒后的我已无力呼喊、无力挣扎,听凭瘦弱的身体一直下沉,沉得无声无息。

你的笑是一张密密的网,将我从水的深处打捞上来,然后,又将我重重地掷在岸边。我在半醒半醉中摇摇晃晃离开了你。

留不住你美丽的笑脸,留不住你传神的眼睛,留不住你的温情,留不住你的舞姿。一切属于你的,你尽管带走。我只有把苦苦的思念和深深的眷恋留给自己,我用一生的爱酿就一杯杯涩涩的酒,然后又一杯杯饮下。

我把心开拓成一座园林,四处种满你的身影。

我的爱是一只漂泊不定的小鸟,始终找不到自己固定的栖所,静谧的世界中那影影绰绰是一片愁云惨雾,痛苦与忧伤似一股黯然的幽光,在阴雨霏霏的日子里造访我孤寂的心灵。

我以你美丽的影子为根。失去根基的我在肆虐的风中痛苦地摆摇。我不想向人们昭示什么,我只是在默默承受我必须承受的一切。可我的心不曾在破碎的梦中安息,不曾在强大的旋风中倒下。尽管心已千孔百疮,伤痕累累,但我可以说它仍然是圣洁的。我不祈求任何人留下任何东西,如同不祈求人们去捡起吹落地上的一张纸。

打开房门,我会拒绝一些人,也会接纳一些人。我会按照自己的爱好作出自己的选择。有时我分不清哪些是由衷的欢笑,哪些是虚伪的感情。一张张笑脸是世上最大的盗贼,撩拨你,诱惑你,在你得意忘形时将你洗劫一空。望着干瘪的行囊,望着遍地的荆棘,望着伤痕累累的双腿,望着模糊的远景,

我迈动双脚,继续走我的路。

　　我用手缓慢而又认真地折叠一只纸船,轻轻伸展我的双臂,小心翼翼地捧起那只纸船,静静观察着,如同视察被人掏出的血淋淋的心。我对着纸船微笑,然后将它放置在最不起眼的角落,划擦一根火柴,点燃这只纸船。我对着腾起的火焰微笑,火焰由高而低、由明而暗,最后只剩一片灰烬,我对着灰烬微笑。

　　多少人怀着强烈的愿望走来,想透过岁月的面纱看清岁月的真实容颜,到头来只能是失望地垂头离去。我在一次又一次的失望与困顿之后,渐渐地养成了漠然的心态。多少情缘情分付于悄声低吟的流水,多少爱心爱意留在独处孤存的心间。从冷冷的野外归来,从沉沉的夜晚归来,人们也许会从衣服的潮湿中看出我是怎样备受露珠的侵袭,却看不到我抑郁的心情也沾染上月光的颜色。将这种沾沾自喜留在心底,抑或将这种心情说出去与人共享。随自己的心意而定。

　　我沉思着走来,冷静着走去。在充实与失落之间,心不自抑。

(1995年8月22日)

研磨时光
YANMO SHIGUANG

忆　你

　　忧郁本是我心灵苗圃中的一株杂草,你的爱心便是一把抡起的锄头,只需你优美洒脱的一个举动,忧郁便会被你连根铲除。你的笑语日积月累酿成养料,滋养了我的愉快之苗。

　　忆起你,说不清是一种什么感觉。想看一看几番风雨后探出的新枝,想看一看酷夏严冬后丰满的羽翼。

　　想知道你的消息,又无从知道你的消息,如同想触及一个久远的梦,又捉不住梦的边缘。

　　是你装饰了这个美丽的幻梦,用纤弱的身影和柔和的声音。是你鼓励了自己也鼓励了我,用挺直的腰身和坚实的步履。你走来是那么的轻盈那么的飘逸,你走去是那么的无声无息。

　　忆起你,说不清是一种什么滋味。从未试图走近你,但也不愿远离你。从未企求拥有你,但也不忍舍弃你。你的天地很大,你把微笑洒向整个世界。我看重的不是你的微笑,而是你略带沉思的眼睛。我在你出神凝视中寻找自己的影子。

　　你曾对我说不要太封闭自己,你曾对我说不要在某些事情上太认真。我有着一条别人看来太过苛刻的准则:走我认准的路,一直走到底。

　　真希望有一日你会突然出现在我的面前,叙说难以言传的衷情;真希望有一日,让我平静于你梦般的沉默中,自由挥洒五彩思绪。

　　我只能是一只含着希望最后又不得不垂翅而栖的鸟儿。为一个不再重视的微笑,空怀思念。为一双扑朔迷离的眼睛,我一遍又一遍清点我不完整的思绪。

　　我在等。等地上所有的房屋都能敞开门窗,等地上所有的人都能平静入梦,等眼前时常飘起丁香的色彩,等温柔的影子自由地来去。

如果有一个夜晚,你梦中看见一只独行的小船,请不要惊讶,那是我的心在寻找堤岸。如果有一个黄昏,你伫立街头,看见天边划起一道弧线,请不要哀叹,那是我在忍受着思念的追赶。我在喧闹的人群中寻找你,我在空旷的房间寻找你,我在孤寂的心灵中寻找你,我在沉沉的梦境中寻找你,寻着你的影子,心中就多一份力量多一份慰藉。

如果唇启唇闭是一抹永不褪色的彩虹,我愿将这抹彩虹置于思念之天空的最显眼的位置。彩虹不属于我,但彩虹在我心中。

站在高高的古代建筑之上,千百双眼睛洞穿历史的画卷,留下的欣喜与慨叹,又怎及一线的晨光自远方隐约之处升腾的形象。徜徉于重叠的林木之中,千声万声的呼喊与狂笑,又怎及涓涓细流的清润低微之音。缠绵其中的缕缕情丝牵动宇宙的整个形体。

我依然在等你。

我不会在花花绿绿的万千鲜花或景观面前停滞脚步,我拼尽全身的力气走向彩虹。我沐浴在彩虹的光耀之中,哼我自己的歌,走我自己的路。

也许有一日我会永远失去彩虹的抚慰,但关于彩虹的歌会响彻我整个一生。

(1998年1月12日)

研磨时光
YANMO SHIGUANG

目光可以走弯路

（一）

如果目光可以走弯路，那一块块或平坦或突起的土地会将它引向神圣的峰峦，引向人类的禁地。人在微笑时，常常滋生出罪恶的想法，总想伸出手，触摸花枝掩盖的夜色。意识是率先犯罪而又永远不受惩罚的惯犯。人常把自己的想象寄托给意识，做着自欺欺人的蠢事。

我无法不使自己不模仿树站立着。只要我不想倒下去，我在模仿中扭曲了最初的想法，所以会有一天，所有人会因为我的不可思议而吃惊。我不会讲太多的话，革新与保守都能在我的身上寻到知己。

（二）

愿望的萌生，事关海水的涨退。我在沙滩上凝视着你。伸出满布纹路的双手，触摸残留在那堵断墙上的短笺碎片。有些话就藏在海水里，那是泳者的一次自我救赎。我正好穿着这件透明的泳衣。我的脚落在滚烫的沙滩上，这反而逼着我加快了奔跑的脚步，向着沙滩以外的地方奔跑。当我再次站在树荫下的时候，我看到炎日下的海闪着晶莹的亮光。海的变幻，留在海的自觉的意识里。

（三）

不是每一个阴雨的日子都令人烦闷。从繁杂的事务中走来，正需要一场消尘涤污的绵绵细雨给我带来独处的宁静。让我在宁静中梳理来不及细品的日子，让我在梳理中流放长久积淀的思念，让我在思念中纯净蒙尘的情感世界。在光洁的粉底衬托中，潜心挖掘深层的蕴意。即使所有苍老的岩石和

干涸的河流最终都要搬到脸上,翅膀之上依然要长出强劲的羽毛,向着一个又一个冬天飞翔。冬天的飞翔注定是一场苦难,我愿把苦难当作上帝的一种无价恩赐。

(四)

有人在自己的睡梦中笑着死去,不知这是一件令人艳羡的幸福还是一种莫名其妙的悲哀。碧绿的树冠一动不动,期待有一丝风吹来。时间的羽翼过于无情,在迅猛的飞翔中残忍地将影子从你心中掠走。看着辨不清面孔的人进进出出,已成为我生命中的一大乐趣。

(五)

迷上你的那一刻,我感到了自己的无助。我无力约束那两头黑色的走兽,如同我无法约束周围与我有关和无关的流言。爪无痕,行走的路径无痕,你用心看到了这无形的抢掠,你的手遮挡住那最简捷的入口。我仿佛看见沙弥合起的掌、和尚低下的头。我仿佛听到那无动于衷的念叨,那表情漠然的祈祷。我用感觉寻找那根绳子与那把斧头。

(六)

爱沿着梦的山坡而上,又沿着梦的山坡而下。没有人看见行途与归途的脚印。

不会迷失自己,不会有遗憾后悔。不会有担惊受怕,不会有冷眼黑心。一切受无意识的牵引,自然而然地开始、发展、结束。

没有勉强的微笑,没有无奈的挥手,没有悲哀的摇头,没有失望的驻足。一棵树想舞蹈时,自有和煦的春风吹起柔软的细枝,想静止时,自有春风知趣地退去。

心和轻柔的云相伴而行,于是心便是云,云便是心。

(1997年9月19日)

抓住了事实

（一）

季节过于迟钝，无法理解我此时的心情。我是不是太聪明，常常在不该看清而看得太清上失去了本不该失去的东西。灯一直在那儿亮着，我不能说灯一直沉睡不醒。抓住了真实，也就酿就了不幸，让我在不幸中看透人间的虚伪。

（二）

孤寂忧伤潜藏在心灵深处的另一个世界，那里没有阳光，没有雨露，没有色彩，没有歌声，没有对白。

不让孤寂和忧伤走到脸上，不让它阻碍伸展手臂和迈动双脚。可以不吃不饮不睡，但不能不从事工作。可以对自己阴沉着脸，但必须以笑脸面对周围的人。睁开眼看着，周围的一切便有了光影。细密的心思绊住了手脚，无法追上哲人的承诺。我不再随波逐流，试着从温情的季节表面，把冷漠的内心看个通透。

（三）

不论张开双臂还是合拢双臂，落日总要落入你的怀里。两种举动有着两种不同的意义。张开双臂是你等待落日，合拢双臂是落日走向你。对落日的取舍由不得你，属于你决断的是你采取主动还是被动的态度，落日的深沉带着你进入梦中，梦中的你一言一语由不得你，但你不能自觉，梦中的你由不得你但叠印着你的怀想。让你飞，飞越时空回到原始的密林；让你跳，跳出所有语言圈定的极限去拥捉虚无的幻想。让你在哭的时候欢乐，让你在笑的时候

痛苦,一哭一笑之间有无数落叶腐败成泥。

我精心采集那片片泥巴,堆积在明暗不定的一片空地,在那里我培植人的本性,也培植杂草。当杂草疯长到一定的程度,我从梦中醒来。

(四)

走过的路有纷纷落下的枯叶掩埋深深浅浅的足迹,让你我在回眸时难以捕捉颠倒的梦。

那间灰暗潮湿的房间是否封闭得太死?探出的头撑破低矮的房门。有人死死抱住那棵屡遭风雨洗礼的树,不肯松手,不肯离去,那是否我的影子的一次无心预谋?

在我的牵引下,你匆匆地走来,忽略了本不该忽略的细节。悲哀在这里崭露头角,从此便狂歌曼舞于整个一生。一个人的错误,笼罩了两个人的前程。

压抑在长时间的堆积中,培养起自己的健壮与强悍,你我在它的威逼下,俯首称臣。但无论怎样的环境怎样的不幸,改变不了根本的东西。尽管日趋弯曲变形,终究你还是你、我还是我。

(五)

我常以梦的呓语传达一个个故事,但我自己清楚这并不是梦。我常以呆人的痴言表述一段段深情,但我自己明白我不是呆人。

世上有笔直平坦的大道,也有蜿蜒坎坷的小径。我是那种专爱走小径的人,走的时间久了,也就习惯了小径的颠簸与坎坷。让我离开小径去走平坦的大道,反而觉得不舒服,如同住久了偏僻的小镇不习惯城市的喧哗与热闹一样。

多少人以为了解我而了解的只是一种表面的东西。一盏高悬的灯,把你招引出来,让你一蹦再蹦后终究未能摘取,你是垂头而返还是就这样一直蹦下去?在花不常开的季节里,梦发挥了最大的优势。

(1996年10月7日)

欣赏·孤独

（一）

我躲藏在大风的背后与寒冰的下面，只是想更深刻地领会这个世界。

我习惯于闭着嘴巴不说一句话，我的身上覆着一层虚伪的面纱，我把第一缕晨光以及最后一缕夕阳，都变成了自己内心的渴望。

我知道我的梦呓很容易蛊惑一个单纯的世界，我撒播的风霜与冷雨很容易遮蔽追逐快乐的漂亮眼睛。我的拥有总带着一点点的霸道，世俗把这一切看成邪恶，我把它叫作欣赏。

我一直认为欣赏就是这样一种姿态。世界上的美丽与愉悦，肯定都来自一双欣赏的眼光。

（二）

我们只能在山珍海味面前怀念萝卜与白菜，装点门面的就那么一点绿色管用。

把我的那双鞋归还给我吧，我不用它走路，我用它缅怀过去的灾难。我痛恨涂了指甲油的手指，血红的唇膏扎痛了我的眼睛。

我要赶走这可憎的黑夜，我要让太阳再次从东方升起。

我的心，就在东方。

（三）

在我还没有看到槐树发芽之前，我不会停止前进的脚步，我要用一串串脚印慢慢接近春天。在我还没有握住你的手之前，我不会停止两只手掌的摩擦，我要用手的温暖融化你冰凉的心。

等我能够站在河的岸边,我要和游动的鱼进行一场对话;等我能够躺在绿油油的麦田里,我要细心倾听苗根的申诉;等我能够安静地睡去,等我能够高兴地醒来,等我抓到的东西不再出现在梦里,等我不再靠想象打发日子,这个时候你就是我的,世界就是我的。

(四)

其实真正看上一棵树的枝叶,又何必在意树后的东西,抓住了绿色,树再没有什么不好把握的。无论有多少斑驳有多少青翠,只要你用心去爱一棵树,就可能牵引它的每一次摆动。

树下的男人一点点长高,靠的就是树一样的深沉与隐秘。无论生活给他什么,他都乐意接受在自己的手心里。然后靠流浪,消融在模糊不清的四季。

选择了流浪,也许是注定,也许是身不由己。

(五)

触动最原始的情愫,总是最完美的。在渴望出走的时候,却把自己锁在了心里。

一个人的征程上,没有一双炽热的眼睛投向我,时间就像站在雪地里的鸟的两只脚,冰冷地踏破这纯净的安宁。

在堕落和高尚之间,没有人可以预知结果,生活中总缺乏一种完全清纯的感情,哄我在雪地上入眠,让我在梦中学会珍惜爱情、珍惜生活。

我被雪地拒绝,甚至不容我等待明天的阳光。

我向孤独走去,就如走进我的家。

(1999年11月10日)

研磨时光
YANMO SHIGUANG

春天·雨水

（一）

　　正因为雨水太多,你要给我一点时间,让我编好斗笠,至少可以应付一段雨后的生活。正因为道路泥泞,你要给我一点时间,让我打制一双草鞋,至少可以蹚过一段雨中的沼泽。
　　不要怀疑我的真诚,把你的手给我,让我把胸口的余热,一点一点传给你。
　　脚步不会停滞在春天里。为了能有那么一点收获,让我带上:竹篮、锄头、诗歌……

（二）

　　怯弱而清凉的水滴,闪着光;远离尘世的长翎,闪着光;布满疤痕的舌头,闪着光;春天的旅途,闪着光;眼前的你,闪着光。
　　在瘦弱的影子里晃来晃去的你肌肤上的香味,让我掠过今生最后一次凋零。我用目光轻轻地叩问月季花红润的身体。
　　人在梦里说话,心就开了花,就开始相信时光从老人开始到孩子结束。丢下那把草根以及车轮碾碎的泥土,从此以后我再也不担心还有什么能够阻挡我。一根发丝放在掌心,一个人就站在了生命的终点。树可以学着人的模样梳理头发和洗洁身子。
　　一切与风有关的故事都与树有关,我只要再抬一次头,太阳就能落下来,太平洋就能在我心中吼叫。
　　我还没有完全走出孩子的阴影,我的眼神总带着些迷茫,迷茫而又幼稚的眼神轻易就落到了你的手心里。你的眼光不在意这些,拎起扫把就走出了门。我把心愿藏在满是灰尘的指缝里,谁也听不清心愿与手指的交谈。

放走眼神,一个想法叠起一段鸟鸣,一层一层地接近耳膜。你不愿意走近,又怎能看清我的纯洁?

(三)

在诗歌进入梦境之后,风景就是微笑。清气上升与浊气沉淀,男人和女人在地球上走动。出现的星星遭到飞鸟的咀嚼,阳光一下子就打开所有的生物。中午人最容易焦躁不安,被揉碎的花瓣与意象在细雨中时隐时现。语言穿过米粒上的那点晨光,一切视线就走向了你。

在我的凝望中你是憔悴的莲,我从摇曳的灯光里抽出夹杂其中的女人的体温,把它凝望成夜晚的果实。我就不再固执地背对阳光,轻描淡写的时光印象与一些细节擦肩而过。

我就在这时走近你,走进羽毛的睡眠,走进庄稼的鼾声。

(四)

我把你奉于山之峰巅,但峰巅不是绝顶,因为每一次相见,心中的山峦便有了一种新的高度。我把仰视看作送给你的最佳赠礼。我们之间没有距离,伸手便可触及你长长、柔柔、黑黑、亮亮的发丝。我不会追赶滂沱大雨中夺走我雨伞的瘦弱汉子,我不会接受长期的困顿与奔波中送上口的饭菜。我不会凝视夜色中繁华都市的迷人彩灯,我不会还击给我当头一棒的角落里的小人。我什么都不在乎,因为世上再也没有比能够爱你更重要的事情。

(五)

我曾像依赖眼睛那样依赖着你以及你鲜花般的笑容。我爬到沉船上,依然无法摆脱水的骚扰。

手在欢乐地挥舞,腿却在痛苦地挣扎。你在我的脸上涂抹绿叶,你把蜜汁灌进我的嘴里,我恢复了一时的呼吸和呼吸后的欲望。

落到地上,眼镜就粉碎了。你又怎么能明白,我所渴望的不只是一季的收成,而是催生春天的种子?

(2005年6月6日)

研磨时光
YANMO SHIGUANG

视　野　中

（一）

　　你的心不在书上，你常常站在夕阳的余晖中，望着远方出神。短暂的沉默过后，你便能开怀大笑。你笑的时候最可爱，你的笑声绵延成飞鸟的眼睛和春天的雨水。在笑声中，嫩绿的禾苗开始了拔节。在笑声中，含苞的蓓蕾开始绽开。在笑声中，流浪的云朵开始了沉稳。在笑声中，沉睡的心灵开始复苏。

（二）

　　目标在我的视野中。我在含蓄的屋檐下想我不该遐想之事，怀我不该怀念之人。站在语言的即将罢市的集贸市场上，站在被人挑来挑去挑剩的那堆语言的摊子前，我总在为采购不到称心如意的语言而苦恼。我想赞美一个人，又苦于找不到独特而又恰到好处的词语。

　　我只能把你明净光洁的额，想象成旭日初升的海，船上扬起的第一叶帆；我只能把你细长浓密的眉，想象成欧·亨利笔下那最后一片落叶；我只能把你顾盼神飞的眼睛，想象成世上最醇香绵甜的酒滴；我只能把你鲜艳红润的唇，想象成最圆满的心愿；我只能把你清脆嘹亮的声音，想象成入夏后的第一声蝉鸣。

　　我的视野里，最终是我目标的印痕。

（三）

　　我在这光洁的世界里，走我的路。

　　也许会有无数洁白的亮光浮游在情怀之外，也许站久的思想会寻觅停歇的枝丫，也许沉默千年万年的古树想开口讲话，也许动荡已久的日子盼望永恒的滞留。

我不曾站在风口松开那纤细的丝线，我不曾盘旋在高山的顶尖做无奈的呼喊，我不曾划过喧闹的街市留下扭曲的身影，我不曾存留零星的泪水浇铸脆弱的心愿。

我踏上一列火车来到那座城市，我自信我不会迷失方向，我却找不到来时的路。我回想着这路的模样。很可能是不太体面的一位村妇，第一次换上一身新装，在镜子的面前，既羞涩又得意地来回走着。

这村妇模样的路，怎可能转瞬间就在我眼前消逝？

（四）

远方的茫茫苍苍是不着边际的空白，道路在这儿歇脚时仍不安分地伸展它的手脚，随心所欲地密织一个个网络，嘈杂的机器轰鸣声已在长久的哀号中形成固定的模式，充人耳已不为人所闻。

一阵清脆的铃声从心底响起，迷漫整个心空，我真想将自己的整个躯体连同悬空的思想一同装进自己的心中。

猛抬头你已站在我的面前，像一把伞在凄风苦雨中撑起一片晴朗的天空，鲜亮的日子又从今天开始，不论冬寒冰厚，不论霜酷雪浓。

寒冷可以囚禁一切生灵，寒冷可以封闭园门屋窗，但寒冷奈何不了我，我的日子从今天开始鲜亮，从鲜亮走向饱满、丰实与成熟。

我不会弯下腰去收获自己的果实，我会仰起头等待你或厉或柔的一声命令。

我的思绪在你手捧的东西上聚焦，那是一种源泉，我心中的铃声来源于它。那是一只温顺娇嫩的小鸟，欢跳在你缠绵的手掌之中，那是无数条红色彩带，战抖在你含笑的话语中。

脚印与铃声，最终都会在时间的皮鞭驱赶下销声匿迹。

（2000 年 9 月 11 日）

研磨时光
YANMO SHIGUANG

起风的时候

　　一个阴雨的午后来到田野里,我看到一朵小小的野花向着我开放。于是我明白了,幸福不是事业的成功,不是生命的运气,甚至不是精神的爱情,幸福是一颗平静的心向着一切,丑陋的、美好的、善良的、世俗的东西,微笑。

　　我在思索的时候,天就起了风。风温柔地捡起草的种子,轻轻带入土地,试图用一春的记忆和一夏的辛劳,潜心挖掘绿色的含义。

　　我就在这个时候迎接你。让我们抛开白天,抛开僵死的规则,抛开魔咒,在没有月光的夜晚,去走一条自由的道路。

　　我看到爱情就坐在草地上,坐在落日的余晖里,耐心地等着我的到来。我一遍遍数着影子与恐惧,然后拼命地伸出手,试图抓住远去的夕阳。我的手滴着血,染红了一片草地。

　　我想在你我之间建一座房子,让低矮的屋檐延续雨水;我想在房子的后面培植一个花园,让玫瑰的馨香把三餐包围;我想在房子中间放一个炉子,用炉火燃亮四季。

　　炉火有燃尽的时候,玫瑰会告别花园,房子年久失修就会倒塌,可是那沾满炉火温热的、染尽玫瑰馨香的、遍受房子庇护的我对你的爱,永远鲜活在我的心中。

　　起风的时候,我就一个人站在东城墙上,默默地思念你,风就在这时刮起。

　　风肯定与思念无关,我的手自始至终只能放在自己的胸口上。残喘的,不只是我的脚步,还有脚下踩着的东西。我在想,只要灭绝人性的风刮着,我就不能在一个地方站立太久,走我的路,还要与迎面的风抗争。

　　我知道这里有树,我知道这里的河水有些凉意,我知道真诚的心容易受伤,我知道没有太多在一起的机会。可是我依然是平静的,尽管我的心事像草籽一样琐碎,尽管我拿不出太多的东西也留不住太多的东西。我知道在你

的两岸,路是喧闹的,街是喧闹的,只有你沉默不语。

温暖是从春夏离去之后才真正开始的。春天给我花没有用,夏天给我荷没有用,我只想在秋风冬雪的日子里,看到阳光和阳光走来的路。

我在你面前站了许久。也许你我的相识就是为了一场告别,然后冬眠,然后凝视彼岸。

睡眠是唯一抵达你的航船,我用舻声挥洒我思念的痛楚,一点一点加大桨橹摆动的幅度。河水里掺杂了我的诗句,已经沉重得无法流动,一块一块凝结。我的手成橹,我的腿成橹,我的思想成橹,河水里生发我思念你的藤蔓。

起风的时候,我一手抱着婴儿一手抱着佛,又一个旅程就从这里开始。

(1998年12月29日)

研磨时光
YANMO SHIGUANG

伸 出 手

　　常常伸出了手，却忘了伸手的目的，把手缩回来后，才想起要拿起桌上的一把尺子或一块糖。待再要伸手时，却让风抢先了一步，把那尺子吹下折成了两半，或把那糖吹下落进了尘埃里，徒然留下一段后悔与失意。有时连后悔与失意也得不到，不是失去了再伸手的勇气，就是失去了再伸手的兴趣。

　　滞留心中的木然与索然是没有钥匙的锁，没有钥匙就无法开启幽闭的房门，砸开锁就会惊散一屋浓郁的碎梦，不妨把自闭也称作一种美丽，任局外人嫉妒地呼天抢地。

　　有时感到每一个季节都很冷酷，春夏秋冬只是上帝变幻着不同的脚步走在这个世界，踩痛每个人的心，又让人不敢说出口，让人在自己塑造的神的面前不断地祈祷。每遇这种情况，总感到人们是在自欺。

　　换一种考虑，人不自欺又能怎样呢？既然走过的路无法回头再走，既然伤痛深留心中无法抹去，人也只有这种自欺求得一种安慰和寄托。人在自欺中得到解脱，在吃了别人的亏的时候，也像阿Q那样说声："小子打老子，小子骗老子，小子欺老子……"在得不到想得的东西时，也像那只狐狸那样说声："那葡萄是酸的，那人面兽心不好，那盏灯落满了灰尘……"

　　不宁的思绪沿着不明身份的灰色的墙爬行，心甘情愿地去做无谓的牺牲。不曾为光荣或不光荣牺牲的思绪抛洒过多的泪水。血会渐渐地冷却成冰。冷却成冰的血不会感动，不会伤怀，不会留恋，不会惜痛。

　　能走到面前的都是我珍视的朋友，不管这朋友是拭去我的泪，还是踩痛我的脚。

　　不要总以为我是很容易被愁怨打倒的人，一个久病不愈的病人就自然而然形成一种医药无法代替的免疫能力，不可能是多数人，但确实有人靠着这种免疫力从病魔的手掌中走了过来。

如果接受一颗心如同出于礼貌，接过别人一让再让的一只苹果，那么我不知道不幸的是你还是我。心注定要受到冷落，因为没有人会对自己没有胃口的食物垂涎。

　　如果赞美你也是一种错误，那么把我的文章都变成哑声的鹿，一直不断地奔跑，不留下任何声音。如果欣赏你也是一种错误，那么用所有的蛛网封闭我思想的大门，囚禁那激昂的步履。

　　一个不认识的人站在面前，不想知道他是谁，因为即使知道他是谁，也不存在任何实际的意义。种子要在土地中发芽，阳光要泼洒自己的光辉，土地要履行自己的责任，我也要迈动自己的脚去走属于我自己的路。

　　我知道我不能着急，我要一步一步地往下走，一天一天地往下走；我知道，在我的目的地没有到达之前，我还要无数次与面前的人擦肩而过，不能回头看过去的影子。

　　有一个信念始终不能变，我必须保持着伸手的姿势。

（1997 年 4 月 16 日）

研磨时光
YANMO SHIGUANG

影　子

公交车上，我静静地坐在座位上，无心地翻着手中的一本书。你的眼睛落在了这本书上。

"喜欢文学作品？"你终于开了口，低沉而友好。那是一本《石萍梅与高君宇》，话题落到书上。石萍梅是民国时的一位才女，她的诗与散文写得都很好，只可惜她死得太早了，满腔的情愫留在了陶然亭，洒在了高君宇的墓上。

在所有的男人中，我最敬仰高君宇的人品。他是少有的真正的男子汉，他的感情真挚又纯正。最让人们佩服的还是他对事业的执着追求和献身精神。

我们静下心来谈文学作品的作者，谈文学作品中的人物。我们谈得很投入，谈得很动情。从高君宇的感情事业，又谈到了鲁迅的杂文、朱自清的散文、郁达夫的小说。

谈兴正浓时，公交车在一个站台停了下来，你下车了。

那张沉思状、好看的脸留在了我的记忆中。我想象着，一群孩子在听你"面朝大海，春暖花开"的诵读里走向一个欢乐的世界。

寻找和等待都能催生文字。我的眼前也有了一个世界。你就站在面前，生动而又鲜亮，会心的微笑和动听的声音在我的天空中绽开蓓蕾。那飞扬的尘埃，那站立的大树，那流动的泥沙，都在以自己的方式说着自己的话。我在这个世界里，也用着自己的心思和一个背影说话。也许一生之中有这么一个机缘，也是一种别样的爱恋。

长长的一段距离，在阳光魅惑的眼神里，慢慢地低下了头，然后落花，然后枯萎。我看着自己的脚，我看见海水离岩石很近。心中的那个影子最后还是淡了。

（2006年4月8日）

家乡的古槐

人类历史长河中，有许多事物只有置身于某种背景或者某类空间的时候，才能显露出真正的生活光泽。在潮湿而蓬松的土壤中居住着种子的信念，在黑暗而拥挤的居室里居住着油灯的光亮，在漫长而多磨的荒漠中居住着脚步的行程。回转身子望着远古的时候，塔桥村的人们就想从槐树身上找到自己的根，就想为自己的根覆上一层薄薄的面纱。

研磨时光
YANMO SHIGUANG

家乡的古槐

　　古槐树伫立在小村子的前方地带,树下有片宽敞的地方。不管是大人还是孩子,都喜欢聚在树下,或叙话闲聊,或玩耍嬉戏。早些年,总有些跑江湖的汉子,在槐树下那片空阔的地方摆场子,打个拳、耍个把戏。至于在槐树底下打牌下棋、说书吟唱,更是经常看到的事。

　　村子里的孩子常在树下玩民间时兴的"杀羊羔"一类的儿童游戏,蹦蹦跳跳的,很是快活。孩子们还时常一边拍着手,一边唱着不知是哪一代传下来的歌谣:

　　　　大槐树,槐又槐,
　　　　槐树底下搭戏台。
　　　　人家闺女都来了,
　　　　俺家闺女还没来。
　　　　说着说着来到了,
　　　　爹见了,接包袱,
　　　　娘见了,抱孩子,
　　　　嫂子见了脸一扭。
　　　　嫂子嫂子您别扭,
　　　　俺当天来当天走。

　　槐树底下搭戏台的时候,大多是空闲的日子。三村五里的乡亲也都拿了椅子、扛着凳子来看戏。戏里的热闹融进看客的笑容里,伴随着人们走过一个个春夏秋冬。戏里的情节也就通过一个个凝固的姿势走进人们的记忆里。你看不见,戏曲是如何触动人们的心灵;你看得见,第二天扛起锄头的双肩更加结实,迈出的步子也更加稳健。

　　说起大槐树的来历,村里人便自然而然地想起那个遥远的故事。说不清是哪年哪月,村民的老祖宗讨饭来到这里。老祖宗停下了脚步,张目四望。这里的土地像一个被遗弃的孩子,找不到来时及可去的方向,一脸焦黄的肤色和无奈的表情。这里的阳光发出一种陌生的烤焦的气味,漫不经心地在土地表皮上白晃晃贴着,镀银一样只管四处制造白晃晃的反光。老祖宗来不及再想其他的东西了,他实在是太累了,一点儿也走不动了。他放下篮子,将从老家门口槐树上折下的一根树枝儿用作的打狗棍往地上一插,想靠着打狗棍歇息一会儿。老祖宗太累、太疲惫了,他终于站不住了,一下子滑落在地,就在地上睡着了。

躺在和煦的阳光里,老祖宗做了一个温馨、美丽的梦。当他一觉醒来,那要饭棍儿怎么也拔不动了。仔细看了看,那棍子竟然发芽了,抽出短短的枝条。老祖宗心中突然有一种异样的感觉,他的目的地到了。他梦里的目的地真的是这样银光熠熠的,他好像找到了安顿梦的位置。他把自己做颗种子种进了这片光与土交融的世界里。

老祖宗在槐树的后面搭了个窝棚,开荒种起了庄稼。于是一方姓氏便在这里生根发芽,枝繁叶茂起来。围绕着那棵槐树,老祖宗子孙满堂,人丁兴旺。在那片土地上,一间窝棚很快扩展成唯一张姓的本家组成的村庄。槐树靠着自己的灵性和仙气,庇护着村子里的人们。那时整个村庄都在仙气的笼罩之中,呈现出一片云雾缭绕的壮观景象,老祖宗根据这种祥兆,把自己的村子叫作张雾庄。雾与务同音,为书写方便,人们常把它写成张务庄。另外,由于村子在槐树的后面,老祖宗还把这个村子叫张后庄。

人类历史长河中,有许多事物只有置身于某种背景或者某类空间的时候,才能显露出真正的生活光泽。在潮湿而蓬松的土壤中居住着种子的信念,在黑暗而拥挤的居室里居住着油灯的光亮,在漫长而多磨的荒漠中居住着脚步的行程。回转身子望着远古的时候,塔桥村的人们就想从槐树身上找到自己的根,就想为自己的根覆上一层薄薄的面纱。

围绕着槐树,流传着一个又一个美丽的传说。

有一个"秦琼古槐拴马"的故事。秦琼闷坐在北平自己的书房里,掐指一算,离家已经快两年了,不由得想念起母亲和自己的家小来。姑父罗艺得知此事,又挽留秦琼住了半个月,就让秦琼回家探亲去了。等秦琼要走的这一天,罗家人送给秦琼许多银两,雇了十二匹骡子,驮着东西,嘱咐他们把秦琼送到山东济南府历城县。临行之前,又摆了一桌丰盛的酒席为秦琼饯行。

研磨时光
YANMO SHIGUANG

秦琼押着骡驮队,跨骑黄骠马,离开北平府上了路。路上秦琼忽然想念起家住山西潞州府天堂县的朋友单雄信,于是在双阳岔路口处,就转走奔山西的那条道。由于连日不停地赶路,人员疲惫、骡马困乏,秦琼想寻找一个休息的地方,抬头便看见远处一棵枝叶繁茂的大树,便嘱咐随行人员赶到大树下歇息。来到树下,秦琼把黄骠马拴在槐树的粗大树干上,仔细观察起大树来。只见树皮斑驳粗糙,铁色的躯干纹路清晰、顺畅有序。树身高大,苍劲挺拔,树冠枝繁叶茂,荫遮数亩,像一把葱茏的大伞。看着伟岸挺拔的槐树,想着自己的凌云壮志,秦琼面对槐树愈发感到亲切。秦琼吩咐随行人员,打来清水,细细地浇在槐根周围,然后又培上一层肥沃的泥土。秦琼心中默默念叨:如若槐树有灵,请赐我随行骡马神奇之力,以便加快行程,让我早日见到朋友和亲人。歇息之后,秦琼一行又上了路。离开大树不久,骡马突然增添了无穷的力量,行走如飞,随行人员也精神大振,大大缩短了行程,秦琼很快见到了自己的朋友和家人。

秦琼古槐拴马的故事在槐树的家乡一直流传至今。渐渐地,人们养成了一种习俗:春耕秋收的时候,总要把自家的牲口牵到槐树前,在树上拴上一会儿,以祈求牲口生力,早早完成春耕或秋收。

我最喜欢的还是"敬德古槐回眸"的故事。尉迟敬德率兵打仗,经过这里,看到浍水清澈凛冽,原野宽广辽阔,又惊异于粗壮高大的槐树枝叶青翠繁茂,心想:如此美丽的地方,一定多美女,如果能在此得见一红颜,也不枉来世一遭。古槐之下歇息之时,尉迟敬德抬眼四处瞭望,竟然看不到一个人,不免有些扫兴。驱马离开之时,尉迟敬德又情不自禁地回头望了一眼古槐,这回头一望,竟然看到古槐树下果真站着一位靓丽的女子。女子背向站着。尉迟敬德看到婀娜的身姿和黑亮的长发,像一朵出水芙蓉。尉迟敬德再次回头,女子侧身相向。这次看到的女子侧影更是光彩照人、窈窕出众。尉迟敬德三次回头,女子面对将军,脉脉含情。飘逸的神情,丰腴的肌肤,红润的面庞,伴着醉人的体香,让大将军看得如醉如痴。大将军从未见过如此绝色的女子。应验了自己最初的预测,见到了花容月貌的女子,一种幸福感和成就感一直伴随着尉迟敬德走到了目的地。敬德古槐回眸的故事渐渐演化成一种习俗。只要人们想做成一件事,特别是想找到一位花容月貌女子做妻子,就站在离槐树不远的地方,对槐树回头三望,槐树便可显灵,帮助你实现自己的心愿。

敬德古槐回眸的故事折射出人类追求美好事物、圆就美丽梦想的良好品性。传说最重要的就是表明了一种时间状态、一种美好心态。它沿着既定的空间抵达时间的某一点,抵达人类的心灵深处。一个人在阴雨连绵时会想想阳光的温暖,会在悲苦忧伤时想想舒展满面的笑容。轻轻拂去树荫下的荒草,也许一位美丽的青春少女会因你而出现。

日本侵华的时候,也在临涣留下了他们罪恶的爪印。1938年,汉奸赵萃九勾来日军侵占了临涣。日本鬼子最猖狂的时候,大槐树上老是出现标语。鬼子刚刚揭下来,一转眼,树上又贴满了标语,而且越贴越多。鬼子们恼了,他们捡来砖块砸槐树,抡起刺刀砍槐树,抱来秫秸放火烧槐树。由于日军的破坏,大槐树开始衰败了,叶子纷纷飘落下来。没多久,大半个树冠就干枯了。看着那半死不活的老槐树,村里的人们一声声地叹息着。那是一个没有月亮,也没有一丝星光的夜晚,村里人被一阵鬼哭狼嚎的惨叫声惊醒了。人们向外望去,只见远处一团火光冲天而起,烈焰滚滚,照亮了半边天空。那场大火一直烧到天亮。第二天,村里村外纷纷传言,说是日本鬼子的逆行惹恼了有灵性的槐树,槐树招来一场"天火",烧了日本鬼子的驻地。

报仇雪恨后的槐树,更加坚定了生存的意志。在一段颓败之后,槐树重又吐露出生命的绿色。村里人也更加关心、爱护起槐树来。一棵枝繁叶茂的大树,又出现在村民们的面前,在小村的前面傲然而立。

有许多事情,无缘无故地突然产生,无缘无故地突然消失,但每件事背后,总有原因,原因在没有回响的寂静中消失。熊熊大火背后的古庙可以沉默,槐树可以沉默,古庙和槐树庇护下的人们合不拢愤怒的双眼。大火升腾,沉默的一切喧嚣起来。

村里的老人都还清楚地记得那奇特的"槐抱柘"。1958年大炼钢铁时,由于在古槐东旁立炉炼钢,烟熏火燎,造成树干东边树皮烤焦,树心死掉。多年后,枯树又发新芽,渐渐恢复了原来的生机。与此同时,在古槐的树洞中又长出一株柘树来。柘树富有顽强的生命力,高出树干许多。这种树中树的现象实乃一奇观,吸引四面八方的人们前来观看,当地人把它称作"槐抱柘"。因"槐"与"怀"同音,"柘"与"子"音近,所以"槐抱柘"也就有了"怀抱子"之意。老槐树就像一位慈祥仁爱的母亲,细心呵护着怀中的新生幼子;柘树就像一个可爱健壮的孩子,深情地依偎着母亲。当地人深信此种奇异现象,是千年古树显神灵,有意帮助人们生养后代。一时善男信女前来祭拜,祈求古树显灵,帮助自己喜得贵子。由于无人看护,古槐中的柘树竟被顽童砍掉,使树中

研磨时光
YANMO SHIGUANG

树的奇观在人们的视野中永远地消失了，留下了一桩憾事。柘树虽无，人们祈求古槐保佑自己生养后代的习俗却流传了下来，每年都有众多男女前来祭拜槐树。

世界上一些美好的事物总是来得不易，去如昙花。奇观是为激活平淡的生活而生的，然后再将激活的生活平淡化。应该说，失去了"槐抱柘"这一奇异现象没有什么遗憾，遗憾的往往是缺少促成奇观生成的心思。

古槐的树干有三围之粗，约四米五，树高约三米五，冠干统高约九米，冠径约十一米。内空如洞，能同时容纳多人。干壁犹如朽木板，历经风蚀霜袭，片片夹起，如犬齿差互。外表斑迹凹凸，不堪言状。古树虽剥蚀严重，但依然异常坚固，游人可上下足登手攀。春华秋实，葳蕤奋发。古树采日月精华，集天地灵气，融世人睿智，虽饱经沧桑而风韵不减，保持着顽强和旺盛的生命力。

千年古树，成为塔桥村人生活空间的一种背景，成为纷繁现实中人们潜在的心里话语和时代表情。

在村民的心里，古槐有着警祸、惩恶、消灾、赐寿的特异灵性。当地流传一句话："摸摸槐树根，活过一百春；摸摸槐树皮，寿与日月齐。"迷信也罢，怪异也罢，人类无法停止自己的思想，也就无法遏止对美好事物的向往。这种向往与渴求走到绝望的边缘时，人们自然就有了超越规律的自我安慰方式。同样是一种自我安慰方式，塔桥村人赋予槐树的灵性是有节制的、是质朴的。

历史的任何东西总会有一些是至关重要的，或如槐树中空的腹洞，或如槐树斑驳的皮肤。

我五年小学和三年初中的美好时光就是在槐树的庇护下度过的。也是对槐树的深情，在离开槐树的日子里，再也没有遇到比语文老师更让人肃然起敬的眼神，再也没有见过同桌女生更让人留恋的笑脸。我是永远属于槐树的，我的根也扎在了那里。

（2003年7月21日）

濉 河 情

"濉水萦回,浑似青罗之带。"这是纪健生先生在《淮北赋》中对濉河的描写。濉河前接溪河,下连浍水,温情默默地依偎着濉溪县城。俯瞰濉河,犹如一条洁白的玉带,飘荡在妙龄少女的胸前,给古老而又年轻的濉溪县城平添了一分美丽和韵致。在所有濉溪人的心目中,濉河就是一道历经时空变换和人情冷暖却爱心如故的最美的风景。

濉河,古称睢水,是古代鸿沟的一条支流。早在春秋时期,它的源头可以追溯到河南陈留县西部的浪荡渠,河流蜿蜒前行,经故相县北转与获水相连。自宋以后,黄河泛滥,鸿沟淤废。失去了最初水源的濉河,有时安静得像个受气的小媳妇,大气都不敢出;有时又像一匹脱缰的野马,恣狂得不可理喻。清代的濉河源出砀山县黄河故道,一路撒着欢儿,快快乐乐地流进江苏泗洪县洪泽湖。1958年冬,为便于淮北煤田的开发,濉河改道,在渠沟至黄桥段开挖新河。瓦子口至黄桥一段就成了我们今天所称作的新濉河,后黄里至黄桥以及渠沟堵坝至闸河口一段自然而然地成了"老濉河"。1968年,上游截源,濉水流进新汴河,最后注入洪泽湖的溧河洼。

濉河走上流淌之路,凭的是一股勇气,而能坚持走到现在,凭的是一种信念。就是凭借这种勇气和信念,她微笑着走过了数千年坎坷而艰辛的岁月,战胜了一次又一次时空变换中的磨难。

濉河在屡次磨难后学会了宽容,水源或丰或涸,水流或顺或塞,河床或淤或沉,她都是那样的纯净,流着一种古朴的风格,流着一种执着的追求,从漫长的远古流到现代文明的社会,任凭命运多舛,几经磨难,仍不失自尊与风度。于是濉水有了独属于自己的故事。

历史上有些时候,流水的雪白与生命的血红是联系在一起的。《项羽本纪》中所描写的濉水之战,是相铚大地百姓心头上永远抹不去的印痕。占有

研磨时光
YANMO SHIGUANG

绝对优势的刘邦六十万联军竟然被项羽三万人打败,而且败得一塌糊涂。鲜红的血水刺痛着人们的眼球,二十多万具尸体淤积在濉水中,"濉水为之不流"(《史记·项羽本纪》)。1970年疏浚老濉河时,挖出的大量弓箭、矢镞,似乎仍在向世人诉说当年鏖战时令人惨不忍睹的血河尸山。更为巧合的是,两千多年后,这块土地上又发生了六十万人的解放军大败八十万人的国民党军的淮海大战。两次以少胜多的世界著名战役在这里挽起了手。

濉河就是一部书,记载着这里的历史变迁,也在轻轻地吟诵着一首又一首动人的歌。

唐初有名的诤臣王珪在《咏淮阴侯》中有"斩龙堰濉水,擒豹燔夏阳"的诗句,那该是另一种气概与豪情。唐朝诗人白居易,常携"符离五子"游车登山,泛舟濉水,诗酒盘桓,与濉溪山水结下了不解之缘,曾把此地喻为他的第二故乡,留下了"濉水清怜红鲤肥,相扶醉踏落花归"的佳句。从兖州奉府(今山东泰安东南)人石介"瞻彼濉水,其流汤汤。有城有民,在濉之阳"的诗句里,我们还可以领略宋时的濉河壮观的景象。

多少年的历史,多少年的追忆,多少年的祈祷,都是岸上人的欢笑和泪水飘落于那条河流的歌声。在每一个迷恋故乡人的脑海中,都始终无法从记忆中抹去濉河奉献出的情和爱。她是温柔多情的母亲,缠绵悱恻地绕着伟岸的相山之父,以博大的胸怀、甘甜的乳汁,无私地哺育着蹇叔、桓谭、嵇康、刘伶这样的千古风流人物,养育着一代又一代芸芸众生。

勤劳好客的濉溪人更是抓住这一天赐瑰宝,酿出了隔壁千家醉,开坛十里香的琼浆玉液——口子酒。在这样灵秀之水的浸润下,濉溪人自然就多了几分精神和灵气。那些穿行在大街小巷,或衣衫整洁、神态安详的老者,或衣着时尚、自信而充满朝气的年轻人就是最好的佐证。难怪有人说到扬州看美女,不如到濉溪看佳丽。濉溪的女子在濉河水和口子美酒的长期滋养下,个个自然天成、美丽水灵。濉河的热吻留在每个濉溪人的肌体里,散发出的温馨犹如一首首永不失落的恋歌;她的血液里流淌着一段段柔中有刚的母性的恋曲。

濉河在四季的欢歌里,挥洒着雪白的浪花。

春意盎然的濉河显得格外的清新。黄色的迎春花开了,一簇簇带着天真的俏皮。桃花正含苞欲放,朵朵花苞透出了红意。当你打着雨伞,坐在一叶小舟上,在濉河中荡漾,微风拂着雨点飘洒在布伞上。小银丝儿般的细雨,滴落到那平静河水上时,荡起了一层层涟漪。岸边沉睡一冬的小草有了一丝浅淡的绿,纤细的柳枝上也爆出了新蕊,偶尔有一只叫不上名字的水鸟从头顶上空向着岸边的农舍飞去。濉河虽没有磅礴宏伟的气势,没有陡峭凌云的群峰相衬,但那清新典雅、田园般的清新却带给我们很多的遐想、很多的留恋。

当缤纷的落英送走了春季,绿肥红瘦的夏天就在老濉河的两岸喧嚣闹腾起来。饥渴的河流,啜饮着夏天的雨露,一夜之间就水平岸阔,像一个风韵的少妇,仪态万方起来。微微的和风吹过,让人有种特别悠然自得的感觉。七月的濉水,夹杂着汗腥味和泥土香,那真是"梦坐柳林雨丝意,留恋一时莫须归"的享受。

春夏时节,苍翠欲滴。秋日来临,花草树木变得或深黄,或浅红,染透了整个河堤,人穿行其中,只觉得暖意融融。大雪覆盖的日子,满树银挂,不染纤尘,吸一口气,清新透骨,凉意逼人,胸中自然多了几分清爽之气。

濉河公园的兴建又把濉河的美推到了极致。公园主体由濉河及河堤构成。茶余饭后或者节休假日,人们三三两两,漫步在狭长但很笔直的水泥小径上,或满怀豪情地畅谈着民生国策,或喁喁细语着人间真情。老老少少、男男女女或锻炼、或闲聊、或博弈,其乐融融。垂柳依依,把曼柔的长绦伸到濉河的河面,像一个个临镜梳妆的新娘;石榴树擎着一树灿烂欲燃的红色花朵。夜幕降临,华灯初上,万家灯火倒影在濉河上,安详,静谧。临河公园成为周围居民清晨锻炼、晚上休憩的最好去处,她和东湖湿地公园、南湖水上公园、相山公园遥相呼应。

如果说濉河是一位美丽的少女,濉堤则是日夜守护着她的阳光少年,既有着阳刚之气,也不乏阴柔之美。护坡堤岸宽几米,密布着笔直挺拔的水杉。堤岸上有着各式各样的花圃,花圃里盛开着黄的、红的鲜艳的花儿。横卧在濉河之上的新桥,更如一道长虹,气贯东西。桥身是用白色的大理石制成的,上面雕刻着美丽的图案。站在桥中间向远处眺望,大堤的景色尽收眼底。每当夜幕降临,宽宽的大桥上一盏盏华灯,如同一朵朵盛开的莲花,吐露着满目的绚烂与芳华,人置身其中,如同进入梦境。

最让人不能忘怀的还是那些练拳习舞的人们。每当晨曦微露,堤上便聚集了很多热爱运动的人。他们中有六七十岁的老人,有朝气蓬勃的青壮年,也有稚气未脱的孩童。来到大堤,他们或跑步、或舞剑、或打拳,忙得不亦乐乎。而大堤上最亮丽的一道风景,当数小广场上一个个由群众自发组成的舞

研磨时光
YANMO SHIGUANG

蹈队。他们每天吃过晚饭,架起音响,扯起强光灯,和着欢快的舞曲,旋起了交谊舞,跳起了健身操,十分热闹。最缠绵的是树荫里、草坪上一对对的情人。濉河的夏夜,那一块块草坪、那一片片婆娑的月影、那一座座假山、那一条条长凳,演绎见证了多少卿卿我我、风花雪月的仲夏夜之梦。

小小的濉河公园,就像一扇窗口,折射着濉溪的祥和与安宁,让人们感到古老而又年轻的濉溪处处充满着昂扬向上的动感与张力,使人们更加增添了几分自信。

在濉河岸边散步、锻炼,也成了我生活中的一个重要组成部分。我的家离郭楼桥不到六百米,每天吃过早饭以后,我便直奔濉河公园而去,踏上岸上的一条小道,或小跑,或快走,走或跑的过程中时而伸展着四肢,然后从王桥下来,直奔工作单位。若是时间允许的话,我还可以在这段路上折个来回,或者直往前走然后再折回头来。有时走堤岸之上较为宽阔的那条主道,有时走临水的那条笔直小径,更多的时候,几条小路交替着各走一段。每一次行走,都变换着一种新意。不是吗?生活在变换中才更有滋味。一天一天的接触中,我对濉河的感情越来越深厚,要是有一天不去看看它,心里空落落的,好像少了什么东西似的。惯常接触的东西,往往很容易就融入一个人的生命里,不知不觉中就有了依恋、就有了不舍。

眼前的濉河,温顺而宁静,水面如镜,波澜不惊。是它给濉溪带来了光辉灿烂的文明,它用河水濯洗与沉淀着历史,用包容与平和接纳了灾难和不幸,用平凡的身躯演绎着世代的变迁。

在濉河的堤岸,我静静地、默默地走着。不知不觉间,喜和忧都融入了濉河的情怀中。

(2013 年 3 月 26 日)

浍水自悠悠

我对"河流"的概念始于家乡的浍河,童年的欢乐时光就是在浍河岸边度过的。流淌的河水,游动的鱼虾,丰美的水草,飘飞的柳絮,空气中的泥腥味和野草香,河岸边的吆喝声和号子声,都柔柔地温暖过我的心扉。身处异地,最常入梦的就是家乡那条细长的河流。它成了我生命中不可或缺的一部分,像母亲迷蒙的泪光,深深地灼痛心灵之中最隐秘的乡思。

无论何时,浍河都是一幅极美的风景。清晨,太阳从东方升起,金亮亮的光芒洒在河面上,折射出一大片淡淡的红色,就像羞涩的少女初会郎君时脸上泛起的腼腆的红晕。有时候,河面上会飘浮起轻纱般的水汽,在晨风的牵引下,与两岸的炊烟相伴袅袅,勾勒出一层层虚幻的轮廓,融在暖暖的天际。正午,野草的青气和野花的芳香,在太阳热情的蒸晒中,升腾杂合,像男人最动情的呼吸,带着迷人的眼神,透着醉人的缠绵,充满着野性的浪漫气息。鸟儿在河面上低飞,时不时地与河面交换着体温。脚踩在软绵绵的草地上,呼吸着渗透淡淡腥味的风,眼前的浍河是那样的美丽。傍晚,落日余晖斜照在静静的河面上,一片辉煌灿烂。微风轻轻荡漾着,融入晚霞的炊烟像一幅绝美的山水画。水面荡漾起轻柔的涟漪,就像有人在悄悄地抖动碧绿的绸缎。入夜,月亮便高高地悬起来,清亮亮地罩在河堤围绕的那湾碧水之上。月光下的浍河温婉秀丽,流动的节拍慢了下来,不知是留恋着夜色的宁静,还是享受着月光的娇眸。少了骄阳的肆虐,多了月光的滋润,一树树碧绿,因为夜的掩映露出了妖娆,挥舞起夜的长袖,任由浪漫的气息悄无声息地涌动。一个人在浍河的夜里徜徉,享受一份少有的安逸与清凉,在不知不觉中迷醉。

浍河河面不宽,小小船儿撑几竿子就能到对岸。童年时的我,跟着其他小伙伴们,在浍河里捞鱼虾、摸螃蟹、捉泥鳅。我的童年,始终不肯放弃腻着村子里的老人们讲故事的机会。每当夜晚来临,孩子们都喜欢围坐在一个角

研磨时光
YANMO SHIGUANG

落里,在一片漆黑中,听老人讲述各种各样的故事,讲过去的生活,讲以前的社会……我最爱听的就是浍河来历的故事。

三爷讲了这样一个故事:相传很久以前,浍河两岸一片平地,连一个小小的水沟都没有,雨季一到,洪涝成灾,四处汪洋,百姓们流离失所。天上的玉帝看见了,派遣老神猪带着九个小神猪去往人间开通河道。因为神猪拱的沟都是在沟口交汇,所以人们就把这条沟称为"浍河"。

四叔讲了另一个版本的浍河故事:很早以前,天宫牛王生有一子,头上长了一对锋利的尖角,牛王给它取了个名字叫"浍仙牛"。浍仙牛性情暴躁,整日惹是生非。有一天,为一桩小事,它砸坏了天宫,打伤了弟兄。玉皇大帝将它赶出天庭。浍仙牛降至人间,适值连绵大雨,千里平川一片汪洋,庄稼淹没,房舍倒塌。浍仙牛非常怜悯百姓的遭遇,决心把他们从苦难中解救出来,随即把尖角插入土中,朝着东南方向奋力掘去。为早一天把百姓从苦难中解救出来,浍仙牛不停不息、不吃不喝,使出浑身的力气一直拱掘着。浍仙牛一连干了九九八十一天,一条狭长的大沟出现了,积存地面的洪水顺势流进大沟,土地又出现在了百姓的面前。百姓得救了,可是浍仙牛已经精力耗尽,躺倒在岸边再也没有醒来。当地百姓为感神牛的恩德,就把此沟取名"浍沟"。天长日久,由于水流冲击,沟渐宽大,遂成河流,便改称"浍河"。

"神猪拱地"与"仙牛掘河"的故事在我幼小的心灵中埋下了向善、勤劳和造福人类的种子。悠远的故事透过老人低沉沙哑的声音,伴着浍河的流淌,让孩子们在小中见大、平中见奇的故事中明白了道理,领略到世界与人生的丰富和奇妙。我童年的天性里便释放出一组组彩色的人生画面,定格在正待成熟的记忆中。

浍河带着祖先的生活印迹,演绎着祖先的梦想与期盼,让古老的传统与习性在潜移默化之中被传承下来。我在故事的感召下,想从史籍中追溯浍河的本源。

《述异记》中说:"濉涣二水,波纹皆若五色,其人多文章,故名缋水。"《方舆志》里有这样一段文字记载:"濉涣之水成文章,故中间名为绘,衍为浍,平地涌泉,四时不涸。"《清史稿》志三十四中是这样记述的:"浍水,一名濄水,今名浍河,亦自河南永城入,经灵璧东南入泗州五河。"《中国古代地名大词典》中说:"涣水旧自河南陈留县东流,经杞、睢、柘城、宁陵、商丘、永城诸县,入安徽宿县、经灵璧、五河入于淮,一名濄水,今上流已湮,下流在永城以东者,即今之浍河也。"从这些文献中,我对浍河来历有了初步的认识。浍河最初的名字叫涣水,后来依次叫过潆水、缋水、绘水和浍水。浍河属中小型季节性河流,发源于河南省商丘东郊,河床蜿蜒曲折,全长约二百六十五千米,在五河县通过洪新河流入洪泽湖。浍河流经临涣境内一段,长约七千五百米,是临涣地区的水利大动脉。浍河用了数千年的热情,做成皖北平原最美丽的使者,奇花、异树,宣泄着它的眷顾与垂青,游走在临涣人的梦里,自由地吞吐一个个清晨与黄昏。有多少鲜活的生命,生动在它美丽的身躯里。走近浍河,也是一种爱惜自己的方式。有了爱,就能托举一个崭新的世界。

浍河穿境而过,临涣占尽了水路交通的便利。唐代,浍河上游挖掘鸿沟直通东京汴梁。明、清时期,浍河上游可达河南省商丘。豫、皖、苏、浙四省的船只都可由浍河进入临涣地区,临涣与周边的经济文化交流非常便捷和频繁,因此成为远近有名的古代名城,临涣码头也就成了临涣最热闹繁华的地方。过去停泊在临涣码头桥东西两边等待装卸货物的船只每日不下百艘。走在浍河边上,看风光迤逦的小河载着轻舟,环抱着小城蜿蜒而过,看着满载着鱼虾的渔船迎着夕阳缓缓回返,划桨荡开一圈圈涟漪,鱼鹰分架在船的两旁,岸边河风习习,河面上氤氲着轻纱似的薄雾,时光随着浪花在一起雀跃。盈盈绿水连着青翠的田野,在天光水色、云岚翠微之中尽显幽邃的美。

如今码头遗址成了这种繁盛的见证者和承载者,而码头现存的重要标志就是码头老桥。码头老桥是一座横跨浍河南北两岸的五孔石桥。码头桥的桥基大脚下均用条石铺成,是一座纵列式的大型石拱桥,入夜星光闪烁桥下,渔火点点,两岸农民住户灯火通明,天、水、桥、灯交相辉映,别有一番临涣古桥的诗意,于是浍河与夜色就有了一种对视。不同的对视是形形色色的花朵,不是每一朵花都能散发芳香,但是每一个对视都是一种缘,不论这对视是一瞬间,还是几十年。我的思想中,浍河在很大程度上是属于夜色的。

浍河上离码头桥最近的另一座桥是插花庙桥。插花庙桥在临涣集东南陈彦庄北端冲子口下,因河南岸上有一座插花庙而得名。据桥碑记载,该桥始建于明代嘉靖二年(1523年)。民国五年(1916年)重修一次。插花庙桥共有五个孔洞,河水就通过桥下的五个孔洞向东流去。桥的北头路东,有两块相距半米左右的石碑。石碑上刻有一副对联:河如横带咏白露分州两水夹明镜;庙是插花看青天倒映双桥落彩虹。这副对联的后半部分明显是借用了李白《秋登宣城谢朓北楼》一诗中的名句。这里的"两水"指的是北面的浍河和

研磨时光
YANMO SHIGUANG

南面的泡河。泡河在临涣南端南阁下方流入浍河,形成蔚为壮观的"Y"形河口奇观,然后合二为一,像一对孪生姐妹,齐心协力向东奔流。"双桥"指的是横跨浍、泡两河的石老桥和插花庙桥。它们一个在北,一个在南,像两条彩虹,落于泡浍河之上。桥以诗扬名,诗以桥传诵。这副对联将两水与双桥形成的景致描写得惟妙惟肖,为人们展示出一幅绚丽无比的图画,也由这石碑引出了一个有趣故事。人们把插花庙桥戏称为"二百(碑)零五孔桥"。没有见过这座桥的人可能会想象着这是一条很长的大桥。其实,这里的"二百(碑)"指的是刻写对联的两块碑。慕名前来观看的游客不仅没有因被耍弄而气恼,而且对这一文字游戏充满了浓厚的兴趣。野生莲藕,一直长到河中心,更成了让游人赏心悦目的一处景致。我从顶起的荷叶上明白了一个道理:很多事情的成功与否,常常取决于一个人的姿态。只要头能抬起来,再坎坷崎岖的小径都能成为平坦的大道。

　　美丽的浍河以其奇异斑斓的色彩闻名古今。"纹成五色、堪称画本"的浍河缓缓流淌成一条飘飞的美轮美奂的丝带,激荡着无数文人墨客的缠绵情怀。

　　"过高唐者,效王豹之讴。游睢涣者,学藻绘之彩。"魏晋文学家陈琳让我们重温盛极一时的濉涣荣耀。"春阳被原野,濉涣含流澌。未复桃李色,稍增松桂姿。"宋代词人苏辙让我们静听春天里浍河的哗哗流水声。"诗成泣神奸,濉涣涌新帙。长驱笔阵闲,坐讽秋蛩唧。"我们从宋代文学家刘攽的诗句中慢慢品味濉涣的崭新风貌。

　　在诗人的笔端涣水已不仅仅是一条河流,它是富足美好的乐土,它是悦心怡情的佳境。我一直认为欣赏就是这样一种姿态。世界上的美丽与愉悦,肯定都来自一双欣赏的眼睛。人们生活在蓝天白云之下,看着潺潺的流水,听着悦耳的响泉,怎么能不心旷神怡?

　　浍河春披柳绿,夏缀荷红,秋染菊黄,冬呈冰清。不少文人雅士的家乡就在浍河两岸,他们也在用自己的笔触赞美着自己的家乡和这家乡的浍河!"麦青二月乾坤翠,花满三春日月红";"十里荷花夹道红,来来往往带香风";"我辈无家菊有家,有家便尔开黄花,黄花香晚争夸久,不似群芳应日霞"。

　　走近浍河,停下脚步,凝神聆听,你会隐约听到一种类似抖动鱼鳞的声音。当地流传着"浍水鳞声"这样一个故事:几千年前,这里三年大旱,颗粒无收,只饿得富人卖骡马,穷人卖儿女。一老汉来到龙王庙前乞求龙王降雨。一天,两天……半个月过去了,龙王还是没有降雨。老汉较了真,龙王不降雨,他就跪着不起来。又过了几天,老汉饿死在龙王庙前。龙王终为老汉的诚意感动,立即驾云赶到这里看个究竟。可那天龙王喝多了酒,一个跟头栽了下来。老百姓见是龙王遇难,赶紧跑回家拿出救命的水倒在龙王身上。不一会儿,龙王醒了过来,当它看到百姓们这么仗义时,更加感动了。龙王从身上拔掉一片龙鳞,变成了今天的浍河,浍河水解救了深受旱灾的穷苦百姓。说来奇怪,浍河水就是不流动时也会发出响声,听起来就像龙王抖动身上的鳞片而形成的轻微、细碎的声音。也就是这"浍水鳞声"庇护了两岸的百姓,为他们的幸福生活带来了好运。

伴着这"浍水鳞声"的是百姓的歌声。俗语说:"走千走万,赶不上浍河两岸。"这把两岸百姓的富足生活表现得淋漓尽致。过去临涣艺人有这样一段花鼓戏词:"小小花鼓圆溜溜,出在亳州城里头。舟船撑到蒙城县,小车挂到南宿州。三吊铜钱买到手,俺使就当半具牛。南乡收成俺吃大米,北乡收成俺吃馒头。南北二乡都不收,俺就在浍河两岸度春秋。"

宋代庆历年《中志》记载:"浍河曲折,水波荡荡,郁郁清清,以盛产鲤鱼、对虾著称于世。"这浍河鲤鱼与对虾的香气不仅存在于游人的感官里,更渗透到他们的心中。在百姓的坚守中,浍河是富足的源头,百姓从摇曳的月光里抽出夹杂其中的温润,把它凝望成餐桌上的果实。

临涣南阁下面的一段浍河,河堤是约九米长的一段砂礓盘,而且这里从未有过淤泥和水草。据此,当地人把这段浍河赞誉为"铁底铜帮老浍河"。铁底铜帮也就成为浍河的一大景观。

浍河最美的地方就是河心岛了。绿洲占地三百多亩,春染菊黄,夏披柳青。远眺浍河雄、浑、壮、阔的两岸风光,欣赏各色花草树木的怡然自得,领略人与自然的和谐;还可以体验浍河垂钓的乐趣,品尝到纯正浍河野味佳宴,彻底融入静谧和谐的纯净无瑕的大自然。在绿洲上散步,让人赏心悦目的不仅是两岸旖旎的风光,而且还有在此饮茶下棋的居民渲染出来的闲适的生活气氛和对岸传过来的悠悠乐韵。古老而有着强大生命力的民风和歌谣,更为这个有着悠久历史的地方增添一层深厚的文化底蕴。

我在想,一个真正懂水、真心爱水的人最能体味到人生的乐趣。领悟了浮华背后的真实生命,懂得了挚爱与追求,哪里还会有朱湘的绝望、顾城的傻气、海子的忧郁、三毛的顾虑……我给自己一个最佳的位置,就是永久地站在浍河边,站在乡村里。只要眼睛含着光,还有什么不是美丽的。

研磨时光
YANMO SHIGUANG

　　春暖花开时，沉睡了一冬的浍河渐渐地从梦中醒来。岸边许多不知名的花草，粉的，红的，白的，紫的，蓝的，竞相开放了，把春天的浍河打扮得如此妩媚照人。夏天的夜晚，劳累了一天的人们在浍河岸边的树下乘凉。如果正值仲夏，男孩子们就会把衣服一脱，跳到绿幽幽的河水里，欢声笑语就这样飘荡在迷人的浍河上空。秋风吹走了夏天的炎热，带来了一季的凉爽。浍河上飘着一片片的落叶，像一条条小船，驰向远方。一场清凉的秋雨，能够给浍河蒙上一层宛若仙境般神秘的色彩。冬天的浍河有着别样的深蕴与禅机，在白雪辉映下显得如此寥廓博大。一个红衣女子安静地站在冬天的浍河面前，犹如白色世界里生长的倔强蜡梅一样，美丽傲人。

　　浍河的奇异与神韵，随着游人的想象不断地变换。浍河是历史的一扇窗口，装饰在人们的心灵中。推开它，就打开了一条拥堵的山梁。这个时候浍河就是我的，世界就是我的。每一个人都可以来看浍河，可是当我走近她时，我总有一种感觉她是独为我而存在的。

（2012 年 10 月 22 日）

香山庙的追忆

临涣香山庙，又名相山庙、湘山庙，是临涣十八庙之一，位于濉溪县临涣镇沈圩村张后庄庄前。现存香山庙有正殿三间，两边各有耳房两间，占地不足四百平方米。

香山庙始建于何时不详，根据明清时期的几块碑文推测，庙宇在整个历程中，可能几度倾覆、几度修复，也几度易名。

初建的庙宇应为河神庙。早些时候，庙宇附近的浍河经常泛滥成灾，给岸边的人们造成生命和财产损害，人们为了祈求河神保佑，修建庙宇加以供奉。

老人回忆，庙中大殿供奉的是柳展雄，当地人称为香山佬爷；西耳房供奉的是华佗，当地人称华佗佬爷。华佗塑像有一双大眼睛，那双眼睛充满了慈善和友爱，塔桥村的人们朝拜神灵已经成为日常生活的一部分。人们从喧嚣的世俗走向肃穆的寺庙，再由肃穆的寺庙走向喧嚣的世俗，这也许就是一种生活态度。有信仰，也安于现状。感念与幸福是相通的，感念愈久，幸福愈值得期待。

原先的香山庙大殿内，四壁为水墨壁画，有十八轮回，有十殿阎君，有活灵活现的对罪恶之人的各种刑罚等内容的画面，用来教化后人要多行善事，不可作恶多端。

后来有一股军队驻扎在香山庙，队长叫张锡兰。军队驻扎时，在庙的四周挖了两三米深的围沟，只留庙门一座小桥可以通行。

日本人侵略中国时，也到过这里，曾抢掠庙后的村庄，威逼村民为之效力。父亲回忆，那时他十几岁，日本人逼迫他和其他几位乡亲为他们烧火做饭。只因临时离开一会，到旁边帮助另一位老人搅拌锅里煮的饭，就遭到日本兵的辱骂和痛打。香山庙留下了日本人的残暴行为的罪证。

研磨时光
YANMO SHIGUANG

上世纪70年代，香山庙被用作学校，叫作香山庙小学。在当地政府的支持下，学校扩建了部分房舍，填平了东面的围沟，改南门为东门。

香山庙历沧桑岁月，势难幸免风剥虫噬，兼之维护欠善，修葺荒疏，破败不堪。

香山庙大殿前，原有四棵松柏置于通往大殿的道路两旁，现仅存三棵，树龄均在数百年以上。三棵松柏遮天蔽日，使古庙显得十分幽静。"四女化松敬庙"的故事也跟着这些松柏走到了今天。

传说很久以前，浍河岸边住着一位老汉。老汉膝下无子，生得四个女儿，个个天生丽质、如花似玉、亭亭玉立，一个赛过一个。媒婆上门提亲的踏破了门槛，可四个女儿很有孝心，母亲去世早，为照顾父亲，都不愿意离家嫁人。

一年，父亲得了重病，求遍附近所有的医生，都没能治好父亲的病，眼见着父亲病情越来越重，四个女儿焦急万分。为了父亲，四个女儿一方面到处求医问诊，一方面每日来到附近的香山庙中，虔诚地烧香跪拜，祈求神灵降福，让父亲早日康复。四个女儿在神像面前郑重地许下诺言，如果能让父亲病愈康复，她们四人甘愿一辈子不嫁人，天天供奉神灵。

神灵为四个女儿的孝心和诚心感动，决定帮助他们。一天夜里，神灵托梦给这四个女儿。四个女儿早晨醒来，述说同一个梦后，心中十分欢喜，认为这一定是神灵有意帮助他们。她们按照梦中得来的药方到附近的药铺中抓取中药。她们天天在床前伺候。父亲连服三日，果然大病痊愈。看到父亲身体康复并日渐健朗起来，四个女儿有说不出的高兴。她们每天为父亲做可口的饭菜，围着父亲讲一些有趣的故事和笑话，逗得父亲十分开心。

四个诚实、善良的女儿坚守自己的诺言，一方面悉心照料父亲的饮食起居，一方面诚心诚意地供奉神灵。待父亲百年，四个女儿隆重地安葬了父亲。这时的四个女儿心无旁系，为更好地供奉神灵和告慰前来求神拜佛的善男信女，就化作香山庙中的四棵松柏，不论刮风下雨，还是日晒霜袭，她们都静静地站立着，虔诚地护卫着香山神庙。

静观香山庙中的几棵松树，你就真的会感觉到，它们就像亭亭玉立的美丽少女，默默地向游客讲述神灵的伟大和她们自己的虔诚。

数百年的虔诚，成就了人类一种生活的态度。站在这里，有时游人竟然忘记了眼前的这个寺庙。人们不再感到传说的虚无缥缈，也不会在意有无神灵的救助。一切美好的东西都是真真实实的，像河流，像天上的太阳，像地里

长好长孬的庄稼,像自己膝下的孩子,天天见,清清楚楚,人就不会发迷、不会妄想。四棵松树让人们真正体味到幸福的存在。或许有人会下决心到这里定居,在门口挂上自己的名字,然后躺在阳光中,看着一个个日子如流水,流淌出无穷无尽的歌声。

临涣这个地方根本就没有任何山,在临涣城西、张后庄庄前的这座庙宇为什么叫香山庙也就让很多人不得其解。围绕香山庙的来历,当地也有很多传说,其中之一,是说它与淮北相山上的相山庙有关。这里就有了"姜子牙助人飘移香山庙"的故事。

相传晋太康五年,晋武帝司马炎,为了保证国泰民安、百业兴盛,诏令各地诸侯祭祀界内山川之神,一时间一座座庙宇就建立了起来。晋武帝特令沛国郭么奉诏在相山的山上修建一座寺庙,郭么得令,立即安排能工巧匠进行了精心设计和建设。庙修成之后,晋武帝亲临相山视察,然而看到一座秀丽的山上只建了一个不起眼的小庙。晋武帝大为震怒,诏令郭么拆除重建。郭么觉得,寺庙形体虽小,但极为精致,拆毁太可惜了。从早晨到晚上郭么一直在庙前徘徊,总想不出两全的计策。

郭么正在为难之时,正巧神上神姜子牙从此经过,他也被这座精巧别致的庙宇吸引住了。当姜子牙了解了郭么的心事后,就决定帮助他。姜子牙想,我在临涣南阁玉皇宫上有一宫殿,想来我和临涣的感情也是十分深厚的,而且临涣也正缺少这样一座庙宇,何不把这相山庙搬到临涣这块宝地上去,也算我为临涣人民做了一件好事?

当天夜里,姜子牙施展法术,鼓动仙气,只见一座庙宇升入空中,悠悠地朝着西南方向飘去,然后轻轻地落在了县城以西,浍河上的塔桥以东,"官路"以北的地方。庙宇落地,原貌一点未改,名字也还是相山庙。后来,为有别于淮北相山的相山庙,人们又改用一个谐音字,把它称作香山庙。该庙因受了姜子牙的仙气,具有了更强的灵验性。此后来此烧香拜佛的善男信女络绎不绝。

郭么看到自己亲自督建的庙宇有了去处,也就了却了一件心事,然后下令在相山之上又重新建造了一座规模相对较大的庙宇。相山的庙宇占地两万平方米。庙门为谯楼式建筑。四进大院,布局疏朗,大殿砖木结构,雄伟壮观。

说来也巧,两座庙宇都在每年农历三月十八日举行庙会。而且现存的庙

研磨时光
YANMO SHIGUANG

宇的天庭中各有四棵松柏，只是香山庙的四棵松柏中有一棵遭到毁坏。这也为姜子牙飘移相山庙这一神话传说提供了很好的注脚。

一个个故事风化为一片片槐叶，舞动在香山庙老百姓的眼前、身边和心里。

香山庙没有涂染太多的颜料，没有勾勒太多的图案，它只是把极其普通的墙壁、桌椅、窗户展示给游人香客，它所有的物品都显出原来的颜色，宁静地接受着天边多变的云彩和随风摇曳的树影。其实，我们的心就像一座寺庙，我们不需要用各种精巧的装饰来美化我们的心灵，我们需要的只是让内在原有的美无瑕地显现出来。时间的手不但会把你抚慰得更柔软、更有智慧，也会在不知不觉之间让你的心灵之花释然开放。

我的家就在香山庙后面的张后庄，也就是史书上的塔桥村，我的小学和初中时光就是在这座庙宇改成的学校里度过的。从最初的泥坯桌子到后来的散板接拼的木质桌子，伴着我走过了学生时代最初的八个年头。在我的印象里，庙宇里寂静与安宁，就像下雪天上早读的我早早从床上爬起来踩在家与学校之间的那一串深深的雪窝。学校里有个宣传队，宣传队里有个"三句半"小组，我总是那个"半"的角色。台词最少，每一轮就说一个字或两个字。字数虽少，却是前三句的落脚之笔，要么是总结概括的语言，要么是感慨警示的语言。懵懵懂懂中，我那时就明白了：最少的话，才是最有分量的话。我的成绩总是全班第一。在一次统考中，除了化学是第三名以外，其他学科在全区里不是第一名，就是第二名。一个偏僻农村学校的孩子能考出这样一个成绩出来着实让人吃惊。当时的区教办室负责人朱先生在多个场合点名表扬了我。我成了学校的骄傲，校长和老师们把我当作宝捧着。香山庙给了我这么多的好，我也深爱着这座庙宇。离开后的日子里，我也留意着与它有关的一切。

塔桥村，一个神秘、美丽的地方。面对千余年前留下的古老庙宇，面对香山庙带来的充满宗教气息的生活，很难说清楚自己心中的梦想最终会在哪里凝结。眼前的一切留下的只是过眼难忘的风景。

（2007年2月25日）

温情的榴园

平素喜欢宋代欧阳修的诗句："荒台野径共跻攀,正见榴花出短垣。绿叶晚莺啼处密,红房初日照时繁。"今天来到群山环抱、美丽恬静的烈山区榴园村,一片红花点缀着的青翠绿海映入眼帘,一股清新的田园气息夹杂着淡淡的野草清香扑面而来,一种说不出的惬意和快慰袭上心头,仿佛诗意鲜活在了现实中。

绿荫夹道,小溪蜿蜒。入村石桥就是一位殷勤的向导,一把把我拉进一片别致的山村中。一层或多层的农家建筑,统一的白墙红瓦,各异的大小样式,或依岩而建,或傍池而立,或临坡而存,错落而又不失秩序地散布着。院内是石榴,院外还是石榴,整个村庄都融在石榴丛中,在青山的映衬下,有着一番独特的韵味。

通向榴园深处的山路一个弯套着一个弯。青翠的榴叶郁郁葱葱,连片成林,犹如一个绿色的浴场,让人有一种入浴后的放松和舒爽。红艳的榴花,像挽在少女绿发上的红色丝结,牵引着游人痴迷的目光。初长的榴果,像刚刚出壳的鸡仔,新奇地探出脑袋,像是向游人问询自己未来的模样。榴树丛中,几株梨树,像榴树的深情追随者和虔诚崇拜者,在一簇簇野花的衬托下,极尽所能地展示自己的风采。时而有一只只叫不上名字的小鸟,翩然穿飞在榴园之上的晴空里,给这可餐秀色涂抹上一笔灵性动感。

石榴留在人们心头的好是贯穿四季的。春赏青叶遍地翠,夏闻红花漫野浓,秋品榴籽千分味,冬观雪枝万种情。更有山野的和风轻拂心灵的皱褶,满岭的青翠洗涤思绪的尘垢。小小石榴不仅给这偏远的山村带来了前所未有的繁荣气象,也成了浇开山民幸福生活之花的重要源泉。

第二次来榴园村,已是榴果成熟的时节了。路边一个卖石榴的中年妇女,先是挑几个个大水灵的石榴,掰开来让围拢上来的游人品尝。接下来,妇

研磨时光
YANMO SHIGUANG

女一高兴索性不卖了,三个、五个地把一篮子石榴全分送给了游人。当接着石榴的游人从惊异中回过神来,掏出钱来执意要付石榴款时,中年妇女已经挎着空篮子转身而去了,身后留下银铃般的笑声。是啊,善良的山民没有太多的渴求,一群游人羡慕石榴的眼光就能让她得到大大的满足。在满足的感觉面前,一篮子石榴又算得了什么呢?

中年妇女的这种憨厚与慷慨,你可以从在这里遇到的任何一位山民身上找到,不论是男的、女的、长的、幼的。他们看到外来人,就像看到远方的亲人一样,总会用淮北山民特有的方式主动地打招呼:

"到家里喝茶去!"

"吃了吗?没吃到家里吃去!"

"家坐去!"

山民的实在与坦诚就写在脸上,让你觉得这些绝不是客套话,而是亲人与亲人间的真诚问候。这种真诚让我相信,倘若你真的愿意随他们到家里去,他们一定会用家里最好的饭菜招待你。清新的空气、淳朴的民风、好客的百姓,这里的一切都是那样耐人寻味。

在这个有着"三山夹一山,不出皇帝出神仙"之说的地方,处处都是人间仙境。万亩榴园中,点缀着榴花溪、莲花池、月牙泉、四眼井,每一处都是一个独特的景致,每一个景致都有讲不完的绝美故事。真的喜欢上了这里无拘无束的生活。可以在清晨躺在柔软的草地上,任由柔和的晨光抚摩松弛的身子,听着多情的鸟儿唱着美妙的歌,看着殷勤的蜜蜂在花丛间翩翩起舞。可以在黄昏依着石屋的木门,看着缕缕炊烟从山野人家袅袅升起,落日余晖下的村庄沉浸在一片安详和宁静之中。入夜,薄雾轻轻地罩在榴园上,不时传来几声犬吠。更可以在月上林梢的时候,一个人徒步踏上曲折的幽径,感受"松月生夜凉,风泉满清听"的诗境。一切的不适与不快会在石头的气息中冰释,会在榴林的暖流中消融。

心旷神怡间,听到说话的声音。拐过一个弯道,循声而去,一个榴荫掩映的农家院落出现在眼前。一个七十多岁的老太太坐在门前在和一个五六岁的小孙女说笑逗趣。

"俺奶,天天咋有那么多人到咱庄上来?"

"那是因为他们来看咱的石榴。"

"为啥子来看咱的石榴呢?"

"因为咱的石榴是天底下最甜的。"

"为啥子都喜欢吃甜的呢?"

"小乖乖,是人哪有不喜欢甜的呢?"

是啊!人活在世上,总要追求甜美的生活。外来人喜欢甜,榴园村的人也是喜欢甜的。正是有了一份甜的追求,这里"砂礓石子硌脚心"的狭窄山路才变成了连村通户的水泥、柏油大道,这里的小媳妇们才由过去娶来的"憨子、傻子、蛮子"变成了今天上门来的"才女、巧女、贤女";她们也从过去"俺的娘,真狠心,把俺送到穷山根"的抱怨变成了今天"不要银,不要金,就盼嫁到榴园村"的期盼。

早就听说"榴园宝地赛天池,软籽石榴金钱石",领略了万亩榴园的神韵之后,我自然而然地把目光投向了这里的石头。

榴园村是一个石头的世界。石路、石桥、石亭、石巷,一座座石房子错落有致。石甬道,石台阶,石院墙,石屋顶,温馨的日子就包裹在一堆堆石头里。院落旁随意摆放着曾经使用过的各种生产石具,有石碾、石磨、石碌、石捞,院落里有石灶台、石桌子、石墩子、石凳子。屋里有石锤、石窝、石缸。散乱而不规则的石块,经过山民们的手,就被砌垒得规规整整、有模有样。面对这些跨越百年风雨的石屋,感觉时间似乎被凝固,历史成了永恒。这些用石头打造的家园,渗透着浓浓的淮北神韵和古朴的农家气息,显示出一方百姓深厚的田园生活内涵,已成为榴园村独有的符号和象征。

这里的一切都染上了石头的秉性和基调,远坡近岭上吃草的羊儿恬静如石头,门前檐下静坐的老人沉默如石头。一位老妇人静静地坐在路边,眼睛眯着,静默地注视着石屋,不说话,也没有笑容,有着一种本色的从容与安详,岁月的沧桑早已沉淀进她生命的最深处。望着沉默不语的老人,我想象着石屋里老人曾经的影像,曾经的劳累和疲乏积淀成了一种甘于承担一切的精神支柱,一种敢于承担一切的坚固信念。石头,在岁月的磨砺中,成了榴园村一道别致的不可更替的风景。

榴园村是一片意念的净土,当你历经崎岖和险阻,历经惊恐和喜悦,最终驻足在它的肩头,你会有一种从未有过的释然和轻松,你一定会发现自己放下的是一些说不清楚的功过是非,新生的是无限的灵悟和坦然。每天行走于高楼大厦、钢筋混凝土间,忙碌的脚步、疲惫的身心,在闪烁的霓虹灯下始终找不到一丝的轻松。真想找一间这样的石屋住下来,无欲无求地做个悠闲的

研磨时光
YANMO SHIGUANG

农家汉子,平平淡淡过着自然恬静的农家生活,或种点蔬菜,或修剪果木,偶尔也到小溪里捕鱼捉虾。时不时地坐在天井中的石凳上,看着红冠子花公鸡在院子里自由自在地来回踱步,看着黑眼睛大黄狗在身旁摇头摆尾。心中喜欢,脸上就不缺少开心的微笑。

姿态各异的石头,各有各的妙处。随意找一块,竖起来就是一块景观石、装饰石,刻上文字就是标志石、纪念石。一块块石头,在秀丽的群山环抱之下,构成了一幅幅秀美的山野图画,又如一只只深沉的眼睛,凝视着榴园的前世与今生。一位素衣女子,步履轻盈地走过来,伫立在一块石头的前面,与眼前的石榴树,浑然定格成一幅绝美的水墨风景。我想,风景的神韵一定是石头给的。

这里的金钱石是与软籽石榴齐名的榴园两大宝之一,围绕金钱石,有一个凄美动人的故事,被当地山民们一代一代流传了下来:

山沟里的一个穷小子娶了一位面容姣好的外乡女子,夫妻俩虽然恩爱,但家境十分贫寒。为了不使媳妇跟着自己受苦受屈,小伙子怀着发家梦毅然决然地离开家乡到外面闯荡去了。小媳妇守着穷家,艰难地维持着生计。每天傍晚,她就站在村口盼着丈夫回来。一年、两年过去了,十年、二十年过去了。始终不见丈夫回来的外乡女,熬瘦了身子,哭瞎了眼睛,最后因忧思过度死在了村头。在外乡女死去的地方,长出了一片石榴树,一年又一年成熟的石榴落满了山野。再后来,历经磨难的丈夫,终于带着一车铜钱,怀着能让媳妇过上好日子的喜悦回来了。当他得知媳妇因思念自己忧伤而去世的时候,他把一车的铜钱撒在了山野上,头碰石头追随媳妇而去了。金钱与石榴相伴而存,石榴浸染的石头变成了藻纹突出岩面的凸纹石,铜钱风化的石头变成了藻纹与岩面齐平的平纹石。凸纹石呈现出密集排布且大小近似的同心球状,犹如一颗颗榴籽。平纹石显露出一个个螺状环形图案,酷似一枚枚古铜钱。这也就是后来人们称作的"榴籽石""金钱石"。

凄美的传说故事令人感慨万千。塔山的石榴是软籽的,那是因为它是由女人的心幻化而来的;塔山人家的女孩子生得水灵,那是因为她们是吃着石榴长大的。

对于一向喜欢从物体的形色上寻找精神寓意的中国人来说,金钱石成了福禄同辉的象征,也就成了人们争相收藏的观赏佳品。而对于榴园村人来说,金钱石又多了一层恩爱情缘的寓意。在漫长的岁月里,金钱石就是一个

长久的隐忍者,无声无息地挨过一个个艰难的日子。看着或粗或细的纹路,我总感觉到它的螺纹里一定蕴含着不屈和坚韧。我不由得伸出手去,在静寂的气氛里,摸一摸那粗糙与滑润兼备的肌肤。这样一来,我对它的喜爱又多了十分。

　　一生之中,能够偶遇一个让你心动的地方,那是极其幸运的,这里注定有一个情感的磁场,让我如同醉酒般地对它产生了依恋。走进榴园村,我终于明白了,山居的情趣便是我梦中在溪边浣纱的女子,我是那个等待着她回眸的痴情人。

(2013年9月18日)

研磨时光
YANMO SHIGUANG

煤矸石上的七彩霞光

　　深秋的雾,是天宫女娲伸出的一只柔软的手,透着几分缠绵,带着几分冷艳,风也象征性地浮动着,渲染着一丝丝时令的凉意。雾中的临涣工业园,像被浍河岸边回龙泉的千年泉水漂洗过一般,阴沉中带着润泽,朦胧中透着光鲜,那是一种晴和日丽中无法见到的景致。我们走进这个全市煤化工产业发展的重要集聚区,用心去体会临涣工业园人一个个"变废为宝"的壮举。

　　煤是淮北的黑色金子,但也给淮北人带来了许多无奈。煤矸石,这种在煤炭开采、洗选过程中产生的固体废弃物,在淮北大地上堆积如山,不仅占用了土地资源,还污染了生态环境。"善弈者谋势",临涣工业园人果断地制定了"依托煤、延伸煤、超越煤"的战略发展思路,一条由单一黑色产品向多彩产业链条延伸的明丽道路,像一条潜伏的巨龙,慢慢地舒展开了雄健的身躯。

　　我们来到园区内的中利发电有限公司,这是一家由淮北矿业集团与皖能集团合资兴建的独立发电企业。首先映入眼帘的是座座冷却高塔,像热情的农家汉子献给远方来客的杯杯香茗。两百多米高的烟囱,犹如亭亭玉立的妩媚少妇,以独有的丰润回报托举着它的坚实土地。几块草坪,带着男孩子后脑勺上"鸭尾"般的娇宠,舒展在看客的一颦一笑中。一棵棵树穿戴着深绿,不知疲倦地坚挺着,似有一种伸手可触的力量,忠诚地守护着这个不大不小的院落。

　　矿井生产的原煤通过铁路专用线输送到选煤厂进行洗选,煤炭洗选产生的副产品——中煤、煤泥、矸石等废弃物,直接从选煤厂通过皮带机走廊输送到这个4×30万千瓦规格的电厂发电。沉睡了一季又一季的煤矸石,犹如快满十八周岁的小伙子,带着即将成人的新鲜感和兴奋感,在发电机组的召唤下,像流水一样涌入机组最深处。流水带来的成长,遇到黑暗就会光芒四射起来,于是我们便能透过闪烁的霓虹躺入煤矸石的胸怀。

我想象着当年建厂的情景：盛夏伏天里，劳动者们开挖土方，立模，浇筑混凝土；似火骄阳下，工程师们精准、细致、有条不紊地进行钢筋、混凝土原材料的检测监控。耳边响起的是各种机械的轰鸣，随处可见的是一个个安全帽下忙碌的身影。那一幕幕精彩的搏击总是令人心潮澎湃。身临其境的人，自始至终被一种气氛感染着，被一种意志鼓舞着，被一种精神感动着，那就是中利人耕织在心田中的诚信、责任和执着。

不知不觉中来到了电厂总控室内。这里一片肃静，屏幕上的彩色线条有规则地变化闪动着，像运动场上的少年起伏的胸膛。一屏之上，纵览全厂风云，小小的鼠标就可广布雨露阳光。沿着操作女工敲动的手指，我们仿佛看到单调的煤田变成了迷人的风景。

矸石和发电之后产生的粉煤灰用来造砖，是循环经济、节能减排、资源综合利用的又一创举。我们又来到了淮北强力矸石建材综合利用有限公司。这家由淮海实业发展集团投资组建的现代化煤矸石综合利用企业，占地一百六十八亩，总投资两个多亿，两期项目建成后，将成为皖北规模最大、工艺最先进的综合利用砖厂。企业采用先进的硬塑成型、一次性码烧及大断面吊顶隧道窑烧结工艺，集节能、节地、利废于一体，有效地解决了煤矸石占地堆放和污染环境等问题，实现了排放矸石与利用矸石的良性循环。

工厂里，目光所及之处是一垛垛码放整齐的空心砖头，微风中传送着野性与土味掺杂的香气。我看得出它们块块都有拔地而起的态势，一种生发出生命之中最辉煌时刻的渴望。

在生产车间里，我们目睹了上粉、掺和、定型、切割、剔劣、码堆、干燥、焙烧、冷却、出厂的全过程。刚刚被扒拉进一条传送带上的松散煤灰，到了另一条传送带上就成了有模有样的空心砖块。

一位女工专门负责清理裁切时带出来的泥屑，我问她："天天重复着这单调乏味的动作，你会感到厌倦吗？"女工没有说话，以一脸的笑意回应我。人能在一个没有太多色彩的永恒处脸上荡漾着开心的笑，这时候的人间应该胜过仙境吧？我想起了嵇康。也许就是他的那种魏晋风度融入了家乡人的血液中，为之注入了"越名教、任自然"的天性，这里的人才这样淡泊、超然、豁达和坚毅。

半成品经过两次干燥过程，一次是自然空气干燥，一次是放入干燥窑进行干燥。干燥后的砖坯进入焙烧窑进行焙烧。干燥和焙烧控制过程由微机

研磨时光
YANMO SHIGUANG

进行监测。在焙烧窑的外侧,业务厂长带着我们一路走来,时不时地透过加沙口探视装沙的情况,掀起看火孔盖领略窑内涌动的火苗风采,把手贴在砖壁上体味一下透出来的温度。我们的感觉也像这焙烧窑的外壁,温暖而又熨帖。

在干燥窑与焙烧窑之间的轨道上方有一个警示牌,上面写着"行车不行人,行人不行车"。厂里像这样的标语随处可见,安全意识深入人心。是啊!一切的关键在于生命的存在。活着,才能看到朝花朝露,才能看到鹰击长空。眼睛能闪动着,脸上就不缺少笑容。厂家这种珍视生命的人文关怀营造了一个个温暖人心的精神气场。

窑灶如同灰姑娘的舞鞋,穿上了它,硬骨铮铮、头颅高昂的生活就展现在了煤矸石的面前。煤矸石烧结的空心砖,是由两两相对的顶面、大面及条面组成的直角六面体,中部设有至少两个均匀排列的条孔,条孔之间由肋相隔,条孔与大面、条面平行。有一堆刚刚出窑不久的成品砖还在散发着温热,像盛夏的莲花吐露着芬芳。最不起眼的东西往往充满了发人深省的魅力,我被这些煤矸石做成的砖头深深地触动了。弃之不用,金子也就成了垃圾;得而用之,垃圾也就成了金子。

强力人是用心的。他们从原料性能、颗粒级配到成型、焙烧、孔型结构等方面不断探索,自主研发出了全煤矸石自保温砌块,填补了墙体自保温产品领域的一项空白。张辉、颜卫平、沈明道提出的《焙烧窑投煤平台改造》《排潮风机改造》和《排烟风机改造》三项成果获得2012年度安徽省重大合理化建议项目和技术改造成果奖。一次次的顿悟,让强力人已经能够超越他人、超越际遇、超越自我去看这个世界了。煤矸石精神不仅成了强力人的象征,也让每一位造访者对这片土地满怀敬意。

煤矸石中含有大量的黏土类矿物,煅烧后可产生一定的活性。通过激发煤矸石的活性并将其作为活性火山灰材质用作水泥混合材料,替代部分水泥熟料,已经成为变废为宝的另一种较有价值的途径。电厂排出的炉渣和粉煤灰也成为水泥生产的填充料。坐落在临涣工业园的淮北相淮水泥有限责任公司就是在这种形势下兴建起来的。相淮水泥公司东邻供水中心,西靠中利发电公司,占地六万平方米,煤矸石就是在这里囤积、发酵、升华,走向高楼大厦,最终达到应有的高度。

在临涣这个省级工业园,已经形成了一个庞大的煤炭工业循环经济链

条,除发电厂、制砖厂和水泥厂之外,还有洗煤厂、焦化厂、甲醇厂、水务公司等一系列企业,煤、焦、化、电、材基地基本建成。临涣工业园的循环经济如同一轮朝阳,冉冉升起。

  站在这片热土上,我想起了春秋时期流落铚城(今临涣)街头的百里奚,铚人蹇叔收留了他,在蹇叔的帮助和教导下,百里奚避害远祸,最终做了秦国的左相,走到了他一生中的仕途峰巅。眼前的煤矸石,像极了当年的百里奚,在临涣人民的巧手妙作下,成为光芒四射的能源,成为高楼大厦的良材。用心地去品鉴煤矸石,你会从灰蒙蒙的表层中看出麦青、豆黄,嗅出临涣烧饼的独特味道和临涣培乳肉的浓郁酱香。临涣的地方色彩辉映在煤矸石上,放射出醉人的七彩霞光,整个工业园都沐浴在七彩的童话里。

(2013年8月27日)

研磨时光
YANMO SHIGUANG

茶　馆

家乡有"不到濉溪非饮士,未进临涣憾此生"之说,而临涣最大的看点在茶馆。

在前往临涣茶馆的途中,巧遇文昌街上一户人家在操办喜事。房前张灯结彩,路口摆着大红的充气狮子,过道上扎着花拱门,腰鼓队在喧天的锣鼓和唢呐声中翻飞彩绸、舞动身姿。上前打听,原来主人在为自己的儿子举办"剪鸭尾"酒宴。

给小男孩"留鸭尾"的习俗,在淮北农村由来已久。小男孩从一出生开始,就将后脑勺那部分头发留着,长到六周岁或十二周岁的时候,选个吉日,举行专门的仪式,由小男孩的舅舅用剪子把那一撮头发剪掉。"留鸭尾"是小男孩"万分娇贵、备受疼爱"的寓意,"剪鸭尾"是对小男孩"福禄前程"的美好祝愿。遇到这样的巧事,不容分说,我们便拿出相机咔嚓咔嚓地拍个不停。

风土人情浓郁的地方,自然是一个万种风韵相融合的地方。看了"剪鸭尾",我们对临涣茶馆的渴望就更加强烈了。临涣茶馆的时代经历、设施特征、茶具演变、成因变化等诸多因素,折射出临涣一定的社会风貌和世俗人情,我们顺着史料、老人们的讲述以及亲身的体验,渐渐推开了临涣茶馆这扇窗。

早在东晋、南北朝时期,临涣的茶馆是以茶摊的形式出现的。进入隋唐时代,临涣地区水路运输便利,对外交流频繁,商业交往发达。为适应经济活动的需要,临涣古城出现了茶馆。宋、元朝代,以卖茶为业的茶馆,在临涣古镇上已很普遍。据《宿州清代志》记载,早在宋代,临涣的回龙水就常作为礼物,被商人带往汴梁等一些重要城池。明、清时期,临涣茶馆日趋发达,成为临涣地区社会生活的重要内容和一大景观。据《通志载记》记载,明、清时期的临涣茶馆就以独有的水源优势而远近闻名。茶馆的经营规模、茶馆的社会

功能与影响也越来越大。临涣人的饮茶习惯也自此沿袭下来,已有六百多年的历史。

现存的临涣老茶馆多是古色古香的明清建筑。青砖粉墙、重梁飞椽、小样黛瓦。在大梁的内侧下面置一拱梁,与大梁的走向并行,穿过墙壁,伸出墙外。内侧用一圆柱形立柱撑住主梁。伸出墙外的部分,下有马腿作为撑柱,撑柱的上端连接拱梁,下端插入墙体。为稳固起见,有的在马腿下边的前面伸入墙体的平面放一木板作为支点,外侧拱梁上面为出厦和挡风板。临涣茶馆的门面简陋陈朴,有旧式的三开或多开门页,褐色、厚重的木板门,古旧的铜门环,精细的透窗雕棂,刚劲的黄旧横梁。室内经年烟熏火燎,黑乎乎的。房舍内的地面凹凸不平,乡土气很浓。

茶馆里一般都摆设着几张八仙桌或陈年古董般的木茶桌,配着数条长凳。由于日深年久,大部分桌凳缺角少棱、残缺不全。后来,茶馆多使用简易的方形或长条木桌。主人还在门面的两边或对面的空地处,放些粗糙的石礅、石凳,供茶客多时使用。茶馆里使用土瓷或粗砂茶具。烧水用的水壶多是方形的,由水桶改制而成,偶尔也有一些圆形的锡壶。

临涣的茶馆很多。沿南阁遗址向北的大街两侧,茶铺林立,茶香四溢。最鼎盛的时候,临涣有大小茶馆二十多家,每天接待茶客六千多人,如碰上逢集赶场,茶客更是摩肩接踵、穿梭不断。

早年的茶馆已淹没在历史的烟尘中。人们所能回忆起来的,多是上世纪三四十年代以来的茶馆。其中较早的有吴云生开的吴家茶馆和一荆姓人家开的荆家茶馆。吴家茶馆位于南阁以北、街面路东的地方,北面紧临大戏园子。生意一直十分红火。

怡心茶楼是近年新兴建的,也是目前临涣规模最大的茶馆之一。茶馆主人郑同川和张秀侠夫妇有着自己的经营头脑,一方面保持着招揽农民老茶客的传统经营方式,一方面开辟适宜当代生活的新生茶道,把传统茶馆的特点与现代人生活需求结合起来,赋予了茶馆新的内涵。郑先生怀着恢复和弘扬临涣传统茶文化的志向,不惜借债对茶楼进行装修和配置,通过仿古建筑营造浓厚的古典茶馆氛围。

一股浓郁的面食香气随风飘来,循着香气的方向望去,只见炉子前的生意人正用一根火钳把热腾腾的烧饼从炉壁内夹出来。在辽阔的淮北平原,可以说临涣天生就是一个情调浓郁的小吃之地,饱满的煎包、厚实的油饼、浓艳

研磨时光
YANMO SHIGUANG

的辣汤、红润的糖糕……各式各样、琳琅满目。有着"皖北第一饼"之誉的临涣烧饼自然是一种"未说先馋、闻味流涎"的地方传统美食。张教授为我们一人买了一个。"皮酥瓤柔芝麻多,一口咬出半边月。"一个香喷喷、热腾腾的烧饼放进嘴里,那个酥与香啊,是任何语言都无法形容的。吃完后咂咂嘴,滋味仍在齿颊间回荡。

临涣茶馆具有一般茶馆的共性,也蕴含着自己独特的优势和鲜明的特点。临涣老茶馆的最大特点是以家为店。临涣集镇坐落在浍河北岸,老茶馆大多近水临街,多依家舍而设。俗语谓"茶好不如水好"。在天水、井水、江水、湖水、泉水中,茶对泉水情有独钟,而临涣的泉水又最宜沏茶。临涣城下四大古泉各具特色,它们是回龙泉、金珠泉、饮马泉和龙须泉,四泉沿浍河之水"凵"形排开。临涣得天独厚的古泉资源,是临涣茶馆名扬四方的一大优势。1998年水文专家对临涣泉水进行过专门化验鉴定,确认临涣泉水含有二十三种对人体有益的矿物质,这些矿物质活络通经,促进人体新陈代谢,因而对人体健康具有多种功效。另外,临涣泉水的张力极强,沏泡的茶水高出杯沿而不溢。临涣回龙水是硬水,同样是一杯茶,用回龙水泡制的就比用平常水泡制的重约一两。

于是我们便有了一览古泉"尊容"的好奇心。站在浍河大桥上西望,有一个突出的四方水泥构筑物宛在近岸水中,这便是蓄着圣水的井了。古泉的水是靠着一根细长的管子从这里流到岸上的。"倘得一滴泉入口,便有五载香盈怀!"我们真真切切地欣赏到了地方民俗的一抹蓝天。

临涣茶馆的茶有着鲜明的特色和唯一性,茶叶的唯一性是临涣茶馆"茶"的精髓。临涣当地不产茶,临涣茶馆使用的茶也并非一般的茶叶,而是专门取自两百里以外的六安的茶梗,临涣人把这种低廉的茶梗叫作红茶棒。说来也怪,在六安本地很少有人用这种棒棒茶,在其他地方用棒棒茶的几乎没有。最令人惊异的是,这种茶梗经临涣泉水的沏泡,雾气结顶,色艳味香,入口绵甜,回味无穷。但是一旦将这种茶梗带出临涣,用其他地方的水沏泡,永远不可能有这么好的味道、舒适的感觉和奇特的功效。很明显,六安的棒棒茶与临涣的古泉水达到了不可代替的完美结合。

宿州清代志上记载着这样一则故事:临涣本地有一财主,老年时,随当官的儿子到了外地。暮年的财主经常心胸烦闷、体乏无力,一天到晚总打不起精神,做什么都没有心思,吃什么都没有胃口。一天,忽然想起了临涣泉水,于是托去临涣贸易的一位船工捎带泉水。当时浍河水涨,船工到了临涣码

头,只得停留在码头桥的东面,无法到达回龙水的地方。船工就地装了一罐浍河水带了回去。财主命人把水烧开,把茶泡好。已经习惯了临涣泉水的财主刚喝了一口,就发现此水不是回龙泉水,于是命人召来那位船工,狠狠地责罚了一顿。后来财主经常托船工捎带临涣泉水。他经常饮用临涣泉水,八十多岁时依然精神,耳不聋,眼不花,走路不靠拐杖。

临涣茶馆的茶客五花八门,三教九流。那些走街串巷的小贩、拉车挑担的朋友往往在此歇脚,风尘仆仆中喘口气、喝碗茶、吸袋烟;再不然,掏出窝窝头、咸菜,喝着茶吃顿午饭。但是常来饮茶者,大多是当地有些年纪的人,六七十岁的老人占了茶客的一大部分。这些茶客满脸皱纹,手指关节尤其粗大,吸着劣质的烟。他们一大早从自己家中出发,有的离茶馆二三十里,不急不躁地缓缓地走来,不时地与遇见的熟人打声招呼,或调侃几句,然后继续走自己的路。来到茶馆,先缓慢地伸出手,从裤袋的深处掏出一个布包或纸包,举到眼前,一层层揭开,从中摸索出旧而平整的分币或毛票,递给茶馆的主人。茶馆的主人拿来一把茶壶和一个茶盅,从地面放着的一个塑料袋子里抓一撮棒棒茶梗,放在茶壶里,从熊熊炉火上提起一把水烧得翻滚的铝壶,往茶壶里倒水冲泡,然后端起茶壶、拿起茶盅,送到茶客选定的桌子或台子上。茶客便开始慢慢地喝、细细地品。这样,每天摆在门口的长条矮桌围坐得满满的,每人面前一把茶壶、一只茶盅,徐徐地品那红褐色的茶水。有一种嗜茶上瘾、一整天泡在茶馆的茶客,被当地人称作"茶瘾子",早晨茶馆没开张就在门口等着,茶馆一开门就冲进去,晚上茶馆打烊时才依依不舍地离去,临走时还要带一壶回家。

棒棒茶以其独有的魅力吸引着万千农家茶客,不仅仅因为它的价廉,很大程度上归属于数百年来老茶馆的文化积淀:那厚重淳朴的乡土文化,绵绵延续着棒棒茶的历史。

临涣人饮茶不是仅仅停留在止渴的生理满足上,而是作为生活方式和文化情调糅进了每一个日子。空气里弥漫着呛人的烟叶味,掺和着茶水味,混在一起味道怪怪的。就是茶馆里的这种怪味,才是老茶客们最感亲切的气味,缺了它,他们会感到生活枯燥又乏味。这些老人哪儿都可以喝茶,但独独喜欢来到茶馆里,主要享受的是一种氛围、一种情趣、一种滋味。他们看重茶馆,这些才是最重要的。他们中的大多数人,十几年甚至几十年如一日,大清早赶来,摸着黑回去。这些老茶馆的馆主心里也清楚,营造一个茶文化的民

研磨时光
YANMO SHIGUANG

俗氛围和心理空间比营利更重要。老茶馆，不仅是一处喝茶的地方，而且是许多老茶客精神生活中不可缺少的一部分。有一位七十多岁高龄的老茶客，每天不惜跑上数公里路，来泡茶馆。我们习惯于把茶馆看作仅仅是一个休闲的地方，但实际上，茶馆是一个非常复杂的公共空间。

临涣人爱进茶馆，是因为临涣人喜欢"摆龙门阵"。与面熟又不太相干的茶客聊农事、聊生计、聊百姓中的奇闻逸事，大家各自都在这里总有说不完的话题。茶馆里还有打牌、下棋、搓麻将、读书看报、赏花遛鸟等活动。常有一些自恃技艺超群的青年人，也来这样寻找棋艺高手，杀上一盘。赢了，带着得意的微笑轻盈离去；输了，带着不服气的神情准备明天再战。高兴起来，放声大笑；着急起来，拍得桌子山响，别人也见惯不怪。小镇民居狭窄，亲友来访，无法在家中接待，往往起身招呼亲友："走，茶馆吃茶去。"以茶待友、以茶会友，促膝谈心，泡上一碗茶，想谈多久就谈多久，花费无几，却十分方便。

"戏曲是用茶水浇灌起来的一门艺术。"下茶馆的人可以边饮茶，边欣赏具有浓郁地方特色的曲艺节目。最常见的是评书、大鼓书、坠子。时常也有莲花唠子、清音、金钱板等客串。

茶馆对于一个男人来说是一个毫无拘束的地方。如果他感觉燥热，可以剥掉衣服赤裸上身；如果他需要理发，理发匠可就在他座位上服务。

随着社会的发展、时代的变迁，茶馆的有些社会功能得到了强化和提高，更多的功能却逐渐退缩或消亡了。这是社会发展的必然。但是时间在剥夺了它的一些优势的同时，也必将赋予它新的功能。对于这些功能的有效发掘、研究和利用，就会大大增加茶馆存在下去的必要性和必然性。茶客到茶馆并不是简单地品茗，更多的是享受一种文化、感受一种氛围。早年的茶馆就是因为有了这种文化氛围，才使茶馆成为人气旺盛的场所，才有更多的回头客和固定客捧场聚人气。

临涣茶馆作为临涣茶文化里重要的一部分，其立足点和吸引人的是其文化底蕴和内涵，失去这一内涵，茶馆也就失去了特色和本色，失去了格调与情趣，也就失去了其生命的活力。茶馆最终得以幸存并仍然是这个城镇日常生活中最活跃的部分，充分显示了它的特色与本色和极其旺盛的生命力。生命在重复的形式中才显出它的坚韧，这就是临涣茶馆。

（2013 年 10 月 22 日）

游走石山孜

"相铚傍汴渠,富庶甲楚宋。"曾经的千里碧波贯通华夏南北,哺育了独具特色的运河文化,也流淌出了淮北大地千年的繁盛,可以说,淮北是完整体现运河文化最具代表性的城市之一。我们不仅可以在岁月的风云中,浮想柳江口上舟楫穿梭的热烈和壮阔,更可以自豪地追寻濉浍大地更为久远的厚重历史底蕴。沿着运河这条线性文化链上溯,串起了数不胜数的历史遗存。我们下一个考察点就是淮北石山孜遗址。

石山孜遗址位于原烈山区石山孜村,也就是现在的淮北经济开发区新区。行驶在路上四周顾盼,灌满眼眸的永远是一带带的葱绿,从原野到村落,从沟溪到河流,从庄稼到林木,都有看不完的景致。天气虽然有些阴沉,但有柔柔的风吹着,心情格外清爽。不知不觉中我们便来到了石山孜遗址的面前。

随行的解华顶先生向我们介绍了石山孜遗址的考古发现。该遗址南北宽一百米,东西长一百六十米,文化层厚约二米。由于历史上黄河泛滥,表面覆盖沙土层厚约一米。村路北面的沟内切面处文化层暴露明显,厚约一点五米,上距地表一米。五花土层呈不规则状,内含大量的颗粒状红烧土和各种陶片。路南沟内有大量贝壳堆积层,间有少量陶片和手制纺轮,质地多为泥质红陶,也有少数的蛋壳红陶和黑陶以及加贝砂灰陶。普查中还发现了大量大小长短不一的锥形鼎足,其中最大的长 11.8 厘米,直径 4.3 厘米。

这里出土的外侧红色、内侧黑色的夹砂红陶和泥质红陶特别耐人寻味。这是先民的特殊制作,运用了窑外渗碳法,在陶器刚出炉还保持高温的时候,把草木屑放到容器内,使之产生浓烟,碳渗入胎体,成黑色。胎体内部的细小空隙被碳粒充塞,大大提高了陶器的防渗水性。

经过测定,石山孜遗址所处时代距今约七千年,是目前淮北地区发现时代较早的史前文化遗存之一,是真正的淮北文化之根。石山孜遗址具有面积

研磨时光
YANMO SHIGUANG

大、堆积厚、文化内涵丰富、出土器物特征明显的特点,同中国早期的新石器文化代表裴里岗文化遗址时代相近,但是文化内涵与裴里岗文化遗址又相互独立。石山孜遗址具有一定的地方特色,作为一类文化遗存,被考古学家称为"石山孜类型文化"。作为皖北区域新石器早期文化的代表,对深入研究淮北地区及苏鲁豫皖交界地区史前文化的面貌和源流关系,具有特别重要的价值。

遗址之中的典型标识就是石山孜了。石山孜是一座奇山,奇在它的特、净、秀、小、硬上。

"特"是石山孜的最大特点。这里的石头十分特别,全是那种青砂石,与周围所有的山石都不一样。一座与众不同、与众不连、巨石嶙峋的石山突兀在一马平川的平原上,其存在本身就成了至今一个不解的谜。有人说是第四纪冰川搬运形成,但经不起推敲;有人分析是中国东部郯庐火山带的一部分,地下岩浆上涌形成,但找不到确切的证据;有人根据石山孜的山石特征,推测可能是天体运动飞落下的陨石,这也有待考证。《宿州志》曾载传说"为山东峰山飞来之石",当地人也据此把石山孜称作"飞来峰"。原安徽省人大常委会副主任郑锐先生曾欣然题写"飞来峰"三字,嵌刻石上。石山会飞,当然只能当作神话看待了。民间还有另外一个传说:石山孜是杨二郎担山时掉下的扁担楔子。濉溪人王振鲁因之有七绝诗一首:"天外飞来一险峰,纯石如铁入云中。二郎肩负青山去,此处独留仙脚踪。"种种推测与传说不仅没有解开石山孜的存在之谜,而且为之又添上了一层神秘诡异的面纱。

石山孜的第二大特点就是"净"。块块青石如同累堆在一起,不沾任何泥土,不染一点尘埃,干干净净,如同水洗一般,就像晨曦里茉莉花上熠熠闪烁的晨露,让人感到清新与释然。一峰独立,浑身石骨,浅浅的水痕遍布全身。零星点缀其上的植物葳蕤茂盛,清亮的绿色也如同刚刚经过雨水冲刷似的。清光绪《凤阳府志》有这样的描述:"宿州西北五十余里有石山,周围上一里许,纯石无土,介然独峙,层层迭起,嵌空玲珑,如雕如画。"纯净而又漂亮的石山,和大家园林中的假山别无二致。更为壮观的是,大雨过后,石山周围的洼地积水成河,远远望去,像一幅美丽的水墨丹青。清醇的空气中夹杂着淡淡的林草香,仿佛伸手一掬,就能捧喝一碗山川灵气。山峰上有一座庙宇,让这座山在净中又多了几分灵气和韵致。山的净,化作一分朴实的品性,存活在爱山人的心中。

石山孜的美,最突出地体现在它的秀气上。由于有着眷恋自然的天性,我们去过不少山山水水的地方,比较起来,心目中最感秀气的山,还是眼前的石山孜。石山孜突兀在一片野树、杂草之中,就像一个流落乡野的亭亭玉立的大家闺秀,带着一种与生俱来的高贵,优雅中彰显着庄重,灵动间扑朔迷离,令人为之怦然心动,顿生怜惜之情。也就是这种秀气让石山孜散发出无穷的魅力,成为一片直系心灵的花瓣,一只潜入幻梦的羽翼,让来客如痴如醉。花姿蝶影,读上去像一首风情诗,明媚而不滞涩,勾人魂魄。石山孜的气韵是人们永远无法看透的,这也是我们最迷恋她的地方。我们自感身上的俗气太重,怕玷污了这一雅趣,只是远远地观望,不忍踮脚伸手触碰她的一石一草。

石山孜的另一个特点就是"小"了,说它是世界上最小的山绝对没有错。石山孜的小,小在它本身模样上,直径不到三十米,高度不到五十米。石山孜的小还小在人们的意念中,站在山前,总觉得它是那么玲珑、可爱,和人是那么的亲近友善,仿佛一伸手就能把它捧起来似的。关于石山孜的小,一个山下村妇给我们讲了一个笑话。很久以前,石山孜从地里冒出来后,是一天天往上长的。有一天有个穿白衣服的仙女从这儿经过,在山上小解,山就再也不长了。山虽然停止了生长,却沾了仙气,所以才这么干净和俊美。

石头是人们盖房子常用的建筑材料,然而周围十里八村没有一家用山上的石头盖房子的。面对如此规整大气的石头不用,我们都感到奇怪。向留守在山旁的一位老汉打听,他告诉我们这里的石头太过坚硬,再好的石匠都无法进行加工。那么"硬"也是这座山与众不同的一个特点了。但我从老汉的表情中看到了另一层寓意。当地老百姓给予这座山的,是一份偏爱和娇宠,因为他们深深地知道,这山是大自然对人类的一种馈赠。所谓"一方水土养一方人",穿着洗得发白的布衣布裤,与山相依相亲,是他们编织进梦想中的宝贵的生活片段。每一个新的生命诞生,每一颗麦穗的成熟,每一个新居的落成,每一条道路的兴建,都被石山孜看在眼里。石山孜见证了村民的点点滴滴。山无言,人有情,山和人都用自己的方式表达着彼此之间最真挚的情感,那是一种心灵的默契、一种精神的交流、一首生活的交响曲。

石山孜连同石山孜遗址无疑成了人们探访的一处景点。还在这里搭着窝棚住着的一位老年妇女说:"经常有人到这里来,有开着单车来的,有摩托车队组团来的。来了就往山上爬,山上的石头都被爬山人的脚板磨得剔明贼

研磨时光
YANMO SHIGUANG

亮的。多年前,有一位贾先生,在山脚下租了一个旧房子住下来,天天往山上爬,一块一块地捡拾山上的破玩意儿,最后满满装了几麻袋,雇了几个人帮他抬出了村子。都说贾先生发财了。"妇女说的这个贾先生就是原安徽省文物考古研究所考古领队贾庆元。贾先生有没有"发财"我们不知道,但他对文物考古的执着堪比盛开的芙蓉,热烈奔放,不顾一切,着实让我们感动。

石山孜优雅地站立着,村庄已不复存在了,这里变成了淮北市开发区新区。拆迁留下的废墟上长满了茂盛的蒿藤,周边村民们曾经种过的菜地也杂草没膝了。与疯长的杂草相比,残留的庄稼就消瘦多了。树木被砍伐掉了,有的在渐渐地枯萎死去,有的老根上又长出了新芽。腐朽和新生,肥绿与瘦红,是相互的映衬,也是相互的支撑。

因为有石山孜,我们才站在了这里,未经修饰的山野情怀在我们心中牢牢地打了一个结,成了我们期待着重游的精神故园。我想,我们钟情石山孜,正是因为深爱着淮北这片厚实文化烛照下的土地。

(2013 年 10 月 26 日)

石板街的脚步

老街在文学家的笔下,是一部温情的诗集,翻开这部诗集,犹如远在他乡的儿子又回到了满目沧桑却依旧慈祥的母亲的怀里。在闲暇的周末里,我爱一个人在家乡的不被外人打扰的老城石板街上转悠。清纯与从容的口子古镇风情,随着响在突兀石板路上的清脆脚步声,在我的眼前柔柔地、润润地、幽幽地展开。

街西口有一个副食品店,门外有一块空地。几位老人围在一起下着象棋。执棋者亦不心急,不紧不慢地移动一下棋子。太阳照在棋盘上,没有一点声息。桌子旁边趴着一只花色的小狗,不时地吐着舌头,向四周观望。不知道它是在调整姿势,以便获得更多的太阳热量,还是闻到了陌生人到来的气息而流露出本能的警惕。

街面由一块块古朴方正的青石板铺砌而成,有些许的拱度。条石精凿细刷,四面见线,分垄抠缝。由于长久的踩踏和岁月的剥蚀,青石板变得凹凸不平,清幽光亮。两侧砌有高出路面的镶边人行路肩石,以排放路面积水。

顺着老街的石板路往下走。通透的蓝天下,明晃晃的太阳光中,有白色的猫追逐自己的影子;有扎小辫的女娃嬉闹在青石板的街道上;有光着脚板的孩子把脚跷在藤椅的手柄上,整个人像只猫似的窝在藤椅里;有满脸布满皱纹的老人雕塑般地坐在低矮的屋檐下一动不动。有时还会飞过来无数的蜻蜓,密密麻麻,飞得非常低,低到一伸手就可以抓一个。

濉溪人的怀旧情绪就凝聚在现存的濉溪老城石板街上。老街给人的印象,总是离不开坊铺的,坊铺是老街最具魅力的符号。每次视线中出现"老城""老街"这样的字眼,人们心中便满是坊铺的影子,仿佛置身于杂陈百货编织成的梦中。

前店后坊是百年口子营生的最大特色,其中最多的是酒店酒坊。一些久

研磨时光
YANMO SHIGUANG

居于此的老街坊回忆,过去的石板街布满了酒坊,作坊中的热酒一出炉,络绎不绝的沽酒者便纷纷前来,那沁人心脾的酒香也随着长长的吆喝声弥漫整个老城。有些酒坊越做越大,生产的口子酒,通过水陆两路,向南销往上海、无锡、南京、武汉等地,向北销往北京、济南、天津、抚顺等地。

唐代诗人白居易寓居符离东林草堂时,曾邀约符离五子,驱车驭马来到濉溪口,远远地就闻到缕缕诱人的酒香,于是停车下马,循香探源。濉溪口上,一块块酒字招牌迎风飘扬,给人一种回归自然的愉悦之感。走进一家酒馆,阵阵浓郁的酒香扑面而来。馆内座无虚席,他们只得暂候一旁,边等边同该店的小姑娘聊了起来。小姑娘头缠一块青白相间的头巾,身着蓝色衣衫、青色裤子,脚穿一双绣花鞋。美丽的濉溪养育了勤劳与善良的口子人,口子人家姑娘的灵秀是远近闻名的。小姑娘见是几个文人,便来了兴致,随口吟道"酒香十里春无价"。白居易十分惊异,一个酒店的小姑娘究竟有如此才气,让人敬佩,于是不假思索地回道"醉买三杯梦也甜"。小姑娘打发走一桌当地客人,这样几位诗人才坐了下来,迫不及待地喝起口子美酒来。馨香四溢的口子酒,有着勾人魂魄的魅力。一杯杯牛角酒灌进喉咙里,那种美妙与舒坦是无法用语言来形容的。白居易临走之时,留下了这样一副对联:闻香下马走睢口,知味停车进酒家。白居易闻香下马品酒的故事,迄今民间还在流传。

一位搬了凳子在路旁晒太阳的老大爷,指着一片凹下去的碎石地面告诉我,没有人比这里的石头喝过的酒多,这缕缕的痕迹就是以前来买酒的车轱辘压下去的,酒花洒落在石头上,香醉了它们。

老街人对当年老街的理发店记忆犹新。有一家的师傅人们都喊他老高。胡子有点花白的老高师傅,理起发来总是不紧不慢,边理发边向顾客问长问短,好像他认识所有的人。老街西头是老焦的理发店。门鼻上终年吊着一长绺脏乎乎的帆布条,既是招牌,也能磨刀。老焦头一手祖传的好手艺,从理发店走出来的,个个头脸干净利索、满面春风的样子。

不知不觉走到了王氏钱庄的面前。一位老人告诉我们,1950年濉溪县的成立大会就是在这里召开的。他绘声绘色地描述了当时的情景。山墙上挂幅毛主席像,下方贴张誓词,一张桌子当主席台,没有凳子,与会人员席地而坐。办公室兼宿舍,晚上用门扇当床,有的还盖麻包片。吃饭下食堂,饭厅无桌凳,都蹲在地上吃。县里干部下乡,区乡同志来县开会、学习,都是步行。

县委书记田启松也只能偶尔骑一辆半旧的自行车下乡。

除了店铺,还有一个个杂货摊,无序地陈列于老街两侧。杂货摊铺于地面,一摊摊针头线脑,一摊摊鸡零狗碎,一摊摊老姜干果……

如今,街道两旁依然是一个连着一个的门面,只是户门大多紧闭着,商户的字号还依稀可见。古朴门面上的油漆也随着年代久远逐渐脱落。不少老建筑上,还留着六十年代的标语。间或有几家商铺,留下的原住民,不是卖着自家的土产,就是做着祖辈传下来的手艺,经营着银饰、佛像、布匹等杂货。有的还改做了中医铺、小饭馆来为街坊邻居服务。

顺着叮叮当当的敲打声寻去,我们走进了一家银饰店。老银匠正手拿焊枪给银器加热,脚上有规律地踩着老虎皮。银锭慢慢融化成水,被放入长条的模板中冷却后,变成一根银棒。老人把银棒丢在铁锭子上,抡起铁锤不停地敲打,银棒慢慢变细成型,成型的银棒放在铁钻子上截断,一根变两根拿来比较,长度粗细丝毫不差,甚至连敲打下的细纹都特别相似。

老银匠名叫刘光杰,自幼跟随父亲学做银饰。做银饰是个需要耐心的活儿。就拿做一副手镯来说吧,从原料的退火、扁条、细捻、压花等直到最后的酸洗、沙洗到上光,干活人要坐上两三个小时,就扁条、细捻这两项,不砸上三四百锤是不能达到要求的。父亲去世后,年少的刘光杰就担起了"德兴字号"的大梁。刘老汉的性格就像他们自家打造的银器一样,不温不火。湮灭半个多世纪的往昔图景,依然活在他的记忆里。作为老街最后的守望者,刘老汉对老街有着无尽的感情。

老街的房屋古朴、庄重,青黑色的瓦,灰白色的墙,红色的门板,翘起的屋檐,在岁月的熏陶下,展现着一种不事修饰的随意,宛如一幅明清水墨画。有些房屋,由于常年失修,已经破败不堪。也有一两处马头墙,这种徽州特色的墙头立在老街当中,高出其他房屋许多,成了一道独特的风景。房顶瓦片上长出了野草,微风一吹,它们就摇曳出漂亮的舞姿,搔首踯躅,一种我行我素的个性。

由中央电视台、淮北市委宣传部等联合摄制的二十集电视连续剧《大姐》就是以老城石板街作为主要场景拍摄的,著名演员陈小艺、张丽丽、李歌等在这里经历了一百多天,不少单位和部门参与了剧组的场景设置,住在附近的许多百姓义务扮演群众演员。前大街25号的取景处,依然还是几年以前的样子。

不由自主地拐进一条巷道里。巷道狭窄幽深,像爱美的女人特意保持的

研磨时光
YANMO SHIGUANG

纤细的小腰。高高低低的围墙上,爬满了株株饱经沧桑的藤蔓。我在一户人家的门前停下了脚步。屋内,一位上了年纪的老者摇着蒲扇,满脸的平和与满足,从厚厚的眼镜片后面向外打量着我们。两个小孩子捧着西瓜,津津有味地大口啃着。吊扇在头顶上咕吱咕吱地发出响声。平静中充溢着幸福,那一点,那一滴,通过一个眼神,就能传递给身边的每一个人。

从幽静狭窄的里弄回到街上。一辆摩托从身边疾驰而过,小脚老太赶紧拄着拐杖挪到砖墙根下,冲我们摇了摇头。老人走在这石板路上,摩托走在这石板路上,脚步和心灵敲击的急缓不同、轻重不同。可无论是谁,每天度过的,都是一样的清晨、一样的黄昏!

再往前,一位老汉坐在街边的马扎上,右手端着旱烟袋。看着我们的到来,面上并没有喜怒哀乐的表情,有的只是平静,平静得像这条街,一眼望去就领略了全部。老人的眼神也是不惊不诧,透着那种经历无数磨难的人才有的无欲无望,恍如沉淀在历史记忆深处被唤起的景象,让人油然而生亲切之感。也正是它的平静,真切地抚慰着我们被物欲尘埃遮蔽着的躁动的灵魂,轻揉着我们苍凉而冷漠的情感。

暖阳掠过青色的瓦片,照在沿街建筑的木门上,落在那正在街边眯着眼睛的老人身上,再照在青石板上。这个时候,繁华时期老街的景象就会浮现在人们的脑海中。

曾经的老街就像是一条水渠,两边密密麻麻的店铺,卖什么的都有,吃的、喝的、穿戴的。刚出笼的小笼包,花上几毛钱就可以好好享受半天;薄如纸片的麻片糕点上,均匀地沾着泛着油光的芝麻粒……赶街的人们熙熙攘攘,特别在上下班的时候,就是一股潮水,顿时把老街挤得水泄不通。各种各样的吆喝声,讨价还价声,自行车铃声,混杂着卤料、煎包、咸菜的香味,从狭小的街上漫过老街两旁低矮的屋檐,散向居民区。

与吵闹喧嚣的场面相比,人的心是平静的。那么多的浮躁不知道瞬间被藏到了哪里,那么多的心烦也不知道被抛到了脑后多远。这里会让你洗去一身的疲惫,只剩下一颗淡然的心去聆听巷子里远去的吆喝声。

老街在夜色的氤氲中显得朦胧而散淡。月光在街上慢慢移动着光影,像个赤脚的农家女子踮着脚,悄无声息地走过。

(2012 年 8 月 7 日)

热土上的黑白协奏

　　看过一篇介绍新东方培训师贾佶的文章，对里面的一句话特别有感触："生活像杯咖啡，要用勤奋的豆子，加上激情的泡沫，再点缀上梦想的肉桂才会芬芳可口。"走进临涣中利发电厂，那浓得化不开的梦想咖啡，让我一下子拥有了一生都难以丢弃的芬芳，那是一种遗失很久却又让人魂牵梦萦继而能在真实的咀嚼中感知的一份人生情怀。

　　一个初冬的上午，我带着梦一般的向往走进中利。这是一座漂亮精巧的厂子，宽敞幽雅的院落里，一池葱茏的草坪，宛如一片翠绿的海，几小片嫣紫薄红在那一地葳蕤里妖娆，细微处，所有的抵达都沾染了花香。一座座冷却塔，像一朵朵盛开的雪莲，静坐在一片安详之中，无惊无扰，"何亭亭而独芳"。高耸的烟囱，宛若一位爱读书的小资女人，痴守着一份安然浅笑，温润如玉，让走近她的人情不自禁地生发出顾盼与眷恋。袅袅升腾的烟雾，有着漫步云端的轻柔，微熏了初冬的容颜，应和着徐志摩的那句"轻轻地我走了，正如我轻轻地来"。厚实的院墙，像人们裹紧的大衣一般，阻挡了喧嚣，留下了静谧。一路的焦躁与急切，在中利捧呈的一袭幽雅面前变得含蓄温婉。这个季节的太阳，温度虽然不高，但在自然大爱的执意里，堆积了尘世的暖意。一股风吹来，像一群顽皮的孩子，把暖阳的温柔踢得满厂子乱跑，于是，多少美，都在碎花般的阳光里惊艳。在这个纯粹得可以让人忘却一切烦恼的乡野厂子里，时光开出了一片片飞羽，去追逐洋溢着肉桂馨香的梦想。

　　中利的梦，承载着的是淮北几代人的期盼。

　　淮北的矿多如牛毛，有矿的地方就有煤矸石山。曾几何时，当你走近沸腾的煤矿，你会惊诧于它强劲、大气的飞翔姿态。高高的井架，欲与天公把酒言欢；飞转的天轮，用多情的歌润泽淮北的一马平川；满载乌金的一列列矿车，恰是联姻地下与地上的月老。举目望去，那高高的翻矸陡道上，一辆辆满

研磨时光
YANMO SHIGUANG

载矸石的矿车缓缓地向山顶攀去，用心体验嫦娥奔月的酣畅与柔美。当拔下矿车的插锁，顷刻之间，矸石顺坡而下，像花蕾一样展开朵瓣。从翻矸道上传来哗哗啦啦的声音，有波汹浪涌的急促，有黄莺出谷的轻快，有风拂杨柳的曼柔，让人感到天阔云舒般的畅快。新洗选出的矸石气息，夹杂着麦香，夹杂着煤矿儿女们的动人歌唱，扑面而来，那是一种足以让你一生怀旧的味道。矸石山成了矿区里的独特风景。

但是，天长日久，日积月累，这种散落于荒郊野岭采煤和洗煤过程中排放的固体废物，在淮北人的眼中，成了平原上一颗颗扎眼的黑痣、一块块抹之不去的丑陋疤痕。

煤矸石的大量堆放，占用了大片肥沃的农田，影响着比堆放面积更大的土地资源。煤矸石堆场多位于井口附近，大多紧邻居民区。露天堆放太久的煤矸石，受到长时间的日晒雨淋，风化后产生大量的扬尘，污染周围的空气，居民经常会感到胸口闷、嘴巴干、喉咙痒。煤矸石还影响着生态环境，附近的耕地变得愈来愈贫瘠，直至再也无法栽种。树木生长缓慢、病虫害增多，一些常绿乔木杉树也变得枯黄，掉了叶子。边坡失稳，导致矸石堆的崩塌、滑移，给人和生物带来生命威胁。尤其是暴雨季节，煤堆流淌出来的水，将下面的田地染成了铁锈色。煤矸石在冷落与废弃中谨慎地存在着，守着一份"深坐蹙娥眉"的无奈和"野渡无人舟自横"的落寞，甚至还带着让人心生同情的卑微，就像一棵草，远离了春光的眷顾，带着最后一声叹息，将爱与自尊冰冻在冬天里。

现实的不堪灼烧着淮北人的眼睛，刺痛着他们的神经。一双双含着晶莹泪水的双眼，穿越夜暗天明，隔帘痴望；一抹苦涩寒冬的掠影，漫过红尘里的沧桑，把满腔的幽怨舞落成殇。

敢于往远处看，才不会对近前不安，人类的心总是在高处打探。淮北大地上便有了这样一群寻梦人，他们用自己的喉咙传达着一个时代的声音，完成一种使命的呐喊。为了妥善处置原煤洗选中产生的煤矸石，淮矿集团在临涣配套建设了中利煤矸石发电厂，专门利用煤矸石和煤泥进行发电。

一个新生命的孕育，触动了淮北人感情中最温暖柔软的部分，那是足以绵延一生的幸福。矸石发电，这一梦想照进现实的壮举，投射出的是中利人的责任和不断向上的精神动力的光泽。淮北人也就在中利的烛照下，找回了魂牵梦萦的那份惬意，也记住了一种时代的强音。这杯造福一方的咖啡，在中利人的精心调制下散发出愈发醇香的气味。

汩汩流淌的浍河水,让临涣成了盛产奇迹的地方。戴逵首创夹纻塑像法,赢得了"虽周人尽策之微,宋客象褚之妙,不能逾也"的美誉;嵇含著就世界上第一部区系植物志《南方草木状》,比西方的植物学专著早一千多年。小李庄的煤油灯,照亮了新中国成立前夕的夜空。如今,中利矸石发电成为淮北历史上又一座不朽的丰碑,其煤矸石、煤泥和混煤三种燃料混烧的300MWCFB机组,国内外尚属首例。

只有魏晋时代,才接纳了嵇康的狂放,只有嵇康的狂放,才点燃了一个时代的风度大观。中利的独特风姿昭示着淮北人敢为人先的坚强精神,这种精神是蹇叔哭师劝谏的远见和徐防改革太学的睿智在新时代的再次彰显,是追逐中国梦的铿锵步伐。中利发电在淮北地区是开了先河的。

中利发电厂里,"黑白协奏曲"一直在上演着。煤矸石,带着一份"揽裙脱丝履,举身赴清池"的坚贞和"探虎穴兮入蛟宫,仰天呼气兮成白虹"的勇毅,在传输皮带的托衬下,款款走进发电厂。曾经不起眼的煤矸石不再是被冷落的"丑小鸭"了,它们成为中利发电厂的重要原料,如今中利发电厂平均每年提供上亿千瓦时的电力资源。

带着一种突见新鲜事物的好奇感觉,我不断地以各种姿态按压着手中的快门。这个季节这个厂子才有的独特风情,像亲近母亲的婴儿嫩嫩的浅笑,在阵阵咔嚓声中成了定格。我也把自己完完全全地交给了这片火热的土地,在目不暇接中用心追随渴望拥有的那种幻梦。

集控室是发电生产的集中控制核心。一台台计算机,各自发挥着安全监视、现场监控、数据处理、正常调节、管理计算、事故处理、机组启停等功能,为电厂的安全和经济运行提供了保障。电脑里的技术数据全面反映了发电厂的生产情况,锅炉、器械等的运行情况每时每刻都在更新。几名技术人员正通过电脑监控,随时了解生产情况。

在中利的工地上遇到一位五十多岁的工人。他头发有些花白,额头上的皱纹萌动着落日余晖般的光泽,衣服上沾着煤尘,宛若黑白画中的那一撮泼墨,站在那儿,似风止柳垂的宁静。我走向前去,亲切地喊他老哥。也就是这一声老哥,让我俩彼此之间不用过多的说明,依靠岁月给予的经验就能达到心领神会的默契。我们友好地攀谈起来。

我问他干这活又脏又累,心里什么感觉。他说:"我拿过锄头,拎过泥兜,

研磨时光
YANMO SHIGUANG

打过钢钎,下过煤窑,比较起来这活干净得多也轻松得多了。脏和累对我这样的人都无所谓,习惯了。其实你想,要不是这活又脏又累,肯定也轮不到我这个没文化的人来疼它。"老哥的话就像村野间的小溪流淌出的水,自然而又惬意。说话的语气幽默中透着对工作的爱恋,我甚至听出一种十足地要护着它、罩着它的感觉。

"如今到了中利,心中有种说不出的踏实感和自豪感。煤是经我们的手变成电的。看到千家万户的灯光,看到电子家什的转动,我觉得那里还有我的一点功劳呢。"老哥扬起一抹明媚的微笑,继续对我说,满布皱纹和灰尘的脸,此时舒展开来,让人觉得可信又可靠。心灵上的寂寞,都支付给了光阴的仁慈,旧年的坎坷,慢慢地也都成了释然的了悟。我对老哥肃然起敬。

最吸引我的还是老哥一脸的笑容。他工作着的时候都是带着笑的,笑着铲起一锹锹矸石,笑着看着传动轮带着煤矸石运行,笑着弯腰,笑着说话……那笑容里,透着质朴与憨厚,也荡漾着、包罗着生活溅起的五颜六色。我问老哥为什么这么乐呵,他说:"人活着就得高兴,活一天就得高兴一天。"老哥的话一出口,就注进了我的心里。老哥的笑是他在最平凡、最普通的工作生活里一天天积累出来的。但愿舒心的微笑永远停留在老哥所有的日子里。

普通的劳动者,有着朴素的梦想。老哥的儿子在附近的一个工地上当电工。他计划着再干几年,多攒些钱,和儿子一起回老家,盖房子,买家具,娶儿媳妇。我问他为什么不在这里安家,老哥说,老母亲和爱人都在老家,一家子总要在一起过日子才觉得安心。人离开得再远再久,最后都是要回到家里的。老哥说这话时有些动容。离家的人就像远飞的鸟,当所有人关注着你飞得高不高时,总有几个人关心着你飞得累不累,那便是母亲和家人。给我看手机里老伴的照片时,老哥的眼睛湿润了。

我问他每天什么时候最轻松,他说,下了班,没累到倒头就睡的那个程度,换上一身干干净净的衣服,和几个要好的朋友出去喝点小酒,唠嗑,吹牛,开开玩笑,这是再开心不过的事了。老哥实实在在的话,像一杯冒着热气的茗茶,弥漫的清香扑鼻而来,让我感到,平凡的生活中,总会有些东西闪着金子般的光芒。

我问老哥有什么梦想。他很风趣地告诉我,昨天夜里做了一个梦,梦见自己又回到了孩童时代,躺在母亲的怀抱里,高兴得不得了。从梦中醒来,那种温馨到现在还存在。是啊!儿子再大,都是母亲的孩子;母亲再老,那双抚

爱儿子的手总是儿子最温暖的寄托。我为老哥高兴,也被他感动着。现实与梦想交织相伴,生活也因此真实而丰盈。

告别了老哥,告别了中利,踏上了归途。中利的这一日,在心里留下了至纯至真的感受和不可磨灭的印象。顺着老哥的话想下去,顺着中利的历程想下去,我突然发觉,世界上的路是不一样的,但所有的路的终点都是一样的。梦想的千姿百态最终要换来幸福他人也快乐自己的淡定与从容。

这样想着,整个世界仿佛浓缩在了老哥的手掌里。我沐浴在老哥的快意中。

（2014年5月19日）

研磨时光
YANMO SHIGUANG

走在古城之上

　　离开了临涣中学，也就失去了与古城墙朝暮相望的机缘，五六年过去了，仰望的姿势一直保留到了今天。跟着县文联组织的采风队伍，再一次站在了这位饱经沧桑的历史老人面前，在绿树撑冠与青蔓舒姿的景致中，在细雨低吟与微风浅唱的和声里，一段黑褐色的低矮土墙与一个百感交集的孤独魂灵相对默然无语。回忆的断片扯起了低垂天幕的衣襟。

　　春秋战国是中国古代社会的大变革时期，大国争霸，战事频仍，各诸侯国莫不纷纷筑城自卫，致使城邑数量空前增加。临涣原是宋国的边陲小城铚邑，为了防范楚国，宋国人在这里修筑了土城。能让古人下大力气修建城墙的城邑，其地理位置必然十分重要。古城墙托起了临涣这方土地义薄云天的豪情壮志。

　　中华域内的古代城墙至今大多遗落在历史的旧梦中，留存较少的城墙也都残缺不堪。临涣古城墙是我国延续时代较长、跨越朝代较多、没有发生过大变迁的古城垣，使我们能由这幸存的壮美、雄浑的遗存段落中去感知历史，去推想一代代繁华与落寂。罗马哲人奥古斯都曾说过："一座城市的历史就是一个民族的历史。"临涣古城墙已成为一种不可复得的古老文明的象征，它将遥远年代的讯息带入现代，使现代人在寻觅精神故园时有了一个方向。古城墙皮肤里每一个纹理都写满了历史的沧桑，墙体上挺起的每一个枝条都在迎着阳光在风中摇晃着期盼。

　　临涣土城系两次筑成，第一次采用平夯法叠筑，土质为黄土、杂土，夯层规整，每层厚十五厘米不等，夯窝深两三厘米。主城墙呈梯形，两腰经铲削修整，并用圆木棒横向拍打，表面十分平整、光滑、坚硬。第二次采用覆土堆筑，输送的砂土杂以砂浆和汉代遗物。完好时期的临涣古城，环临涣集一周，呈东西若长的正方形。城内径东西长1490米，南北宽1394米，周长5818米。

在古城墙上漫步,脑子里总是不断地回放着我想象中的历史镜头:一群群衣衫褴褛的先民们,赤裸着双脚,袒露着上身,挑着满满的两筐土,迈着艰难的步履,颤颤巍巍地从护城河的底部一步一步向上爬行。在纷乱的飘雪下,在寒冷的北风里,他们用几近冻僵的手,在一点点地垒砌着城墙。那双肩承担的苦难慢慢长成浓密的树冠,那双脚踏出的安逸慢慢融入清凉的夏风,那张没有表情的脸幻化成母亲们守护孩子的身影,那份无语的沉默被岁月渲染成轰鸣的炮声……

临涣古城墙作为古时的一项大型军事防御工事,除高大坚固的墙体外,还有众多配套的军事设施和各种建筑。东南西北各有一个城门,四角有角楼。西城有六座烽火台,东城有三座烽火台,高出城墙约五米。城墙上还有当作瞭望、射击之用的垛口。古城与战争总是分不开的。它舒展宽广的胸怀,收拢起一道道刀光剑影和一声声人喊马嘶……

公元前209年7月,一个一无所有的登封农民陈胜,率领被逼上绝路的九百名戍卒,在安徽宿县的滂沱大雨中,扯起了起义的大旗。为了牵制秦军,陈胜、吴广亲自率领队伍沿浍水西上,进攻战略要地铚城。起义军与铚人董继、宋留、伍徐等里应外合,攻破城池,吓走县令,他们打开府库,开仓放粮,砸开监狱,释放囚犯。东城门见证了中国一代农民所独有的勇气与果敢,古城墙的土质里映射着正气、凛然、向上的中国农民的缩影。

为讨伐董卓,曹操散尽家财,到处招兵买马。从扬州返程的路上,曹操又在铚城一带招募兵士千余人。铚城成了曹操屯粮练兵的重要基地,临涣西南的黄土岗就是曹操当年屯粮、养马和操练士兵的场所。曹操站在临涣西城墙之上的声声呐喊犹在耳边响起。

公元528年,北魏的北海王元颢于涣水边上迫不及待地即位称帝,任命陈庆之为前军大都督。公元529年5月的一天夜间,陈庆之率七千之众,奇袭临涣郡。城内梁兵遭北魏军士的冲杀,伤亡惨重,守将仓皇逃遁。从铚县出发到达洛阳,十四个月内陈庆之攻陷三十二座城池,经大小四十七战,奇迹般地全部获得胜利,并且在三日内陷落要塞虎牢关,进入洛阳,他那支仅仅七千人的"白袍队"几乎毫发无损,这是自东晋以来任何发动北伐的人都无法创造的伟业,陈庆之以自己不屈的毅力和不凡的才能缔造了一个不是神话的神话!铚城也就成了他走向人生最大辉煌的起点。陈庆之的故事也在激励着一代代临涣后人:不屈不挠、不弃不馁,在困境中一样可以创造出属于自己的奇迹。

研磨时光
YANMO SHIGUANG

  1232年2月，蒙古三千铁骑猛攻临涣城，县令张若愚以城墙为依托，带领全城军民誓死坚守。身形巨大、体格强悍、皮肤黝黑的蒙古兵，以其悍勇不惧死的凶恶拼斗血性，在城内横冲直闯，一个个守城将士倒在血泊之中。县令张若愚手中长枪挥扫飞舞，每一枪都至少终结一名蒙古兵的性命。最后，蒙古兵将张若愚团团围住。蒙古将领看到张若愚是条汉子，劝其投降。真正的志士仁人，怎么会因为贪生怕死而苟且偷生？张若愚举起手中的剑，自刎身亡！张若愚的脊梁也该是临涣城墙的脊梁吧！

  1940年春节后的一天，彭雪枫司令员向丹城集驻防的新四军六支队第二团第二营杨营长和刘营长下达袭击临涣集日伪军据点的命令。二连从南门攻入，迅速包围日军营房，掩护四连从北门突入，歼灭散居街上的伪军；五连作预备队并担任警戒任务。新四军活捉了敌人哨兵，把一班伪军堵在屋里，缴获长枪十三支，俘虏十四人。在和另一班伪军的交战中，打死伪军七人。接下来，新四军对日军营房发起进攻。新四军夜袭临涣日伪据点，大大地挫伤了日本人的锐气，从此他们躲在圩子里轻易不敢出来。认真地联想起来，我觉得，一个人只要敢于抬起头，敢于挺起胸，敢于迈开步子，那么这个世界上就没有什么是可怕的了。

  古城墙用那残破不堪的身躯，向世界讲述着曾经的惊心动魄，曾经的你死我活，用那早就斑驳陆离的面庞，对世界诉说着往昔的荣耀辉煌、往昔的哀痛悲伤！古城墙记录了一段段渐渐被历史遗忘的过往，也镌刻着一个个久久都难以释怀的心殇！我想起了"马娘娘投身琉璃井，插花女袒乳救幼主"这个临涣家喻户晓的传说。

  楚平王娶了秦哀公的妹妹，生了一个儿子，他们非常疼爱这个儿子，就想除掉太子建，立他为太子。太子建在伍子胥的护卫下逃到了郑，由于报仇心切，勾结郑国的一些大臣想夺郑定公的权，被郑定公杀了。伍子胥只好带着马娘娘和公子胜逃出郑国，逃到铚城时，被郑国的追兵包围在禅阳寺中。伍子胥一边与敌人搏击，一边保护着马娘娘和小公子，且杀且退，冲出了禅阳寺，直奔临涣古城北门而去。郑军又追了上来。马娘娘看到三人同时存活下来是不可能的了，便把公子托付给伍子胥，看准旁边的一口八砖琉璃井，一头栽了进去。马娘娘投井自杀，更加激起了伍子胥的怒气，他拼尽全力，杀死了所有的追兵，然后搬起井边的一块巨石盖在井口上，就算草草安葬了马娘娘。伍子胥循着城墙南行，来到了浍河边，这时公子胜饿得哇哇直哭。一位女子在泉边取水,伍子胥便走到近前央求道:"大嫂,能不能帮忙喂喂这个孩子?"女子抬起头来,原来是一位黄花姑娘,伍子胥始觉口误。姑娘轻抿一口泉水,顿觉乳房发胀,随即汩汩地流出奶水来。姑娘接过孩子,轻轻掀起衣角,袒露着乳房大大方方地喂起来。后来公子胜成了气候,想起了当年的救命恩人,便来到铚城报恩。一打听才知道,在伍子胥带着公子离开后,姑娘因未婚先乳羞于见人便投河自尽了。公子胜感动得泪流满面,便在姑娘投河的地方修了一座桥,岸边建了一座庙,塑了姑娘的像。因不知姑娘姓名,只知道伍子胥告诉他当时姑娘头上插了一朵花,于是庙叫插花庙,桥叫插花庙桥。如今,插花庙以及琉璃井的遗迹仍在,插花庙古桥换成了新桥,宛如一条彩虹横卧在蜿蜒无尽的小河之上,与稀疏的树林和悠闲的羊群组合成一幅精美的画面。那眼泉水依然有着令人叹服的生命力,从坚实的土地中涌出,流淌着一泓泓清流。

  古城的衰落与昌盛、灾难与幸福、消沉与斗志交织在一起,串连成临涣曲折迂回、或沉重或轻快的脚步。临涣古城地上地下、城内城外,都蕴藏着丰富的历史足迹,在这里随手都可以捡到两千多年前的瓦片、陶片以及瓦片、陶片映射出的璀璨光辉。人们对于造化的鬼斧神工,总爱赋予其无比美好的神话含义。长久以来,临涣人民流传下来许许多多或美丽动人、或忧伤感人、或离奇惊人的故事与传说。明清老街古色古香,浍河奇泉晶莹剔透,棒棒茶馆名闻遐迩,城隍禅庙源远流长,香山隋槐遮天蔽日,天主教堂肃穆幽静,凤凰高台鬼斧神工,前委旧址情融四季,烈士陵园绿荫凝志……神话和故事是人类美好梦想的寄托,它历久弥新,一头牵着远古,一头牵着现代;一头牵着自然,一头牵着人文,将永远把人类热爱生活、追求完美的心愿系在一起。一个人一旦在自己喜欢的事情上用了心,那么他最终一定会找到他所要的东西。我在古城墙上找到了心中最美的感受。

  古城墙见证了一个个王朝的兴衰,目睹了一场场沧桑巨变,经历了一次次生离死别,度过了一年年雨雪风霜!它依然静静地伫立在地平线上,仍旧默默地守护着这片土地!如果说西安、洛阳以帝都之尊完美演绎了华夏文明的丰满和华贵,那么临涣古城就以古县之内涵尽情展现了中国历史的深沉与淡雅。承载着几千年文明的古城临涣,以苍劲有力的大手笔,不断地把它最辉煌、最美丽的一幕幕彩绘在历史的画卷中,使其在风拂月吻下,发出最绚丽夺目的光彩。浸润着临涣古老精神和蕴藏着文化丰富底蕴的古迹旧址和人

研磨时光
YANMO SHIGUANG

文景观,把临涣人的淳朴品性和好客情怀演绎得淋漓尽致。

历史的烟云常与青砖古道、黄土岗丘相叠,眼前的古城墙时常幻化为远年的图景,眼中所见,已是一个古今交织的又熟悉又陌生的场景,一种为悠远、凝重所笼罩的意境。风刀霜剑,岁月无情,当古城墙失去了最直接的军事效用以后,便自然而然地演绎成一道神秘而秀美的风景,像代父从军的花木兰,卸下沉重的铁甲,换上了飘扬的裙裳。

临涣古城四季呈异。春天柳色青青,莺飞花绽;夏季芳草萋萋,清凉如水;入秋红叶丹丹,叶覆如被;冬来雪痕点点,冰清玉洁。古城墙吐纳着四时的灵秀之气,在穿透岁月的轻风中啸吟。无论什么时候,独自一个人,或者邀约三两个同伴,来到城墙之上,在草木点缀其间的蔚然深秀中,在燕雀啁啾噪林的和声奏鸣中,可以尽情享受大自然的惠泽恩赐。

古城南阁是个不可不去的地方。南阁是临涣古城墙的南门,面朝泡河和浍河,也有人把它叫作泡浍门,作为正门的南门是这个城墙里最大也是最重要的城门。

南阁是两层建筑,高十五米,长十二米,南北宽九米。阁的底层是一由砖石错缝砌成的拱形城门,城门的通道用长条石砌成。东侧两层上有大门,门下有石阶,游人拾级而上,倚楼远眺,城光水色与碧野村落尽收眼底。阁的中层正面自东向西并列着一排齐整的雕花栏杆,栏杆五光十色,远远望去奇光异彩。在栏杆后,是十二扇彩门,门的上方有千余个方形、圆形对称的窗口,门的下方木板上画着各种构思奇特的油漆画,在阳光的照耀下,给人一种光彩迷人而又肃穆威严的感觉。在栏杆上层有十多个对称的窗口,用油漆木板连接起来,涂以各色彩绘。阁顶为琉璃小瓦,分五脊六兽,阁顶两端雕刻着各种不同形态的飞禽走兽,鳞次栉比,惟妙惟肖。阁内正殿中央供奉着一尊雕塑的玉皇大帝,所以南阁又有玉皇阁之称。南阁飞檐翘角,高耸平原,每当夕阳或朝阳之时,云雾缭绕,金碧辉煌,宛如一座美丽无比的蓬莱仙宫,又给人一番心旷神怡、飘飘欲仙的美妙感觉。

更为奇妙的是,在玉皇阁琉璃瓦的屋脊中间,建造了一座袖珍型小庙——姜太公庙,高一点五米,长宽各一米,真是形态别致、匠心独具。庙内有姜太公的独特造像。这"庙上庙"与"神上神"成了临涣的一处绝妙佳境。诗情画意般的景色正契合着游人的心境,开心的遐思被一抹晚霞轻轻点燃。

南阁的南北墙外各有一块石额,分别刻着"光增浍泡"和"永固山河",字

体皆苍劲有力。更引人注目的是阁上镌刻着许多珍贵的石雕,诸如栩栩如生的《狮子衔鲤》《禹王锁蛟》等图案。

每年农历十月十五日为南阁香火会,远近香客云集,整个阁寺烟雾缭绕,人来人往,热闹非凡。在拥挤的陌生人群里,谁都可能踩了谁的脚。没了身份之别、没了名誉之争的地方,人才是自由的,也才真正是属于自己的。

城墙的东面与北面,有一条长约四千米、宽约十米、深约四米的一条护城河,南与浍河相通,西与仓沟相连,组成一个既有利于防旱灌溉和防洪排灾,又有利于防护御敌和交通运输的综合性水利工程。河水清澈,倒映着河边的树木和房屋,水流平缓,衬托着一片碧野的宁静与安详。时常可以见到,在古城墙上玩累了的孩子们,纵身入河,惊起锦鳞翻飞、野鸭四散。傍晚是护城河热闹欢跃的时刻,夕阳余晖中,河中的许多小青蛙、小鱼儿会相继跳上河岸,像举行联欢会,呱呱地唱起来,交织成一幅幅夕阳斜照图,一支支黄昏协奏曲,令人感怀至深,流连忘返。如果说周庄、宏村以建筑之奇用心舞出了江南水乡的温润与多姿,那么临涣古城就以城墙土蕴和泡浍水韵倾力催开了淮北水乡的厚实与本真。临涣有着"不翻典籍读国史,不出中原看水乡"的美誉。

古城墙青色的手臂紧紧拥抱着这座沐风栉雨的小城,宛如一个慈爱的父亲为了保护自己的儿女不受侵害而挺起的脊梁。古城墙是古代人守土御侮的一种屏障,也是现代人心中的一种慰藉。绿荫掩映下的墙体仿佛在告诉我:站着,并不一定高大;躺着,并不一定矮小。我也从风雨剥蚀遗下的凸凹上明白了,伤痕不是痛苦,而是资本。有些时候,只有伤痕才能保护自己,才能给自己一份安全感。

城墙依旧,安详淡定地看着红尘里熙来攘往的人们。我伸出手,试图擦去岁月的灰尘,让古城墙能以更鲜亮的面容走向热爱它的人们。此刻,我也沾染上了城墙的豪情。我本属于古城城墙深重的底色,或者属于城墙之上那一刻的张望。风来,雨来,我们都不用害怕。因为,城墙就在那里,在我们的目光可以抵达的距离内,肃然不语。

从古城墙上下来,生活为我们敞开了另外一种风景。外面的世界能够给我们凝望的时间不多,我多想永远躲在城墙的视野中。

(2010年11月9日)

研磨时光
YANMO SHIGUANG

千年沧桑文昌宫

　　看惯了繁华街巷和高耸楼厦的人们,常常会想念和向往那些古朴典雅的旧时建筑。临涣文昌宫,隽永的格调,深切的情怀,连同背后的千年沧桑历史,在不知不觉中,成为喧嚣生活之外的一个特殊的音符。多年以来,我对临涣文昌宫一直保持着一种仰望的姿势,因为它是一种感念情怀和美好愿望的源头。我常常怀着一颗敬畏虔诚之心,去接近它,去感悟它。

　　临涣文昌宫位于中国文化艺术之乡、安徽省历史文化名镇临涣。司马迁《史记·陈涉世家》中有句话:"攻铚、酂……皆下之。"这里所说的铚就是现在的临涣。人只在昂起头来的时候,才能真正看到蔚蓝、广阔的天空。我想,冲进临涣城门的那一刻,陈胜、吴广的头一定是高昂着的。公元 190 年,曹操曾于铚城招募千余人举兵讨伐董卓,曹孟德是认真的,一个男人一旦在自己看中的事情上认真起来,那么他眼中就只有天堂,没有地狱。公元 525 年,大梁在此设置了临涣郡,这时的临涣像一个做官到了顶峰的人,焕发出的是志满意得后的可爱与迷人。"纹成五色、堪称画本"的浍河缓缓流淌成它胸前飘飞的美轮美奂的丝带,舞着几分轻柔,扬着几分灵动,飘着几分婉约。历经沧桑的春秋古城墙是它脖颈上一条永不褪色的项环,坚实而厚重;力助穆公成就霸业的大秦名相蹇叔凭借家乡的一缕温情注视,把一个弱小的国家从地平线高擎到政治的巅峰;位居竹林七贤之首的嵇康,把故里落地的第一声啼哭挥洒成洋溢一生的诗情。这一切的一切绵延着临涣繁荣昌盛的社会经济和丰厚殷实的文化积淀,也为文昌宫提供了丰富的乳液。

一

　　临涣文昌宫始建于唐代,原名尚书宫,又名藏书宫。武则天继位后,授旨全国各地将尚书宫改为昌帝庙,这时的临涣文昌宫也就随着改称临涣昌帝

庙。武则天出巡江南的时候，昌帝庙又被大兴土木地改造为一座行宫。宋朝末年，随着全国的大趋势，临涣昌帝庙又易名为文昌宫，这个名字一直沿用到了今天。

临涣文昌宫原是多重主房、庭院、耳房组合铺展、面积较为宽大的院落，后为世人相继改建。现存的文昌宫青砖灰瓦，坡顶结构，古朴典雅，分南北中三进院落，占地2170平方米。从外表看，临涣文昌宫的建筑体现的是中国传统园林建筑的小巧玲珑，不粗犷张扬，不盛气凌人，如同当地出产的名菜酱培包瓜，它的独特味道，是需要透过普通的包装和平实的表面细细地品尝的。

提起文昌宫，人们自然而然会想起文昌信仰。自古以来我国提倡学而优则仕，有钱有势的为不失家风，无钱无势的为改变社会地位和告别贫困，都走向了读书做官这条路。于是在这种氛围中，文昌信仰应运而生。

文昌信仰源于我国的星辰崇拜。《史记·天宫书》上说："斗魁戴筐，六星曰文昌宫。"《明史·礼志》上记有一个关于张亚子的故事，说他"济人之难，救人之急，悯人之孤，容人之过，广行阴骘，上格苍穹"，受到历代皇帝的加封，道教将他吸收进自己的神谱，安排在文昌府中主司禄籍。现在，我们所称的文昌帝君实际上是星辰文昌与人物文昌的结合体。中国尚文的历史一直有着"北有孔子，南有文昌"的说法，过去几乎没有哪个州府县衙不设文昌宫的。

科举考试使平民百姓有机会靠读书做官改变自己的命运，然而这是一条太过狭窄的羊肠小路。为能顺利取得功名，人们自然会转向寻求神灵的帮助，于是主管人间功名利禄的文昌神星就显得异常明亮了，成为众多学子和文人士大夫真诚拜谒的神灵。

那个时候，临涣文昌宫里常常跪满了求取功名的学子。最热闹的日子，当数每年的农历二月初三。这是文昌诞辰纪念日，当地官府要举行大型的祭祀活动，文人学士都要到文昌宫里奉祀神灵，供奉祭祀大典和吟诗诵文活动形成了热热闹闹的文昌大会。

历史上的文昌形象雍容慧颜，骑着白驴，有两个童仆陪伴。临涣文昌宫初时供奉的文昌形象是朝廷大员的坐像，长须、慈眉、慧眼，头戴饰玉官帽，身穿覆履长袍，十足的书生气。几位贴身童仆侍立左右，更衬托出他高贵不凡的气质。宫中墙壁上还粉饰着独占鳌头、蟾宫折桂等种种吉祥图案，营造出一派金榜题名的美好意境。文昌宫成了历代读书人的许愿福地。

研磨时光
YANMO SHIGUANG

二

白居易在寓居宿州符离东林草堂时，与符离五子一起泛舟浍河，游览临涣，曾逗留在文昌宫里，和当地的一些文人雅士吟诗作对。正处在与东邻女子湘灵热恋中的白居易，这时更深地体会到爱情的幸福狂热与弥足珍贵，任何所谓的生活浮华与事业辉煌，都不能和内心之中爱的幸福相比。白居易虔诚地跪在文昌神像面前，怀着极其深厚的感情，为跟着自己学识字的心上人湘灵默默地祝福祷告，焚燃的檀香也在白居易紧闭的双眼前，慢慢升华成月光下并行的影子、滩河浍水边共握的舟船桨辂、桃花丛里浅浅的足迹……男人可能结识很多女子，但是真正动情的爱只有一次。当白居易遇到那个最中意的女孩之后就把所有的爱都给了她。"娉婷十五胜天仙，白日姮娥旱地莲。何处闲教鹦鹉语，碧纱窗下绣床前。"这个邻女形象在他的心中飞扬了一生。

诗人孟浩然，也曾泛舟浍河，游览临涣，拜会裴明府，焚香文昌宫。不过四十一岁时的孟浩然没有白居易的那种儿女情长，有的只是人事无常、聚散难测、沧桑悲凉的人生慨叹。"笑语同今夕，轻肥异往年。晨风理归棹，吴楚各依然。"这样的诗句，今人在朗读的时候，总会不由自主地低下头来，往自己身上看看。其实，纵使一生的心思都用在浸润着秋色的旅程上，也无法一眼把一个季节看个通透。我想，再苦痛的心事，不触碰它，永远就是一个符号；再轻薄的思念，不丢弃它，永远都是一种牵挂。流失，有意或者无意，带不走落寞，也带不走抓在手中的那份快乐。

文昌宫的大门坐西朝东，上有出厦翘角、筒瓦铺面的马鞍式顶脊，像一只振翅欲飞的老鹰，孤独中似乎在炫耀着什么，也像在提防着什么。连接墙体又突出其外的木质花格窗棂紧接其下，既起着支撑顶脊的作用，又起着装饰美化作用，纤细的木条羸弱中透着坚毅，侵损中彰显着不屈，这不也是一种静态的力与美的和谐统一吗？四合门稳稳地站立着，朱红色，它占据着、遮掩着同时也护卫着同一个洞口。大门两边连着青砖垒砌的院墙，那绵延开来的似乎又不止是院墙。

走进门来，踏在青砖铺成的地面上，那被烧制过后的黄土带着湿润的潮气轻轻地抚摸你的脚板，留下一份你一生都无法忘记的疼爱。大门内侧两边各有一条小道，右边的通向北面的房舍，小道边是一口水井，水井的四周随意堆放着几块青石。左边的连着一个拱形圆门。寂静无声的氛围中几点绿枝

在轻轻摇曳。找一个石凳坐下来,一动不动,心也就走了很远。

也许是缘于浍河血脉的召唤,站在文昌宫中,许多诗情便从胸中升腾而起。站在诗人站过的地方,心中也就有了吟诗的兴致。我看到那素影清辉却是秋骨夏魂的淡淡菊影,也就不由自主地想起我曾写下的"愿捧世间千江水,为偿岸上一缕香"的句子来。即使热情没有回应、深唤没有转身,我也把它尘封在自己心底最深处。独处时,梦境里,寻找那曾经留下的痕迹,哪怕是一丝丝、一点点。

明清时期的临涣文昌宫就已具有极其浓郁的书院性质,这里一方面培养了一批封建科举考试人才,另一方面也造就了一批服务当地、光耀乡里的文人。可以说,在这个不大的院落内,临涣的饱学之士及第蝉联,涌现了不少名人志士。于是"濉涣文章地,两岸多奇才"之说盛传开来。

南院东厢房里存放着临涣地区收集来的石雕、石碑。石雕中有余桥的河水龙王,南阁的狮子衔鲤鱼以及从其他地方收集而来的姿态各异的力士等。石碑中有南阁的"永镇山河"与"光增浍泡"和临涣县界碑。每一块石头都有一个感人的故事,这些故事似乎在默默地传达着临涣历史的久远与厚重。石雕、石碑真像一条神奇的时空通衢,相隔时间久远的古人与今人,相距千里的本土行者与他乡工匠,凭借一块小小的石头,就能推心置腹地交流。从这一意义上说来,任何一件物品,不管它是什么,只要你喜欢它,它都在带来震撼的同时,也带来心灵的舒畅与快乐。这种魅力和能量,既是它本身具有的,更大意义上也是喜爱它的人赋予它的。我与石雕、石碑互相注视着,一缕石香熏染着我寂静的心空。

文昌宫整个院落的地面是四方青砖铺成的,人走在上面竟有一种软软的感觉。流连此间,作为从现实中遁逸而出的我,在与远古真诚、平等的对视中,可以短暂地抛却红尘的杂念、世俗的浮躁与心灵的烦扰,寻找到一份不可多得的闲适与畅快。

三

我是偏爱怀旧的人。我想,怀旧也应该是人性中一种温暖、深沉的情感诉求吧。走在文昌宫里,感受的是宁静淡泊、儒雅风流。斗转星移,沧海桑田,人世间变换的东西太多,而人类的原始本性永远是柔弱而温顺的,像脚下的带着潮气的青砖地面。有些人、有些事总会在怀旧的片段中闪现,响在文

研磨时光
YANMO SHIGUANG

昌宫里临涣教育事业的脚步声也一直未曾间断过。

　　清光绪三十三年(1908年)，临涣设立了敬业高等小学堂。1927年9月，中国共产党党员周秀文筹建了临涣女子小学，并亲自担任校长。1930年秋，陈海仙在这里创办了宿县第七区区立乡村师范学校。1948年11月，临涣刚刚解放不久，余文焕同志受当时宿西县委书记田启松的直接委派，着手负责临涣地区教育事业的恢复工作。此时的文昌宫历经风雨、破烂不堪，加之遭受了巨洪天灾，院墙房舍摇摇欲坠。为了将文昌宫改造成适宜学生读书的学校，余文焕同志组织开展了房舍的维修与扩建以及教具的收集与整理等工作。年末，宿西中学由宋庙迁到整理修复后的临涣文昌宫，次年年初学校正式招生开学。此后，随着体制的变更学校几度易名，由最初的宿西中学，到临涣私立初级中学，再到濉溪县第四初级中学，最后到沿用至今的濉溪县临涣中学。七八十年代学校东迁，这时的文昌宫主要用作了学生宿舍。再后来学生全部撤出，就完全交给政府管理了。那浸满了岁月沧桑的青砖瓦房，那院落厅堂间狭窄幽暗的巷道，那青灰色屋面上长着的蕨草，见证了学子们的喜怒哀乐，还有那蒸腾在院落上空的安逸与从容。

四

　　临涣文昌宫的文昌神韵和书院之气也曾在特定的历史时期渐渐地淡化过，取而代之的是浓厚的革命气息。上世纪20年代初，我地下党的主要组织者、后来英勇就义于南京雨花台的朱务平，在文昌宫里开展反帝、反封建的革命活动。1924年春，朱务平等人在临涣创建了进步群众组织"群化团"，该组织迅速扩展到宿城、徐州、济南、南京等地。他们经常在文昌宫里进行集会和开展革命活动。同年夏，中国社会主义青年团临涣特别支部建立，朱务平任书记。1925年6月上旬，上海"五卅"惨案发生后，临涣各界群众万余人举行游行示威，同时还组织募捐队，为上海总工会筹集钱款。同年夏，中国共产党临涣小组建立，不久改为中共临涣独立支部，朱务平任书记，后来徐风笑继任。这也是皖北地区第一个农村党支部。临涣的党组织不断发展壮大，活动频繁，他们的集聚地文昌宫在当时被人们誉为临涣的"莫斯科"。

　　如火如荼的革命活动让人们记住了文昌宫，而更重要的是让人们记住了一种抱负与胸襟。任何一样东西，一旦有了抱负的融合，它的渗透力就是无可比拟的，那是任何事物都无法风化磨蚀的。一种襟怀能成就一番事业。文

昌宫的胸襟来自于一种传承,这种传承既是文化的,也是革命的。

五

文昌宫这个始终与文人墨客、经史子集有着不可分割的渊源和联系的院落的历史被改写得与它的名称大相径庭了。使它变得充满阳刚和雄武之气的还不只是组织革命活动的朱务平等,更有那左右着中国有史以来空前规模生死大决战的胜负、决定着中原乃至全国解放战争进程的几个举足轻重的人物。

1948年11月10日,毛泽东发出了攻占宿县、"至要至盼"的电报,刘伯承到达文昌宫这个淮北中野指挥部,与陈、邓会师。11日晚,临涣集的夜是那么静谧,似乎战争离它十分遥远,集上的人家全都熟睡了,只有文昌宫的灯光彻夜未熄,点亮着这个淮北平原深处的小镇。邓小平、陈毅、刘伯承在临涣集文昌宫中野司令部驻地召集杨勇、陈赓、陈锡联、秦基伟等纵队司令开会,部署攻打宿县的任务。四位纵队首长分坐在两条长凳上,隔着一张条桌,正跟邓政委、陈司令员对面。邓政委说话逻辑非常清晰,言简而意赅。他说道:"切断徐、蚌线,占领宿县,可以北拒徐州,堵住徐州之敌南逃的后路;可以南阳蚌埠,斩断南线敌人北援之交通;制止孙元良兵团东援,夹住黄维兵团北上,黄伯韬兵团只有束手待毙,蒋介石称为生命线的津浦路,就要切断了!"

这个"吃一个、夹一个、看一个"战术的产生,在临涣当地被盛传为一个有趣的故事,说是起先是刘伯承在吃老乡送来的当地特色菜"培乳肉"时想到的。"培乳肉"一沾嘴,就激起了刘伯承的胃口,它嘴里吃一块,筷子夹起一块,眼睛还盯着碗中的。联想到战争形势,这就有了上面的战术。故事不怎么可信,但它表达了临涣人对家乡的热爱和对首长的敬重。

四位纵队首长目不转睛地注视着邓政委,他稍稍提高了声音,继续说:"为了这个目的,在淮海战场上,只要歼灭了敌人南线主力,中野就是打光了,全国各路解放军还可以取得全国胜利,这个代价是值得的!"由此可见首长下了何等决心,又是以何等惊人的毅力在指挥这场战略决战!

攻打宿县的作战会议刚刚结束,文昌宫里飘出的烟雾,好像战场上弥漫的尘硝。高高大大、戴着眼镜的刘伯承,剃着光头、精小壮实的邓小平和浓眉虎目、一身豪气的陈毅,一同走向前来,面色极其严峻,一一握住杨勇、陈锡联、陈赓、秦基伟等纵队领导的手,用力摇了摇,没有说话。握手的力度,足以让人领略到重任、使命和决心的分量。

陈毅司令员跟邓政委一起,把四位纵队首长送出了作战室。陈司令员有感于此,大声朗诵起了明世宗嘉靖帝《送毛伯温》的名篇:"大将南征胆气豪,腰横秋水雁翎刀。"他摸摸要走的同志腰间的枪柄,继续朗诵:"风吹鼍鼓山河动,电闪旌旗日月高。天上麒麟原有种,穴中蝼蚁岂能逃。太平待诏归来日,朕与先生解战袍。"

16日攻取宿县后,为了保证淮海战役的最后胜利,中共中央和中央军委决定成立由刘伯承、陈毅、邓小平、粟裕、谭震林五人组成的总前委,以邓小平为总前委书记,统一指挥中原野战军和华东野战军及部分地方武装。

邓小平、刘伯承、陈毅等在临涣文昌宫生活和工作了十多个日日夜夜,成功地把握了战役转换的关键环节,使淮海战役成了战争史上以少胜多的著名战役,也让淮海战役总前委指挥部所在地临涣集文昌宫名扬天下。

现在文昌宫的后院依然保留着邓小平、刘伯承、陈毅和张茜夫妇、警卫员等的住室,邓小平洗冷水浴的地方以及当年总前委会议室。房内陈列着首长们使用过的板床、被子、桌子、凳子、提灯、茶壶、发报机等物品。军用地图上,似乎枪炮声响依然不绝于耳,百多万人进行的惨烈战争仿佛历历在目。

文昌宫的前院内设立了淮海战役纪念馆和陈列室,向世人展示着淮海战役的有关图片、史料,介绍着参与战役的解放军、国民党双方的高级将领,悬挂着纪念淮海战役四十周年时中央领导人张爱萍、韦国清、陈士榘等的题词。

今天,文昌宫已成为广大人民群众缅怀老一辈无产阶级革命家丰功伟绩的革命圣地,安徽省委、省政府把临涣文昌宫列为第三届爱国主义教育基地,文昌宫就成了对广大群众和青少年进行爱国主义教育的重要场所和生动教材。1980年文昌宫公布为省级重点文物保护单位,现已成为第六批全国重点文物保护单位。

站在伟人曾经站过的地方,与伟人当年不同的是,我们是幸运的。我们守望的是在他们永不疲惫的思想之光照耀下的一条欢快而充满灵性的大道。我们的思绪还可能沉溺在往日生活的混沌之中,但是更美的景象在轻轻抚摸我们的眼睛了。我想,有些东西也只有在这里才能找得到,比如文昌宫的儒雅与阳刚,难怪地道的临涣人提起文昌宫总是那么的骄傲与自豪。

(2009年11月11日)

聆听大运河

穿街而过的宿永公路上，华贵的宝马轿车与质朴的农家板车擦肩而过，车辆散出的尾气与老汉喷吐的烟雾融合在一起。路边，一只小狗侧躺在那儿打着盹，一群鸡儿用它们的脚趾刨拣着草丛里的虫子。明丽的阳光泼洒在这条公路上，也泼洒在这个集镇上。车水马龙的公路上的喧闹声使这个北方偏远集镇显得愈加幽静。抬起头来，一座粉墙黛瓦的院落出现在了眼前，门额上书写着"柳孜运河码头遗址"八个大字。让我们从这里走进深邃的历史长廊，去聆听大运河昔日的声音，去追溯柳孜集曾经的辉煌。

一

1999年的一个上午，安徽303省道在裁弯取直施工中，憨厚朴实的农家汉子一锹下去，搅动了隐身地下的千年美梦，使之又以羞涩的姿态掀起了面纱的一角。

展现在眼前的就是隋唐大运河码头遗址。柳孜码头顺河道南侧而建，为东西长南北窄、上宽下缩的梯形立体建筑，四周界限分明，表面密布着高高低低的凹坑，北壁为临水陡直的正立面。砌体中是大小、厚薄不一，形状、色度各异的石灰石。砌筑手法为整边填心式，支山错缝，顺顶相交，再以黏土填实。据考古专家们的发现，该构筑物地基叠压在唐代文化层之上。由此推定，现存的码头是在唐代以后的宋朝所建。

就像一位慈祥的老人，运河码头安详地静卧在泥土柔软的怀抱里，脸上满布着历史风霜留下的印痕。当地村民走过来，主动向我们介绍说："抗日战争那会儿，新四军挖战壕时，就挖出过许多石条子。大集体时，我们也挖出过很多石条，都用来盖牛屋和修塘坝了。我们早就知道下面有东西，祖上都是这么说的。"村民所说的东西是他们当作宝贝看的各类古代器皿。该遗址发

研磨时光
YANMO SHIGUANG

掘出土大量的陶器、瓷器、铁器、铜钱、石器、骨器等文化遗物。其中瓷器最多，有碗、盘、钵、罐等二十多种器物，制作时代涵盖了隋、唐、五代、宋、辽、金、西夏、元八个朝代，源自全国南北方寿州窑、越窑、钧窑、定窑等二十多个著名窑口。出土陶瓷数量之多、窑口之众、品种之丰，在中国整个历史上都是罕见的。

曾在淮北隋唐大运河博物馆中见到了这些瓷器。各种式样的瓷器，含着"养在深闺人不识"的处女羞涩，从泥土中缓缓走来，一下子在阳光下变成了光彩照人的美丽少妇。那些当年不起眼的日用粗瓷，历经长久的沉寂与等待之后，也变得弥足珍贵了。走在柳孜码头遗址的周围，你不要忽略了你的脚下，一个不起眼的破碎瓷片就有一个埋藏千年的动人故事。

柳孜遗址的重大发现远不在这些瓷器上。在石筑构体之下及其周围，专家们发现了八条唐代及其以前的沉船。这些沉船相互挤靠、叠压在一起，就像玩累了的孩子，裸躺在地上歇息。沉船，如此密集地分布在柳孜遗址的探方内，定格了一幅"半天下财富，悉由此路而进"的"繁忙漕运图"，三维地记载了历史上通济渠的静止瞬间。

编目为1号的沉船，底板后舱和拖舵保存得比较完好。专家们说，这个尾部拖舵的结构形式为中国古船考古的首次发现，验证了拖舵的使用是中国造船技术的一项发明。他们把它称为"淮北舵"。2号、3号船体是两艘用硕大的原木整体雕凿而成的独木舟。独木舟是春秋战国时期江南地区普遍使用的独特小船，在淮北地区发现唐代独木舟，这就是一个奇迹。4号沉船木质坚实，硬度很高，隐约的纹理，透露打磨后表面曾有的光泽。值得一提的还有6号沉船。它是一艘中型运输船，船体保存有八根肋骨，船板用的是坚硬的香樟木，制作之精良、设计之合理，代表着唐代造船的工艺技术水平。

这些黝黑的船只，让我们自然而然地想起了张择端的《清明上河图》。船只往来，首尾相接。有的满载货物，逆流而上；有的靠岸停泊，正紧张地卸货。站在遗址之上，我们仿佛听到了"长河落日圆"下熙来攘往的喧嚣，"远上白云间"里水流不息的涛声；宛若看到了一根勒在船夫背上的纤绳在牵引蓝天下飘逝的帆影，一群蹦跳的鱼虾在打捞九曲回肠的渔歌。一叶小舟就是一只眼睛，就能在今天的平原上看出一段云雾升腾的清澈明亮运河。

二

当年舳舻千里的大运河,在奔涌中体会它的豪情,在倾泻中显示它的悲壮。它不仅承担着漕运和物资流通的运输任务,而且沟通了中原与南北地区之间的经济往来,成为巩固和发展唐宋王朝的生命线。

柳孜所在的这段大运河,就是当年的通济渠。隋大业元年,杨广诏命尚书右丞皇甫仪征发百万民工,依据中国地貌的自然走向,利用天然黄河的丰沛水源,在原有天然河道和零散人工沟渠的基础上,开凿了这条大运河,它是隋唐大运河中黄河连接淮河的一段极其重要的河道。唐宋时期称之为汴河、漕渠、漕河、运渠。元代始称之为运河。它流经三省十八市县,全长六百五十千米。在淮北境内,运河西起濉溪县铁佛刘庄与永城相接,东至四铺乡石圩子入宿州市境,长四十点八千米。大运河与长城并称为中国古代的两项伟大工程。两位统一江山的疆土开拓者,一个用确保北方安全的长城成全了汉朝的文治武功,一个用四通八达的大运河成全了隋唐盛世。所以皮日休说隋炀帝如果没有水殿龙舟一类奢靡的故事,其历史功勋当不在大禹之下。

回顾历史我们知道,隋唐统一后,万邦来朝,库府充盈。大运河通边达海,起到了对外交流、遣兵应急、强化统治、流转百货、顺畅贸易的作用。陆楫在《古今说海·炀帝开河记》中描述:"舳舻相继,接连千里,自大梁至淮口,连绵不绝,锦帆过处,香闻百里。"

宋朝是中国古代历史上经济与文化教育最繁荣的时代。著名史学家陈寅恪说:"华夏民族之文化,历数千载之演进,造极于赵宋之世。"英国史学家汤因比更是直白:"如果让我选择,我愿意活在中国的宋朝。"北宋大中祥符时,运河年漕粮已增至七百万石,至此,大运河的漕运功能已发挥到极致。正是:"汴水通淮利最多,生人为害亦相和。东南四十三州地,取尽脂膏是此河。"

北宋神宗年间,为便于灌溉农田,开汴东沟,引汴水入浍。通济渠与浍河的联通,把淮北地区的经济文化推到了一个更高的水平。我们淮北人对运河的怀恋和向往将伴随着整个生命历程,因为我们的生命之根在运河里,我们的本性和运河是相融的。淮北人有了自己心目中的运河。夏近天低,大运河波涛汹涌、激浪拍岸,那是一种壮美与大气,宛如苏东坡的豪迈诗篇;春暖花开,大运河绿波荡漾、细流涓涓,那是一种优雅和妩媚,恰似李清照的婉约辞章。秋天用心聆听,大运河奏响着一支荡气回肠的进行曲;冬天用情吟咏,大

研磨时光
YANMO SHIGUANG

运河酝酿着一首洗涤灵魂的赞美诗。大运河有着双重结构的生命本质和兼收并蓄的立世胸怀：洪涛与微波，狂暴与温柔，清澈与浑浊，怒吼与低唱，都在这里冲突着、交织着。大运河，一个回归自然的落脚点和淮北乡村独特的风景带。

三

延续着大运河绵绵涛声的是一眼望不到头的堤坝。运河南北有两道土堤，老百姓们习惯上称之为隋堤。《开封府志》中记述："隋大业元年，开通济渠……渠旁皆筑御道，树以柳，名曰隋堤，一曰汴堤。"大运河的北堤宽四十米，高出地面约六米，用以抵挡黄水；南堤宽约二十米，高出地面四米，用作御道，设置五里一店、十里一铺、百里一驿。河床高出地面两至三米。在过去，人站在堤外能听到里面车水马龙的喧闹，但看不到公路上的车辆行人。

当年隋堤之上杨柳依依、叠翠成行，柔软的枝条轻轻牵出一个季节的相思。风吹柳絮，腾起似烟，在任何春风可以抵达的地方，都留下一行行生动的诗句。清晨，晓雾蒙蒙，翠柳被笼罩在淡淡烟雾之中，苍翠欲滴，仿佛半含烟雾半含愁，曾醉倒了多少墨客文人的心怀。唐代著名诗人白居易在《隋堤柳》诗中写道："西至黄河东至淮，绿影一千三百里。大业末年春暮月，柳色如烟絮如雪。"这诱人的风光、诗意的朦胧和超然的韵味，似乎使人们看到，在那"春光荡城市，满耳是笙歌"的年代，那些富贾豪绅寻欢作乐的情景。唐朝诗人杜牧有"夹岸垂杨三百里，只应图画最相宜"的诗句。杨柳纤长的枝叶，如同飞扬的琴弦，挥洒成一缕缕浅笑；杨柳青翠的色彩，好似碧透的舞台，飘扬出一个个舞姿。

关于隋堤杨柳的来历，笔记野史中有一则故事：有一年天气新热，隋炀帝闻听扬州琼花盛开，立即从东都洛阳摆驾，浩浩荡荡东下扬州观花。那时候，从洛阳到扬州的大运河尚未完成，中途要换走旱路，杨广嫌乘坐车辇不开心，就命沿途州县供给黍稷、香油，铺地行舟。然后，杨广又挑选五百名美女轮流拉纤。纤弱的少女拖着沉重的龙舟，一步一滑地走在用香油拌黍稷铺成的路面上。不一会儿，这些拉纤的殿脚女就气喘吁吁、香汗淋淋。翰林院学士虞世基呈上对策：在堤岸遍种垂柳，清荫交映，一可为殿脚女遮阳，二能够加固新筑河堤。隋炀帝大喜，立即传旨隋堤岸边郡县连夜赶种柳树。短短几天之中，周边大小柳树都移栽于河堤两岸。

隋堤之上,与杨柳相伴的还有桃李与花草。宋朝诗人曹勋《隋堤草》一诗中写道:"绵绵隋堤草,草色翠如茵。梧桐间桃李,秾艳骄阳春。杨柳垂金堤,拂舞无纤尘。行人不敢折,守吏严呵嗔。"可见当年隋堤曾是绿柳红花,景色十分迷人。

四

随着运河水的流淌,南北文化的精髓浸润着淮北这块古老的土地,从而滋生出富有地方特色的文化、风俗与民情。淮北地区广泛流传着隋炀帝与大运河的艳史趣话,诸如隋堤植柳护娇娃,赐柳姓杨推皇恩,木鹅试水知深浅,治吏惩贪平民愤。淮北人至今还把柳树叫作杨柳。淮北人还从杨广旱船出游中得到启示,逐渐形成和发展了狮子龙灯、竹马旱船等表演形式的民间游乐性舞蹈。

运河的开凿给南黎百姓带来了福祉,也深深伤了他们的心。开河都护麻叔谋自恃威权,无恶不作,以吃小儿肉为乐,常有泼皮无赖们偷盗乡间幼儿送给麻叔谋换取赏赐。麻叔谋是个胡人,人们都叫他"麻胡子",在后来的流传中,"麻胡子"又变成了"毛猴子""马虎子"。只要一提到他的名字,小孩就吓得直哆嗦。直到现在,淮北的农村里还常用这一句话来吓唬小孩子。妇女遇到孩子啼哭,只要说一句"毛猴子(麻胡子)来了",小孩子吓得立即就停止了哭泣。

百姓被麻叔谋吓到了心里,也对他恨到了心里。敢怒而不能言的百姓们把麦面和成面团,捏成面人,当作麻叔谋放在锅里煮,然后把面汤喝到肚子里去,用以解恨。人们把这种汤叫作"马虎子汤",我们今天常喝的"面筋汤"就是从"马虎子汤"演变而来的。

五

人生路上甜苦和喜忧,我们都必须自己面对。无论是刻骨铭心的恨,还是束手无策时的无奈。接下来我们要面对的就是大运河的无情消失了。以黄河水为水源的隋唐大运河,由黄河水性决定,也像黄河一样,河床在年复一年的淤积与增高中,不知不觉地隆出地面,成了中间微凹的悬渠。大运河,连同人类共有的一段梦想,被抛弃在荒草迷离之中,孤独地听任荒草野禾的牵引,成为历史深处的火焰,潜藏在泥土之下。天上月圆月缺,地上花开花谢,

研磨时光
YANMO SHIGUANG

自然界中的万事万物,没有任何东西能够永远固定不变。大运河就像功德圆满的范蠡,以隐身而退成就了一种政治智慧和精神境界。

河道湮塞废弃以后,河床及两侧的河堤在淮北一望无际的大平原上更加显得突兀高隆。历史进入20世纪,当一种新的更为便捷的汽车运输方式成为主流,公路便在淮海大地上修建起来。利用运河河道筑路,以减少填方工程量,就成了非常自然的选择。现今的宿永公路,成为市境横贯东西的幸福大道。隋唐大运河在岁月中增高,在改朝换代中被遗弃,又在新时代转换成平坦大道,始终为沿岸百姓广布着福祉。黄土之躯,横亘千年,一代帝国的风骨不变,河城相拥滋生的气质文化早已在这里生根发芽。

在河道功能转变的同时,两岸的河堤也在岁月风雨的剥蚀中变得越来越矮小。从上世纪50年代到70年代,年复一年的农田基本建设,使宿永公路两侧的河堤逐渐摊平。时至21世纪,只留下两道近似东西走向的坡带。葳蕤与繁茂的背后,柳树柔弱的双肩承担起了无数沧桑磨砺与风吹雨打。隋堤的繁盛与衰败,不仅映照了隋炀帝的奢靡,更包含了百姓的辛酸。让我们循着诗人吴融的笔端,再次走近袅娜起舞的垂柳,回味流水般逝去的人间万象:"搔首隋堤落日斜,已无余柳可藏鸦。岩傍昔道牵龙舰,河底今来走犊车。曾笑陈家歌玉树,却随后主看琼花。四方正是无虞日,谁信黎阳有古家?"

消逝的泥土无法在今天重新聚拢起来,但是那些曾经不可解释的记忆,随着近年来的一次次考古发现,渐渐清晰起来。我们不得不赞叹那曾经的杨柳,柔弱的身躯舞动的不只是媚人风情,更是不屈的灵魂。

六

曾经的运河、码头、航船、瓷器、堤坝、杨柳,见证了柳孜集的兴衰。得益于大运河这个黄金水道而兴盛起来的柳孜集,原为柳江口、柳孜镇,其历史可以追溯到新石器晚期。据明、清《宿州志》记载:四千多年前,柳孜就是一个人群聚落。春秋战国以来曾先后归属宋国、楚国。秦汉时期隶属沛国相县,唐宋以来隶属宿州临涣县。

关于柳江口名字的由来,这里有一个故事:隋炀帝巡历淮海,在龙舟之上观看殿脚佳丽持楫划船,即兴赋诗一首:"旧曲歌桃叶,新歌唱柳眉,将身伴轻楫,疑是渡江来。"当地官员为讨好皇帝,就依此诗把这段运河命名为柳江,因柳孜码头又是大运河上的重要口岸,于是柳孜就被叫作柳江口。新中国成立

的时候这里还存有"柳江口码头"的石碑。

当我们谈论当年千帆竞过的大运河，谈论绵延不绝的运河文化时，我们在柳孜这里找到了载体。一个集镇因为有了运河的存在，生活变得滋润。尽管有些村民的脚步从来没有走出过集镇的十里方圆，他们的梦想却沿着这条河溯流了很远很远。

自隋代开凿大运河后，柳孜逐渐发展成为运河岸边的重要商埠。当年的柳孜镇人口众多，客流如织，既是漕运中转码头，又是较多的商品集散地。在郭沫若主编的《中国历史图集》中，唐宋时期淮北的版图上就仅标有临涣、柳孜两个地名。出土文物和历代史料也从另一个方面佐证了它的繁华历史。柳孜存有宋代天圣十年塔碑一块，标刻"大宋国保静军临涣县柳孜镇"。碑文记载，柳孜当时既设监押、巡检，又有税务官，建有七级宝塔一座。兵马监押兼巡检掌管捕捉盗贼、屯驻兵甲和训练差使之事，一般设置于州、县或控扼要害之地。柳孜镇设有"兵马监押兼巡检"，可见其地理位置的显要。清光绪《宿州志》记载，到了大宋明道元年，柳孜镇有水井百眼，庙宇九十九座。

柳孜这个运河岸边的繁华巨镇，自然也就成了兵家必争之地。唐宋以来，这里曾经爆发过多次大规模战争。最著名的是淮北戍卒起义。唐咸通十年（882年），庞勋率领淮北地区戍边的三千名士兵在桂林起义，很快打回淮北，发展到五万余人。他们以柳孜为据点，东据宿州，北克徐州。唐王朝任命康承训为行营都招讨使，统帅七万大军，讨伐起义军。双方在柳孜一带发生了激战。柳孜镇守将姚周率兵抵御唐军数十次进攻，但终因寡不敌众，遭到惨败。庞勋又集合五六万人，试图夺回柳孜镇。由于康承训事先设下埋伏，起义军遭到伏击。几个月后，庞勋率领的起义军全军覆没。起义军虽然失败，但反抗封建统治的斗争精神和英勇气概永不泯灭。

黄巢起义军也曾在这里扼控漕运，与奢侈腐朽的李唐王朝抗争。宋廷太尉杨沂中，以淮北宣抚副使的身份，亲率五千骁骑，奔袭屯于柳孜的金军。这位百战名将中计遭伏，只得大败而逃。新四军也曾在这里挖战壕，设立伏击圈，开展抗日斗争。

随着运河涛声的消逝和战争硝烟的散去，柳孜成了淮海大地上一个幽静的集镇，然而其繁华虽落，历史没有断失；其河道虽湮，文明没有消失。就在不经意中，漫漫尘沙所湮没的运河码头的发掘，让当年小桥流水和集市繁华的柳孜又重新散发出耀眼的光辉，成为世人瞩目的一个焦点。

研磨时光
YANMO SHIGUANG

专家认为,柳孜集考古发现,是我国大运河遗址考古史上的一次重大新发现,它为研究中国运河史、交通航运史、水利史和隋唐宋三代历史增添了重要的实物资料,同时也为研究我国古代政治、经济、文化、商贸旅游、瓷器的出口外运提供了极其重要的考古新资料。考古学家王晓秋说:"柳孜遗址的发现具有'证史''补史'的作用。"考古学家刘庆柱说:"从柳孜考古发现来看,如果说大运河是一条项链,这里就是项链上最为璀璨的一颗珍珠。"

离开柳孜镇,回头望去,当年的隋堤烟柳似乎还在风中婆娑起舞,喧嚣的码头似乎还在熙来攘往,挥汗如雨的纤夫们口中的号子也似乎越来越响,希望这些刻在残破沉船上、刻在传世古瓷上、刻在青石码头上、刻在老百姓口口相传故事里的记忆永远不会被人遗忘。当变幻的天象或者万物的启示渐渐清晰,淮北人认清了走向大地深处的一条路!

(2011年7月7日)

画廊新安江

人在行走，河流在行走，夏天在行走。这次与新安江的邂逅，拉近了夏天与脚步的距离。我的目光总爱停留在这个季节里。……在山水交融的美景面前，再有情的人也只能是一阵风而已，我们只是蜻蜓点水般的来了又去了，但是亲眼见到天上仙女坠而未干的泪珠般的新安江，才真正领悟了一个季节黑亮眼底下的温柔、诡谲与深邃。

研磨时光
YANMO SHIGUANG

画 廊 新 安 江

　　人在行走，河流在行走，夏天在行走。这次与新安江的邂逅，拉近了夏天与脚步的距离。我的目光总爱停留在这个季节里。

　　"深潭与浅滩，万转出新安。"因新中国兴建第一座大型水电站而闻名于世的新安江，是古徽州文明的摇篮，是歙县人民的母亲河。比漓江还美、比三峡还秀的这条古徽商的黄金通道，如今呈现高山林、中山茶、低山果、水中鱼的立体生态格局，与掩映其间的粉墙黛瓦的古村落、古民居交相辉映，被誉为"画里青山，水中乡村"。

　　逶迤秀丽的新安江千曲万绕于深山幽谷之间，水流或奔腾直泻，或一平如镜。深水静流，才蕴含着巨大的能量；浅滩喧叫，才彰显着独特的个性。早在一千四百多年前，南朝著名文学家沈约就写下了"千仞写乔木，百丈见游鳞"的诗句。这不得不让人对这水肃然起敬，学着以水为范，正容，净心。

　　春夏相交之际，山花烂漫，草木繁荣，处处透出倦鸟归巢时的那种喜悦与安然。泛舟江中，则见江水映衬着两岸的青山、村舍、塔桥。远处村落里一缕青烟随风飘起，像炉灶前忙着煮饭的村姑的粗壮腰身，使本来遥不可及的那片湛蓝也变得那么低、那么近。也只有勤劳质朴的村姑们才能用炊烟点亮每个日子，再用炊烟送走每一个日子。

　　看到炊烟我就有一种莫名的惊喜，儿时的炊烟曾熏染过装草的柳条箕、赶羊的鞭子和两条裤腿上的泥巴。我心头的炊烟是母亲点燃的，少年时的我就像灶膛里烧得正旺的柴火一样快乐与幸福。可是直到如今，我都没能接过母亲手中的那根火柴，没能让子女们也欣赏到炊烟的美丽。留一份缺憾，也给自己留一份牵挂。

　　游艇一颠一跛，一上一下。快艇的轰鸣声和流水的潺潺声，引领着我去追逐炊烟以外的步伐，使我本就明暗不定的心绪变得愈加柔软起来。

画廊新安江
HUALANG XIN'ANJIANG

"油菜吐芳华，千里尽金黄。"不知是新安江孕育了油菜花的灵性，还是油菜花烘托着新安江的秀气，置身其间，你会感受从未有过的和谐生态之美和恬适自然之态。朵朵黄花，弥漫在每一个春风扫过的角落，将原野渲染得祥瑞无比，把春意传播得淋漓尽致，一股股沁心润肺的芬芳随着一阵阵清风穿过水汽袅袅飘来，纯净而湿润。

油菜花的景色中带着几分纯净，正是这种纯净让我领略了她更加美好的内在品质。

油菜花是合群的，一簇簇密密匝匝地挨着，使人真切感受到了什么叫锦绣大地，什么叫芬芳田野。

油菜花是务实的，绽放不只是为了洋溢的生命激情，而是为了孕育沉甸甸的籽实。

油菜花寻常中透出一种平民化品格，不事雕琢，朴素清雅，带着与生俱来的美，让人感到它是那么的平易可亲。

行进在一幅长长的画卷中，我把视线从油菜花再转移到新安江上，去静观烟波浩渺，去聆听细雨淅沥。让我抓住那自然涌动的思绪，细细地去感悟那水变幻莫测而又充溢着淡淡诗情的灵性。

水是抚慰眼睛的花朵，含苞、坐萼、舒瓣，然后是数里芬芳。块块鹅黄，晃动着澄澈的江水，将荡漾的碧波映衬得更加湛蓝。岸边的柳，犹如不舍昼夜的钓者，披一身鸟鸣，盈一汪涛声；又如拖洒一地的少妇裙裾，显摆着美丽，也遮掩着美丽。

江水就在眼前静静地流淌着，让人感觉到它是那么亲近。想伸出手去触摸它，给它一点温暖或体验它的一分清凉；想低下头去亲吻它，给它一些微笑或感染它的一丝快乐；想俯下身去拥抱它，给它一些力量或沐浴它的一缕柔情。这些我都没有做，像不忍惊扰温情女子的一个美丽的梦。我就静静地坐在船头甲板上的一个座椅上，静静地注视着前方。

一对情侣手挽着手从面前走过，情意绵绵地低声细语，然后依偎在船栏上，在远山近水的映衬下，定格成一种人性的标识，一种超越人类词汇所能描述的美丽。一对情侣的爱情，也属于整个人类，爱情的世界就是一条神秘莫测、充满诱惑的河流，因流动而常新，因清澈而高洁。

新安江的水是从容的，像坐在院落里编织竹篮的父亲的手，完全地袒露着自己，虽不曾停下来，却永远也不迷失自己。我想，从审视水的角度，也许

研磨时光
YANMO SHIGUANG

能参透一点人生吧！面对这喧闹的世界，人就需要一种从容的心境：欢喜，不得意忘形；悲戚，不怨天尤人。

新安江的水是执着的。不管"转"了多少个弯，不管"转"了多大的弧度，它都坚定不移地朝着自己的目标前进。不贪图日影月色，不留恋霞光虹霓，不侵扰老屋旧树，不劫掠肥绿瘦红。水认定了一条道，就坚守着流动的信念。

新安江的水是智慧的。水守着自己的气节，明亮而不抢眼，灵动而不炫耀。

新安江的水是多情的。摇曳多姿，阴柔流转，一笑一颦间便透露着种种情致。

在山水交融的美景面前，再有情的人也只能是一阵风而已，我们只是蜻蜓点水般地来了又去了，但是亲眼见到天上仙女坠而未干的泪珠般的新安江，才真正领悟了一个季节黑亮眼底下的温柔、诡谲与深邃。

新安江告诉我，最美的景色是人的心情！

（2008 年 4 月 27 日）

寻觅石弓山

　　石弓镇，素有"淮北平原第一石器之乡"之称。街道两旁堆放着各种各样的石器，有石碾、石捞等生产用具，有石臼、石槽、石桌、石凳等生活用具，有石条、石墩等建筑用料，更多的是石碑等墓葬用料和石雕、石刻等工艺品。这些石器的石材来源于本地的石弓山。

　　石弓山在石弓集东北约三千米的郭黄楼村的东北角。自南向北，走在通向郭黄楼村的路上，两边是即将成熟的庄稼，成片的枯黄呈现着与大地同样的颜色。眼前院落挨着院落，房顶的枯草，宛若饱经沧桑的老者头上的华发。几户人家的庭院里，有几株挂满果实的树木，院落、果树，连同门前的石器，勾画出极富淮北地区农家气息的特色风景图，清新、自然、宁静，带着原始的质朴。山脚下靠近村庄的地方长着很多白杨树，树上的叶子在秋风中唱着独属于自己的歌，断断续续的，像是沦落风尘的女子在路人的耳畔低语。潮湿的空气里弥漫着淡淡的烟岚，和着树叶子的味道扑鼻而来。一条不算宽的上山小路的两边，覆着一层野草，这些极其简单的生命给这一片与死亡相伴的沃土信手涂画出了些鲜亮的色彩。

　　石弓山东北西南向，由三峰组成。中峰最高，东峰次之，西峰再次之。中锋形如卧龟，山头平滑似龟背，山前一石鼓似龟头，山后尾长似龟尾，四角有涧似龟腿，故取名石龟山。明清之际，宿州知府巡视此山，见三峰弯曲，颇似弓形，遂改为"石弓山"，此名沿用至今。这是史料的记述。在当地老百姓中，关于石弓山名字的来历还有一个神话故事。传说有一次陈抟老祖，身下骑着一匹马，背上背了一把弓，在这附近打猎，见到这里风景怡人、河水明净，就下马在一棵老槐树下休息。哪知道他这一觉竟睡了八百年，等他醒来的时候，发现骑的马早就不知去向，身上背的神弓也已化成一座石山。因为此山是陈抟老祖的弓幻化成石而来，人们就把它叫作石弓山。

研磨时光
YANMO SHIGUANG

再小的山，一旦沾上神仙的真气，那也就有了灵性。石弓山西行约两千米有块凸起的石头，上面有着一个巨大的人身痕迹，长达丈余，首北足南，头颈、躯干、四肢的印痕均清晰可见。传说石头上的这些槽印就是陈抟老祖当年睡觉时压出来的。

"陈抟卧石"将我们带入了五代宋初年间。陈抟老祖本是一个修道之士，善睡功，常常一觉百余日而不起。宋太祖赵匡胤召他入京为官，他非但不应召入京，反而写了一首《爱睡歌》回绝皇帝，其文曰："臣爱睡，臣爱睡，不卧毯，不盖被，蓑衣铺地石做枕，震雷电掣臣正睡，闲思张良，闷想范蠡，说甚曹操，休言刘备，三四君子，只是争些闲气，定怎知臣向青天顶上，白云堆里，展开眉头，解放肚皮，且一觉睡，管什么玉兔东升，红轮西坠！"

有史料记载，石弓山，古名嵇山，秦汉三国魏晋时期属于宋国的铚县。提到嵇山，自然而然就想到了嵇康。前无古人后无来者的魏晋风流逸士、竹林七贤之首的嵇康，幼年随祖辈迁居在这里，死后又葬在了这里。

在当地村民的指点下，我们在一块大石的南侧找到了嵇康墓。嵇康墓是依山凿石而建造的石窟墓，墓在石洞腹中，上覆山土，洞口被几块巨石封住。洞穴呈长方体形状，宽、高约一米，洞深约一点五米，内壁凿刻得非常规则、平整。近两千年的风雨剥蚀，作为嵇康墓地的洞穴早已失去它应有的标记，唯一的凭证就是生长在嵇山脚下的村民代代相传的记忆。

陶渊明、李白、杜甫、白居易、苏东坡、鲁迅、余秋雨等，都曾徜徉在嵇康文字里，想那壶馋人的老酒，想那段缥缈的琴音，想那场滔滔的才辩，把那种越名教而任自然的"魏晋风度"小心翼翼地夹进自己的诗页中。嵇康的风神俊逸，飘荡在字里行间，融进了不知多少国人的感觉里。今天站在嵇康墓前，我的思绪也顺着一代代文学家们的文字，走向公元263年夏天的那个傍晚。

夕阳将洛阳东市染成了惨烈的红色。带着镣铐的嵇康，神态自若地站在那儿，落日的余晖斜斜地洒在他的衣裳上，凉风轻轻拂过他的脸庞。他手中拿着一张古琴，缓缓地转过头去，望了一眼西沉的太阳，从容地弹奏起《广陵散》。悠悠琴声中，充溢着远古的梵音，生命和个性得到了一种全新的诠释和张扬。两千太学生无助地跪在地上，与围观的人群一起屏住呼吸，虔诚地聆听着神秘的旋律。嵇康的侧影，被如血的残阳勾勒得很美。"《广陵散》于今绝矣！"他这极富诗意的临终一叹，将生命的旗帜插上了美学的高山之巅。死亡，对于嵇康来说显得如此从容，好像散步一般。他把自己的死亡变成了一

个节日。因了它，我认识了真正的云轻雾淡，读懂了真正的秋高气爽。

此时恰值傍晚，被夕阳涂上了一层金辉的山丘显得更加凝重，山羊在悠闲地啃着枯草，那些裸露岩石的色彩，是刑场之上昂头弹琴的嵇康的肤色。山风习习，我温柔的梦以消亡的形式接受它的洗礼。

在我的意象中，嵇康是永生的！他就在我的眼前，在村庄和草垛之间，在广阔的平原上，唱歌、喝酒、弹琴、吟诗、打铁、灌园，恣意地长啸，沉醉在与自然相亲的氛围里。

走到山的高处，一切变得更清晰。山丘的西侧、南侧紧连着郭黄楼村，南侧还有着山的韵味，北侧和东侧大部分地方变成洼地连着绿油油的麦田，东侧是一个大砖窑场。

整个山丘已被开采得支离破碎，芸芸众生被短浅和愚昧领导着失去了追寻的方向，心灵世界和人格天地与山的本来面目失去了和谐。残损、褪色、尘埃，张扬着历史风化的痕迹。尽管石弓山遍体鳞伤，但站在萧瑟的秋风里，依然不卑不亢，通过古朴的村庄和绿色的田野铺展无边的生命狂想。

石弓山是一方世外清净之地！真想躺在山石上，在阳光暖暖的照射下，甜美地睡上一觉。

（2006年10月28日）

研磨时光
YANMO SHIGUANG

美丽的哈尔滨

　　我和一位同事前往哈尔滨参加一个会议。会后又逗留了几天,自然是为了看看北国冰城美丽的容颜和感受一下滨江都市的温润情怀。

　　松花江,这条黑龙江最大的支流,是哈尔滨一道迷人的风景。江岸上,树木葱茏滴翠,树荫吐凉送爽,让游乐的孩子们的欢笑和散步的成年人的细语也染上了浓浓的绿意。各种各样的野花散长在郁郁葱葱的草丛间,引得大大小小的蝴蝶恣意地起舞翻飞。徜徉在江风微熏、绿树婆娑的江畔,沐浴着湿润的空气和欢腾怡然的氛围之中,看着江水缓慢东流,一切不顺心的事情都被这清凉的河水带走了。站在沿江的台阶上,清晰地欣赏着秀丽旖旎的沙滩景象和绵长神奇的江上风光,那又是何等的赏心和快意。虽然持久的干旱使松花江水失去了往日辽阔的风采,但是江面上依然是帆影点点,鹭影起伏,渲染和演绎着另一种绵长而又深邃的美丽。部分裸露的江底延展了沙滩的辽阔,在阳光照耀下那闪着光亮的白沙格外耀眼与亮丽,轻轻地踏踩着,舒服之感由脚底流上全身。穿城而过的松花江,成了哈尔滨这座城市的灵秀之源。

　　"明媚的夏日里天空多么晴朗,美丽的太阳岛多么令人神往,带着垂钓的渔竿,带着露营的篷帐,我们来到了太阳岛上。"郑绪岚的倾情歌声一直牵扯着我心中对这个中国最大的城市沿江生态区的深情向往。我就伴着郑绪岚《太阳岛上》的优美旋律一路走来。一上太阳岛就远远看到了巍然耸立的太阳岛的标志"太阳石",赵朴初老人遒劲、灵动的三个大字,在阳光下熠熠生辉。太阳石身后是几个椭圆拱形门相连而成的"太阳门",让太阳岛的路上铺洒着灿烂的阳光。以五色草花坛为标志的坐龙广场上三条巨龙翘首苍穹,啸吟欲飞,既展示着深厚的地域文化特色,也呈现着文化渊源的所在。由《易经》符号八卦图形构成的"宇宙广场"地面,彰显着中国博大精深的文化渊源和深厚智慧的玄妙机缘。富有浓厚欧式情调的"水阁云天",拥抱也呵护着长廊、方阁、平台、荷花湖。湿地和芦苇包围的天鹅湖上,大小不一的黑白天鹅和各种野生鸟类在偌大的水域里悠闲地撒着欢儿,让行走的游人也倍感惊羡。松鼠岛四面环水、地势起伏,爬上爬下的小松鼠在这里快活地戏耍,人的兴致也随着跳跃多变。

太阳岛上空气清新、鸟语花香。野餐、野游、野浴这些充满异国情调的生活习俗一时间作为一种时尚,成为太阳岛特有的一种文化现象。放眼天上的白云,或徜徉在婆娑绿树之间,顿觉心旷神怡。太阳岛不仅风光秀丽,而且具有浓厚的文化底蕴,醇厚的俄罗斯文化、北方民俗文化和独具特色的红色文化无不向游人展示着独有的个性和魅力,这一切像磁石一样吸引着游客纷至沓来。走在太阳岛上,走在自然风光中,脚步是踏实的,心是踏实的,脚步或轻或重,爱意或浓或淡,大自然都以宽阔的胸怀给予接纳和包容,没有任何厌倦的排斥,没有任何亲近的虚像。突然发现有些追求不能在俗世中生长,却能依附和融入自然里,免除了跌跌撞撞。大自然,人类情感的最好归宿。

与太阳岛相比,中央大街别有一番风味。被誉称"哈尔滨第一街"的中央大街,以其独特的欧陆风情、鳞次栉比的精品商厦、花团锦簇的休闲小区、异彩纷呈的文化生活,最充分地展示了"东方小巴黎""东方莫斯科"的丰富内涵。大街北起松花江防洪纪念塔,南至经纬街,现在发展成为哈尔滨市最繁华的商业街。文艺复兴式、巴洛克式、折中主义、新艺术运动等风格迥异的建筑集中了西方建筑艺术的精华,将历史的精深久远和建筑艺术的博大精深体现得淋漓尽致,使中央大街成为一条建筑的艺术长廊,为国人提供了鉴赏西方建筑的实例、历史文化的珍贵遗产。这里可以说是五步一典、十步一观,丰富得让你目不暇接。中央商城、马迭尔宾馆、教育书店、妇儿商店、道里秋林商店、华梅西餐厅等各具特色的建筑,古朴华丽但也不失现代气息。精美的俄罗斯工艺品、各具特色的风味小吃、引领潮流的品牌服饰样样惹人喜欢,那是一种精致与华贵。哪怕什么也不买,感受一下大街上温馨浪漫的气氛也让人心满意足。微风吹在脸上很是惬意,我尽情享受着这份闲适与从容。任凭时间如白驹过隙,人的一生若能就这样静静地走下去,不吝啬什么,也不贪求什么,那不也是了无遗憾的本性生活吗?

从西方的典雅到现代的华贵,再回到东方的古朴,这样的感受更耐人寻味。我们下榻的宾馆是一个三星级酒店。酒店的右边是条僻静的小街道。傍晚我总爱一个人到这条街上散步。

研磨时光
YANMO SHIGUANG

最先引起我注意的是几家饭店门前悬挂的幌子。在发达的现代都市里传统的幌子依然在那儿招摇，我还是第一次看到。幌子一定是饮食的标志，不同的地方对同一种标示往往又赋予了不同的含义。我对哈尔滨的幌子产生了浓厚的兴趣。店主也像得了一个难得的炫耀机会，向我这样一个满怀好奇的外地人滔滔不绝地讲来。幌子上的样样物品都有它的讲究，上悬的三根绳子表示有蒸笼食品，木罗圈是炒勺或灶眼的标志，表示有炒菜。罗圈下垂挂的纸条、线条或布条，代表面食。红色幌子说明这是一家汉族饭店，蓝色幌子说明这是一家清真回族饭店。老哈尔滨人把悬挂单幌的饭店称为"老博代馆"，是一般体力劳动者就餐的地方；有的粥铺也挂单幌，售些面条、馄饨、烧饼、馒头、煎饼、大饼子等主食。现代人的餐馆在装饰了醒目匾额的同时，仍然不忘悬挂一个幌子，如此看来幌子已不简单地是一种标志了，它还是人们的一种传统的追思和文化的传承。对习惯了灯红酒绿生活的现代人来说，有时古老的传统文化也是一种诱惑，人类本质中有一种情愫，就绵延在青砖灰瓦的温馨里。传统文化像箱底珍藏的宝贝，独享一份尊贵的位置。人在传统文化的注目中，步履才会更加矫健与优雅。

哈尔滨人保持着汉族的饮食习惯和节令食俗，同时也接受了少数民族和西方民族的饮食风俗的影响或习惯。哈尔滨人喜欢"列巴（面包）"、红肠和啤酒。提起啤酒，可以说那是哈尔滨人的最爱。他们爱啤酒简直到了痴迷的程度，无论站在哈尔滨的什么位置上，你只要举目四望，视线之内至少能看到四五个啤酒广场。哈尔滨在20世纪初就生产啤酒，近二三十年形成了浓厚的饮用啤酒的风气。街头的冷饮店多供应散装啤酒，常常见到先生或女士们进得店来，买上一杯或两杯一饮而尽，然后大方潇洒地转身离去，颇显北方儿女的一身豪气。年轻人还喜欢在啤酒中加入冰块，那是另一种凉快之感与惬意之美。我想哈尔滨人的日子也一定像他们的啤酒那样，入得眼来，清艳华美，品在嘴中，浓郁香醇。

哈尔滨很多商店的标牌上都有"仓买"两个字，我觉得小卖店的这种名字挺有意思，但是想了半天没弄明白它的真实意指。向一个中学生模样的女孩打听，她告诉我"仓买"是"杂食店"的意思。后来又看到"文具仓买"等字样，觉得用"杂食店"就解释不通了。还是一位五十多岁的店主告诉了我。一开始哈尔滨的商店都以杂食店或者小卖部的形式出现，货源增多的时候就成了仓库。进货多相对进价就便宜，随之买得多买得就便宜，储存室就在"仓买"

的里面，所以消费者相当于是在仓库里买一样，于是小卖店就叫"仓买"了。"仓买"显得比正常的零售要便宜，容易引来顾客，后来很多店铺就都跟着叫"仓买"。每一种名字的背后，都有一个有趣的故事，那是人类真挚情感的诠释和美好愿望的凝结。"仓买"的蕴意可以走进每一个人的心里，让人在一直走着的路上学会爱自己也爱他人。

在哈尔滨逗留期间，我还幸遇了两次盛大的活动，一是第二届哈尔滨啤酒纯生小姐风尚大选，一是第八届哈尔滨民间民俗艺术博览会。风尚与民俗，就像中央大街的西式华贵与传统小巷的旧式朴实，又是一对鲜明的对比。

第二届哈尔滨啤酒纯生小姐风尚大选，暨第八届 CCTV 模特电视大赛东北区决赛，在中央大街东风街口隆重上演。台前及左右人头攒动，掌声此起彼伏，叫喊声震耳欲聋。魅力四射的模特们以其优美的身材和极致炫目的舞姿，传达着现代都市模特的热情与高贵，将甜美的笑容和清澈的目光撒向所有的观众，将骄傲和梦想铭刻在青春的画卷上。美丽的模特身旁，总伴随着一群穿着马夹、拎着照相机的摄影师们，靓女与壮汉形影相随，又成了夏日哈尔滨一道奇妙的风景。

第八届哈尔滨民间民俗艺术博览会由十多个部门联合主办。在盛大的开幕式上，礼炮声声震耳欲聋，美丽的鸽子振翅奋飞，五颜六色的彩球飘入空中。广场之上一边是军乐队在演奏嘹亮的军歌，一边是秧歌队在投入地舞蹈。临时搭起的民俗展棚一个接着一个，向着广场两端延伸，展示着根艺、木浮雕、石塑、板画、刻字、剪纸、挂贴、青铜器工艺、布贴画、草编柳编等近两万件民间民俗作品。可以说，民间民俗艺术博览会是一次显示黑土地文化底蕴和艺术成果的民间艺术盛会，展示了民间艺术家的理性思维和美学价值。

眼睛美了，看到的一切都是美丽的，不论是现代的还是古朴的，也不论是张扬的还是沉稳的。哈尔滨的美更大意义上不在于景物，而在于人。

（2007 年 7 月 31 日）

研磨时光
YANMO SHIGUANG

走近梁山

　　一直以为,梁山是青春无羁的最好诠释,一直以来,心中涌动着到梁山沾染些英雄豪气的愿望。所以应着山东朋友"跟我到梁山去"的一句无意客套话,我便真的就踏上了去梁山的旅程。我上梁山不是逼的,是碰的。

　　梁山县位于山东省的泰安、济宁、菏泽和河南省的濮阳四地市交界处,西枕浊浪翻滚的黄河,东濒清澈如洗的京杭大运河,北有八百里水泊遗迹东平湖,南近牡丹飘香的水乡。山水交错,湖河相连,港汊纵横,构成这一地区的磅礴地势。

　　也许是因为没有过多的人文修饰,也许是因为山体本身的平淡舒缓,站在梁山脚下,心中尽是亲切和踏实之感,朗润而沉静,好像这山一直就在身边,注视着它就像注视着镜子中的自己那样熟稔。已是深秋的季节,山里的林木像在用心挽留着夏日的青翠靓色与妖娆姿态,努力彰显着那份潇洒与热情。有微微的山风在轻轻地吹着,如远去的古人的掌纹拂在脸上,有心让人们细细感受一场流动的美梦。树的摇摆也就是风的舞姿了。

　　一路上,有飘动着的彩色旌旗引我们上山。旌旗已不仅仅是旗子了,那是英雄们强悍之外闪着灵光的眼睛,飘洒着诚恳与柔情,让没有路的地方也都有了路。走过空旷的广场,转过山门,沿石阶上行不远,是一块空地。空地的南面是几十米高的立刃石壁,最显眼处有舒同题写的"水泊梁山"四个大字,笔势遒劲雄健、俊逸豪放且极富神韵,与梁山粗犷古朴的风格融为一体。石壁上还有历代文人墨客的留诗题词,字字都像餐桌上浓郁的烈酒和醉红的辣子,映得云霞俱赤,让人胸臆中充盈着火气与血性。我猜度着,一定有一些东西从这石壁上和文字中积淀下来,穿越亘古时空,让每一个走近它的人脸上洋溢着少有的兴奋与光芒,让"梁山"这个名字以百胜将军的姿态在他们心中如火跃动。

偶尔传来游人的笑声,在寂寥的山谷里盛开成大朵大朵的莲花,给这山平添了无穷的清丽与婉约的意趣。走在崎岖的山路上,我却不忍恣意地喊叫,怕惊起沉睡心底的不曾化解的思念。或许,默默地行走更容易让人抛开尘世中熙熙攘攘的喧嚣与功名利禄的诱惑,让人的欲求有了诗的韵脚,染上温玉暖香般的情调。这是否就是英雄好汉鲜为人知但更值得敬仰的另一面?

再往前走,是一座小巧别致的亭子——断金亭。亭内一位头戴黑呢礼帽、六十开外的民间艺人,在以民间曲艺莲花落子的形式向游人演唱着水浒英雄的故事。在这个八面透风的亭子里,在这个阴沉的天气里,穿着藏青色长袍的老人,显得特别苍白和落寞。抄起的黑色渔鼓、打着的紫色简板、和着稍有凉意的空气,在老人充满韵味的说唱中渐渐生动起来。恍惚中,好汉们似乎又重新热闹在梁山水浒寨中。

当年林冲撑一叶小舟,穿过金沙滩,雪夜上梁山时,就逗留在半山里这座断金亭里。"万朵芙蓉铺绿水,千枝荷叶绕芳塘。华檐外阴阴柳影,锁窗前细细松声。"画一般的景色也曾让这位血性汉子一展愁眉。后来,也就在这里,林冲火并了胸怀褊狭、嫉贤妒能的白衣秀士王伦,迎纳晁盖、吴用等七位好汉入伙。

林冲一直是我最喜欢的水浒人物之一。水浒英雄大多坦荡直性、疾恶如仇,而林冲是一位儒雅、仁义、隐忍但又不失为英雄的男人。男人最动人的地方便是于豪迈之中不经意间流露出的缕缕柔情。我看中林冲这一点。他不仅有着高超精湛的武艺,更有着刚强的身躯透着的一股柔情。刚可触天,柔可覆地,枪棒下藏着的是一颗善良而温厚的心。林冲是文雅的,甚至是孱弱的,他总是留给大家一个背影,而且是一种瘦削的背影。金圣叹说:"林冲自然是上上人物……算得到,熬得住,把得牢,做得彻。"与很多梁山好汉出事后无视家眷安危的莽撞举动不同,自身难保的林冲表现了一种令很多男人黯然失色的气度,那就是责任、柔情、坚强和果敢。林冲被刺配到沧州时,与妻子诀别的一段话我一直记得十分清晰。

"今去沧州,生死不保。诚恐误了娘子青春。万望娘子休等小人,有好头脑,自行招嫁,莫为林冲误了贤妻。"

"我不曾有半些儿点污,如何把我休了!"

"娘子,我是好意,恐怕日后两下相误,赚了你。"

林娘子心中哽咽,一时声绝,哭倒在地。

这不足百字的描述无比凄绝，多次重读，却也总次次泪下如雨。硬汉林冲藏在生命深处的点点滴滴的柔软，和这种越是受苦受屈越是执拗地呵护好这份柔软的刚毅，一直感动着我。

今日"断金亭"，在一百零八磴山石级尽处的悬崖上。三面环临深谷绝涧，木石结构，粗犷雄浑，亭中置石桌石凳，古朴庄重。匾额"断金亭"为著名书画家范曾题写，笔势潇洒俊逸，以近乎完美的大气，与亭榭浑然一体，给梁山增添了无限风韵。

从老艺人神采飞扬的表演中，从那铿锵有味的说唱中，从那闪动着喜悦的眼神中，我忽然悟出了又一种可贵可敬的精神。这个叫邱中堂的老人，在梁山上这个凄凉的石亭中，独守着濒于失传的古老的民间艺术，其实也是在独守着心底的一份安宁与自由，独守着一种平凡而很自信的心灵慰藉。

不知不觉中我们来到了黑风口。左首耸立着一座古朴典雅的黑风亭，四角飞檐，灰顶红柱，亭台简素，花木映承。驻足亭榭，凭栏眺望，梁山诸峰尽现眼底。黑风口有一块自然巨石，上面镌刻着著名书法家沙孟海手书"黑风口"三个大字，笔力雄健苍劲，因张扬而夺目，与对面雄浑犷放的李逵塑像相互映照，增添了黑风口的险要气势。一个个故事从黑风口的胸膛里喷薄而出，无数颗心就被它轻易占据了。

《水浒传》中描述当年的黑风口，两边是悬崖绝壁、危岩千仞，峰顶上松青柏翠，山脚下大水茫茫，山势险要奇绝，这里易守难攻，大有一夫当关、万夫莫开之势。而且黑风口位于梁山主峰虎头峰之北，是进出梁山寨的唯一通道，当年黑旋风李逵就在这里镇守。

提起李逵，一副草莽英雄的形象便出现在人们的眼前。李逵的侠义、忠诚和勇毅感染过一代又一代人。然而最打动我的不是鲁莽豪爽的"黑旋风"，而是跪在母亲面前痛哭失声的"小铁牛"。挥着一对斧头的威风凛凛李逵，面对自己的母亲，却是一副憨直与亲孝的模样。

"娘，您的铁牛回来了！"这是李逵见到分离多年的母亲时的那声呼喊，这是冲出肺腑能让天地落泪的真情呼唤。

"娘，铁牛接你过好日子去！"为了能让受了一辈子苦的母亲也能上梁山快活几日，嗜酒如命的李逵竟在接娘的日子里滴酒不沾。

我想，一个男人有多大的孝心，也就表明了他能做多大的事情。

一曲悠扬的《好汉歌》飘然送来。聚义厅嵌着铜钉的大门缓缓开启，浓烈的酒香在粗犷古朴的聚义厅内飘荡着,像柔顺低垂的柳枝,抚摸和逗引着人们,使人觉得心里有热热的东西在涌动。

"忠义堂"三个字钻入眼睛,顿觉有一种滴血的痛,堂外一直飘扬着的"替天行道"的杏黄旗此时也低垂了下来,似乎失去了些许应有的分量。这难道只是我一时一己的心情?

梁山之所以名扬天下,就在于有了一群侠肝义胆的英雄好汉,而那些英雄好汉钟情于梁山的初衷,则是由于浩渺的水泊。历史上与梁山为邻的黄河多次决溃,水汇山麓,围成大泽,水面辽阔,形成"八百里水泊梁山"。所以,谈梁山论英雄,自然是少不了那富有灵性的水。可叹七百多年后,昔日梁山人引以为豪的"八百里水泊"已随英雄而去了。

岁月能将沧海变成桑田,可人们心里对自由的追求与对平等的向往是永远也销蚀不掉的。自由与平等,在这个世界上没有任何物质的东西能抵得过它的魅力了。

与梁山遥遥相望的东平湖,据说是这个曾经"港汊数千条,环绕八百里"的梁山水泊的唯一遗存。我们租了一辆车,兴冲冲地直奔东平湖而来。

一湖碧水,万缕银波,风荡粼粼,天鹅翩翩。我们泛舟在湖上,千顷神芡与万亩菱角展现给我们的是一个忘忧却俗的世界。

想起了苏辙《夜过梁山泊》中的诗句:"更须月出波光净,卧听渔家荡桨歌。"然而在这个看不见月光也听不到渔歌的日子,我更专心地领略了东平湖的辽阔。我细细地品味着这湖里的水是怎样习练出龙腾虎跃的胆魄与行侠仗义的豪气,我静静地倾听着这涛声中融入了多少刀光剑影和反叛呐喊,我痴痴地猜度着这涌动的水波又赋予了这块土地多少千古永驻的浩然正气。掬一捧湖水,也就沾上一缕千年不歇的温暖与仁义、磊落与光明。

黄山是天生丽质的美少女,泰山是服饰华丽的贵妇人,梁山是粗而不俗的硬汉子。畅游梁山的乐趣就是能够在其中消融自己,将自己化成山石的一个棱角,或者松林下的一个脚印。我在这里真真切切找到了这种感觉。行走在山林间,已不再是无助心灵的无奈漂泊。有青山碧水的日子,梦就有了一个家。

(2007年10月9日)

研磨时光
YANMO SHIGUANG

泰 山 行

　　这次泰山之行是我一生中为数很少的快事之一,是我茫茫人生道路上笼着光环的一个亮点。经历与感受相约而来,编织出虽很丑陋但很亲切的文字。

　　四月十一日在临沂学习一天,第二天早饭后便踏上了西去的客车。经过几个小时的颠簸,车到了曲阜。从曲阜车站出发,和同事们一起游览了孔庙。然后坐车继续西行,到达泰山脚下的泰安城,在白云宾馆住宿下来。本打算夜里登山以便看泰山日出的奇观,可旅馆的人告诉我们当时天气湿气太重,无法看到日出。最后我们拟定第二天六点出发,这样可以好好地休息一个晚上,为登山做好体力上的准备。

　　匆匆准备了一些作为午餐的食品,我们乘上了天外村的游览汽车。

　　晴和日丽中的泰山宛如亭亭玉立的少女,温情地站在高处,迎来送去八方游客。轻风抚慰中的高崖深涧仿佛蕴含着泰山不轻易告人的一种期待,迷离中是一种雄浑与柔情相兼的性格。那是舒松回拔的臂弯,等待一次如潮涌动般的拥抱和依偎。我不是泰山最中意的情人,但我眼中的泰山的姿态,是最令我心驰神往的欢迎仪式。从杨朔的《泰山极顶》中结识了泰山,便从此种下了爱恋的种子;从姚鼐的负雪苍山、居雾若带中更深入地了解了泰山;李健吾的既有雨趣又无淋漓之苦的泰山之行更加激起了我对泰山的仰慕和向往。放纵目光,让它做一次无拘无束的自由之旅。泰山掩映在青松翠柏之中,外罩半透明的云纱雾裳,那种深远与幽静牵动你的想象,那种端庄娴淑之姿令你顾盼神飞,那种朦胧迷离之美让你陶醉于一生中最快意的痴梦之中。只有忘情的人才会感到泰山不只是静立在那儿,而是在不停地翩翩起舞。那优美动人的舞姿永远停留在有心人的梦呓中。

　　车到中天门停下来,我们下了车便开始徒步登山。走不多久,迎面是一座别致的小桥。小桥凌于绝壁之上,蔽于群松之下,前有瀑布似龙虎吟啸,后有流云若锦绫飞飘。人倚在桥上如落凤栖于精巧的彩屏之上,使你分不清这里是仙境还是人间。此桥名叫云步桥,原名云木桥。相传碧霞元君与兄长太阳神争坐泰山时,来到此处,一道万丈深渊拦住去路。正当元君报怨之时,一棵大树自山上下来,不偏不斜,正好横亘山涧,成为一座小桥。这样元君捷足先登,坐了泰山。如今的云步桥由青色的花岗岩砌成,玲珑考究,似一道长虹定格在泰山清幽绝妙之处。我们缓步走在桥上,仿佛感到石桥成木,木桥成棉,棉絮飘浮,于是有了飘飘欲仙的感觉,踏云荡雾,如在天际。

过了云步桥,便是五松亭,这些曾被秦始皇封为五大夫的青松已没有昔日的枝繁叶茂、冠密如棚的气魄和威严,露出一副老态龙钟的样子来,看着它,有人情不自禁地朗诵起毛泽东的诗句:"俱往矣,数风流人物,还看今朝。"

站在五松亭旁,极目上眺,两山对峙,如同两排正待检查的兵士一样,岿然不动,威风凛凛。万仞之中鸟道百折,游丝般的诱人,飘带般的多彩。时有松柏奏出缓慢轻柔的乐音,在千谷万壑中回荡。站在角落静观一位风韵窈窕的少女,那种美只能停留在一时的感觉中。今日登上泰山,亲身体验泰山的雄奇、清秀、奥幽与豪旷,一座充满灵性的泰山连同舒心的美妙感觉便永远铭刻在心中。

五大夫松之上的山崖上有一株苍翠的松树,亭亭玉立,独具风姿。有一枝向东南伸展,有一枝半低垂着。它的周围没有陪伴,没有可亲近的东西,甚至没有触痛它的飞石落埃。它孤单单地站在那儿,仿佛有许多话要说而又找不到投缘的知音。游人不明真相,误把它当作多情女子的化身而大发唏嘘之语。我向一位当地山民打听,一段悲壮感人的传说,使我处在深深的缄默之中。相传很早以前,泰山上住着一对年轻夫妇,他们相亲相爱、相偎相依,日出而作,日落而息,日子虽然清苦但也非常充实。一天,丈夫对妻子说要到山外学习,以便回来把泰山装扮得更加漂亮。妻子既希望丈夫学好本领打扮泰山又舍不得与丈夫分离。临别那天,妻子熬了整个通宵为丈夫缝制衣服,准备好丈夫最喜欢吃的东西,走时妻子送了一程又一程。丈夫走后,妻子含辛茹苦,度日如年,期待着丈夫早日归来。一年又一年过去了,仍不见丈夫的踪影。多年的孤单寂苦,多年的忧虑期盼,使这位漂亮的少妇憔悴衰老了。她站在屋前的山崖上一直伫立着,向下张望着,不论寒冬酷夏,不论风霜雪雨,不论蚊叮虫咬,不论叶遮尘覆,她就在那儿站着望着。岁月劫掠了她的衣衫,风尘剥蚀了她的肌肤。后来在这位痴情少妇站立的地方,长出了这株袅袅婷

研磨时光
YANMO SHIGUANG

婷伸着长枝的青松,泰山人把它叫作望人松。

　　长时间沉浸在这凄切的故事之中,不知不觉走完了被称作天梯的十八盘。回过神来,看到同事们或坐或倚,大喘着气,这时才觉得自己腰酸腿疼、举步艰难了。往下望去,十八盘道像蜿蜒下游的白蟒,又像仙女遗落的一条飘带,这也许就是十八盘的险而诱人之处吧!我想,生为男人不登泰山无法体现男性的勇毅与韧力;生为女子不登泰山无法将女性的温柔与慈善发挥得淋漓尽致。看一看走在盘道上的人们,你便会更加深切地坚信这种感觉,不论是苗条的少女,还是丰腴的少妇,在走走停停的过程中,那种面颊泛红和微笑好像是永恒的。陌生的人也常常互递一个会心的微笑,相互鼓励着朝上攀登。在这特定的场合中,人类的善性愈发自然地表露出来。远远看见挑山工过来,或走或坐的人都会匆忙让开道路,以一种肃然起敬的姿势目送他们向上走。就连上了年纪的老妇也仿佛回复了初为人妻时的精神风貌和青春活力,一步一步稳稳地往上登。有的干脆收起了青竹杖,和年轻人比起登山的速度来。登过泰山的人便有了一件一生为之欣慰的事,那便是在这里才能真正看到世界上最美的人。一队年轻人面对陡峭的石阶,毫无畏难之色,竟然约好同时起步,一步两阶,一气登完连续的一段盘道。最先登完的那个青年面带胜利者的微笑,转过头,伸出手,将后来者一个个拉上来。

　　南天门屹立于十八盘顶端,俨然在缥缈神秘的天上。登上南天门,有清风迎门而来,像是上帝有意掷下的一块柔软的丝纱,爱怜地为游客擦拭汗水,按摩他们酸疼的双腿。在清风中静静地站上一会儿,你会觉得倦意顿消、全身清爽、体力大增。这是天的世界,虽然你找不见神仙,但你分明有一种感觉,他们就在你的身边。无论你朝哪个方向点点头,便可能有温情的天上侍者款待你。但我们不愿打扰天上的朋友,尽量把脚步放轻,尽量不对天上的一切评头论足,只一味默默地走着,用心去感受一切。走过天街,走过碧霞祠,走过玉皇顶,来到大观峰。这里摩空绝壁布满历代石刻,洋洋大观,琳琅满目。细看石上的书法,有遒劲如挺拔的松柏,有温润如初春的细雨,有端庄如靓丽的少女,有雄浑如碧秀的江河。这是人类向天上的朋友开设的展厅,这是中华民族历史文化的一份瑰宝。我们特别对这里一块块光滑裸露、形状各异的岩石感兴趣。岩石亮泽的颜色如同少女娇嫩细白的肌肤,如果不用手去摸,你一定会以为它们是柔软而富有弹性的,形同苍鹰猛虎状的岩石代表着威严与力量,形同扇面鹅卵状的岩石代表着温馨与恬静。不同的形状顺从

不同的想象,给人以各种特色的美妙感觉。自然之美浓缩在泰山之中,泰山之美浓缩在这一片岩石之上。泰山的神韵不在旭日东升,不在云海玉盘,不在晚霞夕照,不在石坞松涛,而在游人因之而拥有的心境与激情。目及目离,入梦出梦,泰山之美皆因钟情而多姿多彩。我不敢再用笨拙的笔去描述她的茂林飞泉、悬崖危岩、辉煌殿宇和精巧楼阁,我只有把自己乐而忘返的感觉永远留在心中。

我们走回南天门,坐索道下到中天门,然后从中天门步行沿东路而下。回视泰山,那种爱恋之情愈加深沉浓郁,于是便有了自己的新奇感悟与发现。如果一个人爱自己的母亲,那么他一定会爱这拔地通天、溪深谷幽的泰山,她以博大广阔的胸怀温暖和呵护走近她的每一个人,也容忍着他攀枝摘叶的顽皮和放荡。她会指引他克服艰难险阻,勇攀峰巅,指引他通过跌打滚爬练就一身硬骨。如果一个人爱自己的妻子,那么他一定会爱这重峦叠翠、清泉流瀑的泰山,山松是她温柔的手指,她把深沉的爱凝集于手指间,为每一个向往她的人擦拭汗水和泪水,为他清心涤虑,为他按摩抚挚,为他解除劳顿。山云是她轻柔迷人的目光之湖。她让钟爱她的人在或淡或浓的云烟中尽情沐浴,让他连同他的思想在久久的沐浴中升华。山风是她淡而细腻、娇而含嗔的笑纹,她拢起满山的花香轻轻地奉于游客的面前,将之融入他们生命的快乐泉流之中。山石是她摄人心魄的容颜,她让所有的人在陶醉中走向永恒。如果一个人爱自己的女儿,那么他一定会爱这满谷芳香、风光旖旎的泰山。她的青翠碧绿充溢着孩童的幻想与期望,让关爱她的人们在引以为豪中清楚自己的责任,让疼爱她的人们在精心呵护中体验做父亲的成功与满足。

历史是一江春水,流走或干瘪或丰满的年年岁岁,流不走上帝有心无心的馈赠。泰山不老,泰山永生。

(1995年4月11日)

研磨时光
YANMO SHIGUANG

看 海

  上小学一年级时,我接触到的海是"恩深似海""福如东海""大海航行靠舵手"这样似懂非懂的词语或歌词。海对于我这样一个农村孩子来说成了一个诱人的谜。我还清楚地记得围绕海的样子小伙伴们争得面红耳赤的情形。强说:"海有南坑的十倍那么大,咱全庄的人在里面洗澡都能盛得下。"南坑是我们庄南头的一个人工水坑,我们每天上学都要从它的西沿经过。晋说:"海比西河湾还要长、还要宽,长得看不到头,宽得看不到边。"西河湾是我们庄西头的一个沟湾,浍河的一个支流,夏天我们常在里面洗澡,不上课的时候帮着家里在那儿放羊。上中学时,学到了高尔基的《海燕》,这才算通过文字对海有了较为贴切的认识。看海也就成了一大梦想。

  学校里有一辆半旧的吉普车,车载着我们几个人到临沂参加一个教研活动。活动结束返回的途中,我们绕道去了连云港。

  车到港口时,已是傍晚六点多钟了。如果是为看港口的繁华,为看海的波澜壮阔而来,那一定会感到很失望。这时的港口,没有高大的舰船,没有过多的渔舟,没有繁忙的搬运工人,没有迎接出海归来亲人的人群。这时的港口只能给人一种过分沉寂、缺少生机的感觉,看不到汹涌的波涛,看不到连绵的浪潮,仿佛整个大海都在沉睡中,没有人能吵醒它,也没有人能喊醒它。

  两个同事带着一脸的失望,只在海边待了几分钟,就急急地上了车,像是被自己的想象所骗,委屈而又说不出口。

  只剩下我和领队薛老师依然站在岸边,各自从自己的不同视角审视着这海,欣赏着这海。

  十多年的生活历练给了我一个倾向平稳的心态,这份宁静正好契合了我这种心态。我不为寻觅浩荡声势而来,不为寻觅繁华热闹而来,一生的最大爱好就是寻求世上的宁静氛围和深沉意境。

岸边的几艘货轮,在黄昏里暗暗的,带着与风浪相抗争的痕迹,像极了农人深耕细作之后停放在院落里的骅犁。任何一样东西,都有它在某一特定时刻、特定场合呈现出来的无法复制的美。波澜不惊的大海,像一位款步花阴推着婴儿车的少妇,裙裾飘逸,风姿绰约。有些时候,当现实走向想象的反面,它带给人的是一种震撼,继而使留在心里的印象更持久。

　　透过这灰蒙蒙的黄昏,透过浓郁的海之气息,透过宁静的氛围,透过内心,来注视这海,来欣赏这海,我便有了一种独特新奇的情怀。苍苍茫茫,望不到边的不只是这海,也是人类宽广的胸怀,也是心仪的人捧呈的诚挚的爱意。海是一个沉睡的美丽少女,海上的雾气是她梦中畅游的仙境,你可以一直注视下去,让少女的美梦走进你的视野。透过微微的波纹,你可以感受海的呼吸、感受海的智语、感受海不轻易哼唱的歌声。从喧嚣的尘世中走来,不就是需要这样的平寂与辽阔,这样的深沉与温情吗?海把这一切都带给了你。

　　站在岸边,如同走进一个久远而又美丽的梦中,凉爽的海风拂过全身,那种舒适、安逸的感觉,是用语言无法形容的。就这样默默地站着,不用挥手,不用抬脚,不用点头,你可以用世上最轻最轻的声音,不断地重复一生之中最挚爱的人的名字。你会突然有种感觉,她就在你眼前,她就在你身边,她就在你心里。海风便是爱人温柔的手指,摩挲你,温暖到心里。

　　我的幻梦与这无际的海平行伸展,走进遥远的梦中人的梦中,而又无法为她知觉。我的性格与海的宁静仿佛是一对一见如故的朋友。两者融汇在一起,无法割舍。我已不能离开这海了。真想在这里永久地站下去,站成一座不朽的雕塑,近观水流水止,远眺云卷云舒。

　　人走了,海永远装在心中。回头想起红唇开启闭合间的微微一笑,海的影子在我的心中又淡多了。

(1996 年 5 月 12 日)

研磨时光
YANMO SHIGUANG

彩 云 之 南

来彩云之南,石林是必须看的。石头的奇异与神韵,随着游人的想象不断地变换。石林是历史的一扇窗口,装饰在人们的心中。推开它,就打开了一条拥堵的河流。浅淡的笑容下面,有我的泪水贴着水面游走,抛在脑后的石林也就变轻了。我不看身后的背景,我把所有的语言都变成眼前盛开的菊花。

在菊花的映照中,我走近了玉龙雪山。用了一生的热情,去做南园最美丽的使者。你从金沙江里沐浴而出,你的纱装飘逸出蒸云涌雾。奇花,异树,雪海,冰川,草甸,溪流,宣泄着你的眷顾与垂青;有多少鲜活的生命,生动在你美丽身躯掩映的水里。你游走在丽江人的梦里,自由地吞吐一个个清晨与黄昏。

黄昏的感觉,要在甘海子才能有更真切的体验。站在这块开阔的高山草甸上,抬起头就看到玉龙雪山打开的扇面,闪烁的银光惊起眼球。遥看蜿蜒下行的冰川,绿色的地毯从雪山脚下铺展,试图拥吻远方天边的云霞。散落的一棵棵低矮的松树,就像日夜无眠亮着的绿眼睛,绵延的草场在草木掩映中挥霍着冷清。不时眼前还有牦牛走过,衬着雪山远景。

我不吃草,我也不想躺在这块平地上沐浴阳光,我只是想看一看,草甸的模样与我的心情是不是一样。

蝴蝶泉照见了我的模样。千姿百态的绿苍翠欲滴,引领着一条熙熙攘攘的上坡路,一道道笔直挺括的青纱帐,模拟白族女人婀娜的身影扑面而来。密密匝匝的翠竹排列在林荫道两旁,肆意张扬起浓情蜜意。洁静优雅的蝴蝶泉,掩藏在花团锦簇的大树丛里。一池飘浮着南国水草的碧水,辉映着清澈起伏的倒影;两棵粗大弯曲的百年合欢树,盘曲着亲吻水面。

把手放在树干上,依然能感觉到白族姑娘衣服的清香,各种不知名的好看的小鸟,与游客擦肩而过。蝴蝶泉水清凉透彻,洗一把脸就能催生爱情。

亲近大自然,回味那份极其珍贵的原始的朴拙之美。

洱海成了我心里的一种自然大美。一弯结着潮气的新月,映在这风光明媚的高原上。实验室中,王母娘娘无意中丢落了这个镜面,山海大观承接了玉的恩赐。玉本不应该属于海,但无意中她属于了海。三岛烟云是空前绝后的,岚霭普陀成就了人文景观之盛。

有碧水蓝天的日子,让我在梦里找到了家。

很多时候,家的美丽是山烘托出来的。迷蒙雾气中的苍山,招惹的岂止是一双眼睛。有多少心狂奔着,骑着大山的脊梁。水冷,云低,船小,能有哪一件东西真正承担得起阳光的热度?

脚能走遍苍山,心能吗?如果我继续看下去,我的目光最终又该栖息在苍山的哪棵树的哪个枝头?

去过丽江的人和没有去过丽江的人,心中都有属于自己的丽江。那里的天空永远透着深蓝色,蓝色钻进你的心灵深处,把腹中的五味调和出舒坦与宁静。小河贯穿着整个古城,河里的水永远清澈,不时可以看到一群群小鱼在水里游动。成排的柳树像少女的长发垂到河里,柳树上爬上了玫瑰,玫瑰的馨香四处散发,为游人的到来铺开一张快乐的床。踩在光滑的石板路上,去平复自己的心情。看着两边的精美手工艺品,喝一杯胖金妹精心泡制的圣茶,深藏在心中的一个美丽的梦,在刹那间全部绽放。走进一个卖风铃的小店,就可完成一次从不熟悉到熟悉的深情注视。

丽江古城不经意却又恰到好处地使纳西文化和汉文化联了姻缘。闲坐在古城的任何一个角落,都能感受到岁月的沧桑和心灵的宁静。可以在木椅上坐坐,听着雨水从屋檐滴落下来敲打在地面上,让丽江在顷刻间带走你所有的爱慕,慢慢诠释属于你的故事。

香艳的美食,神奇的传说,诗般的风景,美丽的女人,任什么东西,伸出手抓一把都是那么轻盈与柔软。这里让你的眼睛含情,让你的心思疯长,让你的爱恋发出光环。

留下脚印,留下目光走过的路。有一种神韵跟着你,激荡着你的情思。彩云之南,有我难得一见的彩云。

(2007年3月16日)

研磨时光
YANMO SHIGUANG

风情秦淮河

　　河有千姿百态,此刻我只倾心于秦淮河,用它装点心灵的窗台。风风雨雨也罢,寒来暑往也罢,秦淮河带来的就是一个多彩的春天。

　　秦淮河,古称淮水,是扬子江的一条支流,自东向西,潺潺地淌过南京市区的南部,沿着石城的西北注入长江。秦淮河的南京城内河段便是著名的"十里秦淮""六朝金粉"的地方。

　　"江南佳丽地,金陵帝王州。"曾经的孔圣庙堂、帝王古都、科举贡院、墨客馆所、歌妓青楼,在秦淮河岸上尽情演绎着金陵古城的兴盛与繁华。当智慧、权力、文采和美色凝合在一起的时候,世上的人,无论山野百姓还是将相王侯,谁又能回避这摄魄的魅力与巨大的诱惑呢?虽然如今香火寂寥,王气不在,考场独守,当年的佳丽销香,是无论什么时候都不会消失的。

　　泛舟秦淮河上,尽可一饱秦淮风情。两岸古色古香的建筑群参差错落,最古久的可上溯至晋朝。雕栏画栋古雅宜人,小窗珠帘暗敛清幽,人文胜迹与密集民居烘托着一个热闹非凡的商市。千百个精巧的灯笼和来往穿梭的游客画船把道道碧波照耀得风情万种,桨声灯影构成一幅如梦如幻的美景奇观。我们在悠悠荡荡中细数鳞次栉比的金粉楼台与溢彩流金的凌波画舫;我们在舒舒缓缓中静听此起彼伏的歌乐之声与摇橹掌篙的船公清唱。秦淮河仿佛一个迷离渺茫的幽梦,在这种景致与氛围中,我自然而然地就想起了朱自清的《桨声灯影里的秦淮河》:"一眼望去,疏疏的林,淡淡的月,衬着蔚蓝的天。"置身在这朴素文字描述的和谐气氛以及文字蕴含着的细腻情感之中,人便有种如痴如醉的感觉。

　　中国文人大约都有着深深的秦淮情结,秦淮河也就成了文人畅想、慨叹、寄情、遥思的最佳地点。在这江南锦绣之邦、金陵风雅之数的秦淮风光带上,曾产生过多少可记可述的逸闻趣事,又涌现了多少可歌可泣的历史名流。历代仁人志士为她的繁华盛况击节吟咏、慷慨放歌。青楼的灯影,红烛的泪滴,丽人的长裙,琵琶的断弦……都映射在诗人的字里行间。唐伯虎从这里走过,祝枝山在这里赋诗,郑板桥在这里饮酒……

秦淮河历史上所存在的脂粉气永远荡漾在无数文人酸楚的心头,那些哀婉凄恻的故事,至今依旧拍打着当下文人的心扉。耀眼的珠光宝气,熏人的脂粉铅华,酿造了另一个妩媚又凄婉的秦淮河。太多的风花雪月,让秦淮河成为中国河流中一条最妖娆、最浪漫、最神秘的河。灯火阑珊的秦淮河,烟雾笼罩的秦淮河,笙歌彻夜不息的秦淮河,誓言虚化如风的秦淮河,交杂着昔日的繁盛、沧桑和凝重,舞动着一份魅力与轻柔。

秦淮河,更以顾横波、董小宛、卞玉京、李香君、寇白门、马湘兰、柳如是、陈圆圆这秦淮八艳的事迹闻名于世。众多兰心蕙质、多才多艺的佳人使秦淮河成了一条让人魂牵梦萦的河流。这条河几乎包容了女性所有的柔情,正是这种柔情,让传统文化的精髓以另一种方式流传下来。董小宛与顺治帝的风流韵事让人玄想不已;陈圆圆的眼前站着"冲冠一怒为红颜"的吴三桂;有了柳如是,才有了钱谦益独领文坛半个世纪……

"烟笼寒水月笼纱,夜泊秦淮近酒家;商女不知亡国恨,隔江犹唱后庭花。"唐朝著名诗人杜牧来到当时还是一片繁华的秦淮河上,听到酒家歌女演唱绮艳轻荡的亡国之音,便感慨当权者昏庸荒淫、唐朝国势日衰,写下了这首诗,表现了对国家命运的无比关怀和深切忧虑。

也不是每一个歌女都在唱着这靡靡之音,膏粉丽服也不是佳人所要的全部幸福。唱腔里也有轻洒的月光,眉眼下也有雨后的莲花。有些女子的气节与抱负,常常令饱读诗书的士大夫们汗颜,于是便有了孔尚任的千古绝唱《桃花扇》。忠贞不渝、淫威不屈的李香君,以头撞地,血如泉涌,让人们感到了女人为国弃情的宽大胸襟。秦淮河畔至今保留着李香君曾居住过的"媚香楼"。出于对李香君的敬佩,到秦淮河的人们都要一览"青砖小瓦马头墙,回廊挂落花格窗"的红灯高挂、临流俯照的这座建筑。

秦淮河浪漫如诗,清风明月中让人尽享一次心灵上的放纵与满足!秦淮河古韵悠长,桨声灯影里升腾飞扬的翅膀!秦淮河靓丽如倾城女子,有接触时的温暖,有分开后的余香……

(2008 年 4 月 23 日)

研磨时光
YANMO SHIGUANG

皇藏峪探幽

在脱了棉衣就穿短袖T恤的淮北平原上是没有真正意义上的春天的。像今天这样凉爽宜人的深秋时节,应该是登山探幽的绝佳天气。领队余敏辉主任因下午要参加一个重要会议提前回去了,张教授和我们在萧县博物馆馆长周水利和文广新局副局长黄茂强的陪同下前往皇藏峪,去与那里的山光林影进行一次亲密接触。

皇藏峪距离萧县县城约三十千米,原名黄桑峪,因峪内长满郁郁葱葱的黄桑树而得名。后因那位高歌"大风起兮云飞扬"的汉高祖刘邦,称帝之前为躲避追兵追捕而藏身于此,后人改名为皇藏峪。

走近皇藏峪,首先映入视野的是山门牌楼,高十米,宽十四米,为三楼三门九彩建筑,庄重典雅、巍峨壮观。门楣上书"皇藏峪"三个镏金大字,圆熟俊秀,超凡脱俗。山门前一座刘邦跨马的塑像,让人一眼尽览一代帝王的英姿。

办了手续,带了导游,我们便进了景区。回头看门楣背面是"汉王流韵"四个大字,耐人寻味。坐上观光车,沿着山间林荫道路一直开到锁龙桥。从锁龙桥顺着山道西行,再往北拾级而上,是皇藏峪的心脏瑞云寺。瑞云寺,曾名黄桑寺、皇藏寺、望云寺。《史记·高祖本纪》载:"吕后曰'季所居上常有气云,故从往常得季'。"根据这一传说,宋端拱二年(989年),取"刘邦居处每有祥云缭绕不绝"之意,改寺名为瑞云寺。有碑记曰:"众山环合,卫基如城,间有古寺,名曰瑞云。"现高悬寺门之上的"瑞云寺"匾额,字迹苍劲古朴,为清代安徽大书法家邓石如所题。

据《江南通志》记载,寺院始建于晋,中经隋、唐、宋、元、明,屡有兴废,明末清初,度遇和尚开山扩充,以后几经扩建粗具规模。清末以后几经战乱,后又经"文化大革命",寺院颓败,经书、塑像荡然无存,殿宇大多被毁坏。1978年后,政府拨款修葺,现在建筑基本恢复原貌。瑞云寺呈三进三阶式院落,殿阁庑舍共九十九间，古色古香，颇具匠心。前院有藏经楼，楼下为斋堂，楼上藏经。中院有大雄宝殿五间，宽敞堂皇，气势雄伟。内塑有金神佛祖、观音、十八罗汉等二十多尊，姿态各异，栩栩如生。后院有方丈室，明三暗五，清雅幽静。左右楼阁，廊腰迂回，飞檐钩天，别具一格。整个寺院石级层叠，回廊交错，门楣多变。瑞云寺依山而建，背负山崖，面临深谷，布局奇险，寺周围群山环抱，左右有山溪环绕，上下有古树伞盖，红墙碧瓦，斗拱飞檐，雕梁画栋，甚得造化之妙。古人曾题"萧国福地"。现在寺内游人如织，香烟袅袅，善男信女络绎不绝。

前院内一棵参天银杏，历时一千三百多个春秋，依然绿荫如盖，像一只巨大的手掌伸向天空。后院里三棵银杏树并排连在一起，为一奇景，人们形象地称之为"携子抱孙树"。中间粗大的一棵是爷爷，右边笔直细长的是父亲，左边弯曲低垂的是孙子。有一位诗人为银杏不屈不挠、生生不息的精神而动情，挥笔题诗："时光越千年，一躯擎云天。历尽冰霜劫，子孙自昌繁。"右侧是一株枝干遒劲的古松，树高数十米，树龄与银杏树相仿。厢房前金桂、银桂，合称姐妹树，每当花季，香飘满峪，沁人肺腑。院内终日香烟缭绕，松枝在缥缈的雾霭中时隐时现，故有"虬须佛气"之称。清人蒋佩曾宿此赋诗："青鞋且趁夕阳晴，流水孤村画里行。远蟑钟鸣香阁回，深林犬吠老僧迎。灯摇佛座三更梦，风卷松涛一院声。"我在古树面前伫立良久，真想在这里为灵魂寻找一片栖息的土壤。

由瑞云寺往西南行，步步登高，约一百四十米，再攀悬崖、越峭壁，可见一天然洞穴，这就是皇藏洞。皇藏洞位于半山腰，隐秘险峻，背靠大顶岩，北望阎王鼻，左有平顶山，右有钻天峪。一巨石迎洞而立，人称飞来石，石壁上刻有"洞天飞来"四字。洞深十余米，呈圆形，四壁光滑，顶壁如穹，其底平坦，可容十余人盘膝而坐，怪石嶙峋，玲珑天成，别有情趣。山洞内塑有约两米高的刘邦佩剑白色雕像，十分威武。立洞门远望群山苍翠，俯视流水潺潺。相传楚汉相争时，刘邦兵败，霸王项羽追赶至此，刘邦情急无奈之中躲进悬崖上一个小小的石洞里藏身。追兵到前，一块巨石从天而降，落到石洞的前面，形成一道屏障；紧接着又有殷勤的蜘蛛用自己的丝网密密地将洞口封住，造就一种假象。刘邦借此躲过了劫难。有时候，人生之中最大的幸运，不是拥兵千万，不是财富如山，而是巧遇了一次上帝恩赐的生存下去的机缘。

汉王刘邦，生于丰，长于沛，是我国历史上一位出生于徐淮地区彪炳千秋的风云人物。他出身农家，顺应潮流，聚众起义，推翻秦王朝，击败楚霸王，安定天下，建立了西汉王朝，当上皇帝，开创了平民天子、布衣将相的先河，为中

研磨时光
YANMO SHIGUANG

华民族的统一和经济发展作出了巨大的贡献。

从皇藏洞折而上攀就是观景峰,登峰俯视峪中景色,高丘低壑,巨石长木,尽收眼底,让人不禁顿生超然世外之感。

沿山间小道西行,在峪西北群山环抱之中,见陡崖下有一天然石盆洗钵池。瑞云寺香火鼎盛之日,开堂放戒,众僧侣每于饭后皆到此处洗钵,故名洗钵池。池如盆状,水清见底,大涝涨而不溢,久旱浅而不涸。

在瑞云寺东南四十余米,有一井,井口呈"插剑"形,旁立石碑,上书"拔剑泉"。昔日水深十多米,清澈如镜,其水甘洌。传说当年刘邦逃至此时,人困马乏,寻水无着,于是拔剑斫石,剑拔泉涌,汩汩外溢,故名"拔剑泉"。泉井上建有两层木顶骁构和绘六角亭,吸引着众多游客在此驻足观赏,或三三两两歇息纳凉。近侧有马扒泉。当年刘邦剑拔泉涌之时,他骑的那匹马也奋蹄扒地,终于也流出了汩汩泉水,叮咚作响。现马扒泉下的山泉依旧清洌,流过一座小石桥,然后便不见踪迹。

仙人床,是皇藏峪中令人神往的又一景观,它位于寺东三百多米处,为一天然巨石,其形如床,面平如砥,上面凹陷如人卧压痕迹,正好可仰卧一人,伸腰展足,悠然自得。传说度遇和尚常年睡于石上,吐纳练功,休憩养性,最后长眠于此,经张果老点化成仙,人称此石为仙人床。

这群高高低低、苍苍莽莽、绵延不断的山峰静卧于淮北大平原上,为山东古老丘陵的延伸部分,山脉大致南北走向,最高峰海拔三百七十四米,一般为一百至三百米,相对高度二三十米,山顶平缓,山坡较陡。皇藏峪不是大家闺秀,她没有泰山的伟岸,没有华山的险峻,没有黄山的雄奇,也没有庐山的富丽,但她姿态娇小、容颜清秀,是"养在深闺人未识"的小家碧玉,以她的秀姿素面吸引了豫鲁苏皖接壤地区纷至沓来的游客。

这里的山势总的说来并不算陡,有的舒舒缓缓,一如河南永城境内的芒山;有的虽然稍微有些陡峭,但也不似华山那样斧劈刀削危崖万仞。皇藏峪山石的性格特征十分鲜明,多显平滑柔润之态,但也不乏突兀、嶙峋和斑驳,多种面貌的山体共生,豪放与婉约并存,辉映着万里晴空。那些冷峻的山石,则如皇帝的容颜一般沧桑肃穆,从古到今,俯瞰了人间千万年。

景区内有木本植物一百九十多种,七百多种中草药,五十八种鸟类,另有野兔、刺猬、蛇、獾等野生动物。树,恐怕是皇藏峪最得意的杰作。这里古树众多,千年以上的就有一万多棵,这些历经几百年、几千年仍岿然不动的生命形态，苍翠了一座山色，峥嵘了一段历史。苍松、翠柏、黄桑、青檀、银杏以及各种果树交错混杂，共同组成了淮北大地三千余亩苍茫浩瀚的林海和天然氧吧，染绿了层层叠叠的山峦。

  古树的生命是顽强而又极具个性的，这也是皇藏峪的山民的本色。那长相并不十分漂亮的女导游，少了几分狡黠与世故，多了几分热情与真诚；那守着小摊儿卖着干鲜山货的老翁老妪和少男少女，本本分分，规规矩矩；那善良朴实的农家汉子，面对游客的咨询，全都耐心、热情、温和而有礼貌地指点迷津。同行的张教授"萧县人勤劳、坚韧、简朴，受儒家文化的影响；忠孝、热情，纯朴，受楚文化的影响。儒家文化与楚文化交相辉映，成就了萧县人民的优秀品格，令我们十分感动"。

  我们闻到了蘑菇地锅鸡的浓香。山脚下有一片平坦的开阔地，上面建筑着一排极为简易的民房，没有围墙，没有院门，房内摆设着整整齐齐的桌凳，房前支着一排四个锅灶。这里用的蘑菇是皇藏峪的特产，有补肾养颜之功效；公鸡是山上散养的，喝了林里的泉水，吃了山间的虫子，肉质自然美味，现挑现杀；用山林中的木材烧制，烧出鸡肉最天然的滋味。蘑菇地锅鸡可是誉满黄淮的名菜，有"不吃蘑菇鸡，白到皇藏峪"之说。好客的女老板站在店门口，一张和善的脸正温柔地对着我们微笑。

  先将铁锅烧热，倒入自家产的黄豆油、葱、姜、蒜、川椒、花椒、大料进锅，炸透香料。把剁好的鸡块放入、翻炒，加酱油和足量的水，盖上锅盖，文火慢炖。揪一块面团，团成圆，丢入水里，然后从水里捞出面团，撕成面饼。鸡肉烧熟时，加入事先泡好的山蘑菇，然后把面饼子贴入锅内。继续焖上五分钟左右。出锅时先铲下面饼，然后盛出鸡肉，上桌时连菜加汤正好一盆。

  山风低语，青鸟软啼，秋阳抚慰着苍山，菜香夹杂着酒香，听觉的，视觉的，味觉的，一齐刺激着游客的感官。

  花香蜂蝶闹，景美嘉宾来。从古到今，多少文人墨客、风流雅士来此游览、观景，写下的诗文连篇累牍。皇藏峪以其先天的自然环境、珍贵的历史古迹、迷人的传说以及享誉徐淮的地方名肴吸引了四方的游客，成为皖北、苏北、豫东以及鲁南地区的著名游览地。多留一些森林，多留一些最原始的生存方式，对我们的后代是一笔无穷的财富。

（2013 年 10 月 10 日）

研磨时光
YANMO SHIGUANG

流连于淄博

到了淄博，是一定要看看蒲松龄先生的。儿时就听过、读过聊斋的故事，书中那些曲折离奇的鬼狐花妖一直让我铭刻在心。想象着先生当年"萧斋瑟瑟，案冷凝水，寒灯如豆，奋笔疾书"的情景，不禁三分敬畏七分虔诚。

蒲松龄故居在淄博市淄川区洪山镇蒲家庄，是一座幽静、古朴、宽绰、典型的北方农家庭院，坐北朝南，院落前后四进，西有侧院，门楣上悬挂着郭沫若题写的匾额"蒲松龄故居"。

进得门去，满眼都是青青绿色，颇有几分清幽静雅之意。一片竹林，虽不甚葱荣翠绿，却也是竹影斑驳，萧萧一片诗意。我想蒲老先生当年在枯黄的油灯下创作《聊斋》的时候，透过玲珑的窗户向外望去，屋外簌簌的秋雨敲打着黄残的竹叶，有几分萧索鬼气，又有几分诗意灵气吧。

正对着的竹林前是蒲先生白色大理石雕像，笑吟吟地侧身坐着，左手拿着书卷，右手抚髯，似在沉思。

北院正房三间，为蒲松龄诞生地，也是其书房"聊斋"，室内陈列着他七十四岁时的画像。他身着贡生服饰，于清瘦中透出几分仙风道骨的气质。悬挂在聊斋堂屋中的这幅彩色肖像中堂，为江南画家朱湘鳞所作。此画作于蒲氏逝世前一年。据说当时完稿后蒲老竟生几分愧意，于是在画的两旁自题了两行跋语："着世俗装，实非本意，恐为百世后所怪笑也。"这也是唯一流传下来可考证的画像了。像两旁是郭沫若先生题的对联"写鬼写妖高人一等，辞贪刺虐入骨三分"，仅有的十六字却是对蒲先生一生最好的写照。左侧是一张坐榻，右首是寝室——简洁而质朴，一张床，一个书架，从书架上满满摆放着的书籍上我们可以想想先生当年勤奋与好读的情形。

聊斋正房后，新建了六间展室，展出了中外蒲氏研究家们的多种论著，以及当代文化名人老舍、臧克家、丰子恺、李若祥、俞剑华等书画家为其故居所作的书画、题词一百余幅。沿故居门前的石路东走一百米至聊斋园,聊斋园占地三百六十余亩,园内景点主要有蒲松龄艺术馆、狐仙园、石隐园、满井寺、观狐园、柳泉、松龄墓园、聊斋宫等,其建筑独特新颖、恢弘壮观,为华夏一绝。

南院有平房两间,旧称磊轩,是以蒲松龄长子蒲箬的字命名的。西院系新建的陈列室,陈列着蒲氏家谱、手迹和其多种著述以及英、俄、日、法等中外各种版本。西边是一间屋宇,房子没有雕梁画栋般的人为修饰,而是简单朴素而不失大方的风格。庭院内种满了各种植物花草,有硕果累累的石榴、结满果子的海棠,还有生长在八角门边的藤类植物,繁茂的叶子浓成了一片绿荫,将角门装饰得煞是好看。

转过庭院左边的曲廊,来到又一重庭庑,这便是蒲家的后花园。这里很安静,游人似乎也很少发现这个小院子。木质的小亭,木质的回廊,木质的小桥,褪了颜色的苍白加上碧如翡翠的小潭,一切如凝结住了一样,安静得无人打扰,但座位明显的摩擦痕迹和曲廊小桥的极度磨损,似乎昭示着历史中有许许多多的来客从这里走过。池畔的垂柳和池中的睡莲沉默着季节的生动。可闻到桂花的香味,只是怎么找也没有发现桂花香气的来源。院子里种了不少花草,中间一方池塘,里面种了荷花。虽然这都是蒲松龄故居的工作人员种植的,但我还是喜欢这个非常秀气的"拙园"。

我注意了一下,这里所有的垃圾箱都是狐狸的造型,仿佛一个个生灵活现的精灵从《聊斋志异》中走了出来。这让我想起了年少的时候。我的家在北方一个偏僻的小村子里。每年一到冬天,鹅毛大雪就纷纷扬扬地飘洒起来,晚上一群孩子就蹲坐在村子东头的那间草屋里,听着村子里的一位老人讲聊斋的故事。一个个狐仙精灵,无论是做好事的,还是做坏事的,让我们在黑暗中,在零下五六度的天气里,在一天两顿饭的饥肠咕咕中,感受到了温暖和充实。尤其是狐仙聂小倩和书生宁采臣的一段恩怨情仇故事,让我们这些年少不更事的孩子们也有了一分感动,有了一分向往。披着浮世尘埃的我们,不也应该潜心修行,并怀着一颗慈悲心和菩提心面人立世吗?但愿一切众生都能解脱成佛。

"穷愁自古铸文豪,穷到极时风格高。砭俗刺奸凭妙笔,灵狐山鬼续离骚。"先生屡试不中是他的不幸,也是他的大幸。正是先生的"无缘附骥尾",使中国少了一个平庸的封建官僚,而多了一个伟大的作家,成就了《聊斋志异》这个中国文言小说史上的"一个伟大的休止符"。想想当年老先生就是在

研磨时光
YANMO SHIGUANG

这个村头,耐心地记录着那一个个离奇的故事,伴着一碗茶水,写就一篇千古奇文。

走出蒲松龄故居已临近傍晚了。朋友要带我们去一个特色饭店,去品尝那里的火焰甲鱼。我对吃向来不大讲究,什么样的饭食都能入口,也全然不管它是烫伤了腮,还是伤到了胃。但是厨师当着顾客的面现场制作的这顿火焰甲鱼倒是给我留下了极其深刻的印象。

火焰甲鱼是火锅式的。服务员先上了一锅金黄色的汤。汤汁浓浓的,汤里的竹荪通体透白。盛一口汤送入嘴里,鲜美可口,油而不腻。该上主菜火焰甲鱼了。只见厨师端着一大盘杀好的甲鱼上来了,先把甲鱼倒入大铁锅内,然后再往里面加一瓶酒,把火开到最大,并把甲鱼放到锅里,霎时,锅里喷出了足足有一米高的火舌。厨师的大勺上下翻炒,十几分钟后,酒会渐渐燃烧干净。火舌退下去了,锅里的甲鱼也熟了,厨师便把甲鱼倒到火锅里。朋友把甲鱼最肥美的裙边让给了我,这"火焰甲鱼"的味道真是没得说!最后用原汤煮了一锅手擀面。

晚上做了一个梦,火焰甲鱼宴摆到了蒲松龄的故居里,周围不知名的白色野花静静地绽放。一个用心写书的人和一个专注做菜的人,像两只劳碌的燕子找到了垒在梁头上的旧窝巢,和我们坐到了同一张桌子上。我沉醉在这个悠长的梦境中,迟迟不愿醒来。

(2010年9月17日)

禅　　缘

要深入细致地了解运河名城泗县，有两个地方不能不去，一个是释迦寺，一个是霸王城遗址。

吃过午饭后，我们前往泗县释迦寺。

释迦寺坐落在泗县城东老城墙一环路边的原省级粮食储备库大寺粮站院内，是全国唯一的以释迦牟尼的名字命名的寺院。泗县人大办公室主任王玉柱向我们介绍了相关情况。

释迦寺遗存大殿一座，砖木结构，长十六米，宽十五点五米，面积两百四十八平方米。梁柱粗大挺直，布局井然。嵌在大殿后墙上有《敕赐释迦寺重修藏经楼施地围墙碑记》。安徽省文物部门会同国家文物局督察司和相关专家，曾实地察看了释迦寺原址、碑刻和木料，经考证，认定释迦寺始建于宋代，现存实为清代中晚期建筑。

《泗虹合志》上记载：同治乙丑四月，统帅刘铭传移驻彭城，道经泗州，借宿释迦寺。在泗县为州治的1865年4月，淮军名将刘铭传曾来到泗县，住在释迦寺，并留下两首诗作。其一："梦中曾被仙人诏，怪我如何不出家。两眼尚包儿女泪，此生自识果缘差。览游禅寺思身隐，流落风尘念物华。心事茫茫何所寄，大江东望浪淘沙。"其二："岂劳修炼方为佛，若得清闲即是仙。如我长征无息处，揽君彻夜不安眠。未辞辛苦行千里，忽欲留连住一天。愿待澄清放归隐，好来方丈结禅缘。"刘铭传，作为淮军高级将领、朝廷要员，在道经泗县时能借宿释迦寺，这足以说明释迦寺在当时的泗州城中，其住宿条件、人文环境还是首屈一指的。

对释迦寺的景致，虹人许寅和韩仓曾有过描写。许寅在《长歌赠东林（即释迦寺）馨然上人》中写有这样的诗句："金碧辉煌佛面光，晨钟暮鼓勒梵诵。琵琶井中月华明，香水桥边春水生。此日烟柳青满堤，绿波绕寺芦芽齐。梅

研磨时光
YANMO SHIGUANG

花香老春风暖,驯鸽归飞日未低。"韩仓亦有《春杪游释迦寺》,诗云:"春来信步过桥西,拄杖悠悠兴未迷。松响骤回连竹径,钟声未了又莺啼。三提禅意生幽境,一带诗情落翠堤。贪看东林难遽去,赤霞遥衬夕阳低。"

或许正是因为释迦寺内环境优美、景色宜人,才使刘铭传这位为朝廷奔波千里、东征西讨、耗尽心血的朝廷大员有了留宿释迦寺的心愿。刘铭传早已作古,最终也未能实现"愿待澄清放归隐,好来方丈结禅缘"的夙愿。释迦寺也正以前所未有的颓败向历史和未来做无奈的诉说。释迦寺大殿因商业开发被拆,留下了一桩憾事。所幸的是,在国家文物行政管理部门和安徽省委省政府的高度重视下,泗县县政府对被毁文物实施了原址复建,历经磨难的大殿重又出现在人们的面前。

释迦寺是大运河岸边一个韧性十足的忍者,一个让世人惊叹连连的符号,静默而又深沉的生存状态,慢慢地渗透到运河的最深处。释迦寺在一望无际的皖北平原上所扮演的角色,恐怕不是每一个来过这里的人所能讲得清楚的。

下午两点半左右,我们驱车直奔泗县霸王城遗址而去。走过一条泥泞的、窄窄的小道,眼前就是一块平地,从留下的印痕来看,这块平地是不久前铲除出来的,一块灰旧的"霸王城"牌子静静地立在那儿,像极了一个瘦弱的、憨厚的汉子捧着一杯汤色浅淡的香茶站着,等待着远道而来的客人。

前面就是石梁河,河沿有一颗桃树,遗址的右边是一颗石榴树,旁边连着石梁河大桥,左边是取土留下的疯长着野草的坑坑沟沟。

王玉柱主任告诉我们,脚下的这个地方就是当年的西城门。原有城门已难觅其踪,而残留的城垣却被一道高出地平线的土岗子隐隐约约地勾勒出一个轮廓来,这道土岗子就是当年城垣的遗迹,如今已长满了荒草。护城河尚断续有水,踪迹依稀可辨。在安徽省人民政府公布的安徽省第七批省级文物保护单位中,泗县墩集霸王城遗址位居其中。

中国有几个霸王城,谁也说不清。就在大运河的沿岸上,灵璧的尹集镇、固镇的濠城镇、濉溪的孙疃镇、荥阳的广武山境内都有霸王城遗址,这些"霸王城"都可能是当年项羽的驻兵屯粮、抗击敌人的地方。泗县的霸王城坐落在墩集镇任集行政村。据《泗虹合志》载:"霸王城在城东南二十余里,石梁河东岸,楚汉相争时,霸王项羽驻兵于此,垒土成城。"根据对该遗址的考查,发现地面上和土层内有新石器时代晚期至战国和秦汉时期的文化遗物,在该城内及周边调查时发现少量新石器时期的鼎足、陶片,商周时期的鬲足等。陶片主要分布于城内南部的空地上,以夹细砂灰黑陶为主,另有较多的夹植物陶,可辨器形有鼎、罐、器盖、大口尊、豆等。该遗址标本时代相当于龙山文化早期,是泗县境内发现的最典型的龙山文化早期遗址。霸王城遗址,与正西十余里外的汉王台相对应,城址年代在时间上与楚汉相争时期相吻合。可见,这里曾是当年项羽屯兵之处,楚霸王曾在这里秣马厉兵,以图天下。

2006年8月,央视四套"走遍中国·走进宿州"栏目组考证认定,这座霸王城是在淮北地区同名的几座霸王城中,保存最为完好的一座。该城周长一千两百米,面积约七万六千平方米,由于年代久远加之自然风蚀和人为取土等诸多原因,虽造成城墙高低不均,但城址清晰可辨。残存城墙最高约六米,最低约一米。城墙周围有护城河环绕。城的东、南、西部,距平地有六七米高的城墙保存完好,城墙上长满了杂树、蒿草,中间还有一条人行小道。

一位好奇的村民走上前来,听说我们是来寻找当年霸王城遗迹的,立即来了兴致。早在童年,他一天到晚就和小伙伴们一起在这土岗子上跑来跑去,跑累了就坐下来听老人讲西楚霸王的故事。他翻出了记忆中祖辈留下的传说,绘声绘色地描述霸王城几十年前的样子。最后他比划着动作告诉我们:"项羽的兵马多,一人一兜土就可以筑起一道城。"

两千多年过去了,项羽的失败并不被人们所在意,楚霸王曾经的强盛和豪迈却永远留在了世人的心头上。站在当年霸王城的遗址上,我们想象着当年深沟高垒的城墙是如何的巍然壮观。下午的阳光,漫过远处的村庄树林,漫过石梁河荡漾的水波,投射在我们身上,投射在这片遗存上,把古老的城垣染成了古朴的土黄色。

时光悠悠,当年的风云岁月,已化作一声笑谈,流传在百姓之中,而对霸王城遗迹的开发保护,不仅符合当地村民的愿望,而且是对历史的一种尊重。我们在想,有了运河的开发运用,泗县将会变成一首感人的诗,有了霸王城的重现,泗县将会变成一首激越的歌。

松散、棉絮般的云朵紧紧地贴服着蔚蓝的天空,让人觉得它是那么的近,那么的软,又是那么的温暖。离开了释迦寺和霸王城,离开了泗县,行驶在高速公路上,我们的心头依然流淌着一股清泉。

(2013年10月7日)

研磨时光
YANMO SHIGUANG

感受凤阳

在我的感觉里,凤阳是一个产生奇迹的地方。奇迹,给人的印象总是刻骨铭心的,所以心中一直有着一份惦念。今天,随濉溪文联王主席参加"安徽省散文之乡授牌仪式"活动,有幸走进了凤阳。

凤阳,是安徽省一个普普通通的县。明清两代,由于凤阳府一带是"三年恶水三年旱、三年蝗虫灾不断"的长年重灾区,每年秋后都有成群结队的妇女离开家园外出卖唱乞讨。凤阳人的绝活花鼓也就成了贫穷讨饭的象征。有一首著名的《凤阳歌》,歌中唱道:"……大户人家卖牛马,小户人家卖儿郎,奴家没有儿郎卖,身背花鼓走四方……"这便是当年凤阳人穷困生活的真实写照。清人赵翼《陔余丛考》中《凤阳乞者》条写道:"江南诸郡,每岁冬必有凤阳人来,老幼男妇,成行逐队,散入村落间乞食,至明春二三月间始回。""文化大革命"中有这样的流传民间的凤阳花鼓词:"凤阳地多不打粮,碾子一住就逃荒。只见凤阳女出嫁,不见新娘进凤阳。"可见进入当代的凤阳,依然是一贫如洗。就是这样一个灾难重重的地方,走出了从放牛娃到开国皇帝的朱元璋,成就了从流浪汉到八仙之一的蓝采和,产生了从穷乡僻壤到"中国改革第一村"的小岗村。

朱元璋祖籍是江苏句容通德乡的朱家巷,祖父朱初一因不堪地主和蒙古统治者的剥削,举家逃到了淮河岸边的泗州盱眙垦荒耕田。朱初一死后,家里一贫如洗,朱元璋的父亲朱五四只好东迁西移,过着流浪的生活,五十岁时才在凤阳的东乡定居下来。母亲在凤阳的一座破庙里生下了朱元璋。由于营养不良,小时候的朱元璋体弱多病,瘦得皮包骨头。朱元璋十岁时,父亲朱五四为了躲避沉重的赋役,再次搬家,后来就在太平乡的孤庄为地主刘德种地,朱元璋也就成了刘德家的一个放牛娃。朱元璋当放牛娃的时候,不仅常挨主人打骂,而且还经常吃不饱饭。朱元璋十六岁时,半个月内瘟疫、蝗灾和旱灾先后夺去了父亲、母亲、大哥、大姐一家四口人的生命。家里没钱买棺材，甚至连块埋葬亲人的土地也没有。朱元璋和二哥悲痛欲绝的哭声，惊动了邻居刘继祖，好心的刘继祖让给了他们一块坟地。三十五年以后，朱元璋回忆此事时，仍难抑悲痛之情，他在《皇陵碑》中写道："殡无棺椁，被体恶裳，浮掩三尺，奠何肴浆！"为了活命，跌进了无底深渊的朱元璋与他的二哥、大嫂和侄儿被迫分开，各自逃生……从放牛娃，到小和尚，再到投身义军，直至开创了一个大明帝国，朱元璋的一生可谓天翻地覆。

道教八仙之一的蓝采和，是唐朝开元天宝年间四川大英人。他穿着破烂不堪的蓝布衣衫，腰ं系着黑木腰带，一只脚穿着老旧的靴子，一只脚裸露着什么也不穿，手里拿着一块三尺多长的大拍板，浪迹天涯，行乞四方。流落到凤阳临淮关时，得钟离权与何仙姑的度化，在空中笙箫之音的召唤下，留下"红颜三春树，流年一掷梭"的旷世感慨，悠然乘鹤飞升而去，走向了"长景明晖在空际，金银宫阙高嵯峨"的神仙世界。从流浪汉到逍遥神仙，成为一个令人叫绝的伟大传奇。

以前的小岗村是一个出了名的穷村，土地贫瘠，交通不便，也没有任何资源优势，人畜庄稼全部靠天吃饭。自然灾害，加上不论干什么都搞"大忽隆""一窝蜂"的长官意志下的"大锅饭"，使小岗村愈加贫困凄惨。1978年，小岗村的十八户农民，以"摁下鲜红手印"的方式，坚决实行了"分田单干"。这一纸宁愿讨饭甚至饿死也不愿给"集体"干活的小岗村人的生死状，成了中国农村改革的第一份宣言，导致了乌托邦式人民公社的彻底解体，动员起十三亿中国人改变了自己的命运，并从根本上孕育了社会主义市场经济，改变了中国农村发展史。如今的小岗村，草房被瓦房和楼房取代；黄泥巴小路被宽敞的水泥大道替代；小学、卫生院、养老院、自来水、电灯、电话，还有卫星电视接收系统，都在小岗村出现；彩电、冰箱、电脑、汽车等生活用品已进入农户家庭。"……淮水泼彩青山秀，沃野平畴稻谷香。责任制铺出富裕路，城乡繁茂幸福长……"这是我们听到的《新凤阳歌》。小岗村所开启的中国农业政策改革以至于整个改革开放，其起点是填饱肚子，在如此低的起点上竟能力挽狂澜，开启大刀阔斧的改革，是个值得细细推敲的历史奇迹。

"松柏之质，经霜犹茂"，我想"苦难造就奇迹"应该是一种"凤阳现象"吧。生活不可能全是一片玫瑰色，而苦难永远不是整个世界的倾覆，只不过是人生的一种滋味而已。"极度的痛苦才是精神的最后解放者，唯有此种痛苦，才

研磨时光
YANMO SHIGUANG

强迫我们大彻大悟。"这是尼采说过的话。苦难是动力的催化剂,很多的动力都是来自于人们想改变现状的渴望,苦难不断逼迫着人们变强、变大。但要超越苦难、战胜苦难,光有动力是远远不够的,这个世界上还有很多的人和事被苦难所击垮,走向了消亡。人的成功还需要其他方面。每一次挫折和苦难都是对人生的一次磨炼,使之在与苦难和逆境搏斗的同时,把自己的意志、毅力、情操和信念提升到一个新的高度。我想,这才是成功的关键。我相信奥古斯狄尼斯的话:"在任何情况下,遭受的痛苦越深,随之而来的喜悦也就越大。"

朱元璋走投无路之下,去了幼时曾经许愿舍身的皇觉寺,剃度做起了小沙弥,在那里从扫地上香,到打钟击鼓、烧饭洗衣,每天忙得不可开交,即使这样,还时常遭到老和尚的斥责谩骂。朱元璋坚强地忍受着。后来,朱元璋托着僧钵开始了流浪和乞讨的生活。"突朝烟而急进,暮投古寺以趋跄。仰穹崖崔嵬而倚碧,听猿啼夜月而凄凉。"三年的乞讨生活中,朱元璋算是受尽了人间苦痛,尝尽了人间冷暖,吃尽了人间艰辛,品尽了人间的凄凄惨惨。但是,他没有因为这些苦痛而放弃对未来生活的憧憬,没有因为这些悲伤而放弃前行的步伐,没有因为这些艰辛而失去自信和坚强。这段非人般的经历让朱元璋的性格增加了更多的坚毅和果敢,让他在智力和身心上都有了一个很大的飞跃。1352年,接到儿时伙伴汤和的邀请后,他欣然加入了"红巾军",从此踏上了"逆袭之路",开始了戎马生涯,走向了他辉煌的巅峰。从他加入起义军到他最后成为大明王朝的开国皇帝,朱元璋一共走过了打打杀杀的十六个年头。他能够安稳地走过这些岁月的风风雨雨,我们不能不说朱元璋的隐忍、坚毅和志存高远,给他的成功奠定了不可或缺的基石。朱元璋留给世人的背影,像极了一棵树,那么挺直,那么坚定。《百家讲坛》中,主讲人商传把朱元璋当作一个励志人物来讲,让一大批观众无论是历史爱好者或者非历史爱好者,都成了朱元璋的粉丝。

蓝采和经常进山采药,饿了吃野果,渴了喝泉水。一天,他手拿药篮进入山中,走到一个荷花池畔,见一个曲眉大眼、袒露大肚皮的老者躺在塘边呻吟,黑刺刺的肚脐边一块疮已烂得流脓,还滴着许多黑血。蓝采和心中不忍,就走到他身边,用手挤用口吸那疮。脓血吸尽了,蓝采和就贴一张膏药在那里。蓝采和云游四方,浪荡逍遥。夏天在衣服里塞满棉絮大汗淋漓,冬天则躺在雪地上呼气如雾。醉了就唱歌,歌词随意而作。在乞讨过程中,得来的银钱有时救济贫穷人家,有时花在酒肆中,身上不留分文。乞讨的银钱多时,他就用绳索串起来,拖在地上行走,散失了也不在意,任由穷苦之人捡拾而去。升仙之时,他还不忘从空中扔下靴子、衣衫和腰带,接济地上的穷人。苦难可以造就一个人,当然也可以压垮一个人,关键在于处于苦难中的人如何面对他所面临和忍受着的苦难。蓝采和面对苦难是乐观而镇静的,乐观的态度使他一直那样生气勃勃。他的潇洒、豁达、善良、温柔,使他成为八仙之中最可爱、最具永恒魅力的一个。

1978年11月24日,安徽穷乡僻壤的那个小岗村十八户农民趁着夜色,走进了一座破败的农家茅屋。彼时彼地,带头人严宏昌是严肃而沉重的,他深知砸破大锅饭所要承担的政治风险。分田可能要获罪,不分田肯定要饿死。经过一番可悲的权衡后,这一小队不愿做饿死鬼的村民把脑袋别在裤腰带上,趁夜黑风高聚在一个破败的茅草屋里开了秘密会议,并签下一份生死契约。"我们分田到户,每户户主签字盖章,如以后能干,保证完成每户的全年公粮,不再伸手向国家要钱要粮;如不成,我们干部坐牢杀头也甘心。大家也保证,把我们的小孩养活到十八岁。"当时老实巴交的十八位农民,并没把自己当成开天辟地的英雄,但这次生存本能层面上的人性回归与人权保障之举,成为20世纪80年代农村变革的先行,将中国农业经济的发展引向了一个新的阶段,可谓偶然而必然的历史冷门。十八位农民的义无反顾不仅改变了自己的命运,也赢得了整个社会的尊敬。想起中都鼓楼上镶入其中的那块石匾"万世根本",让老百姓过上好日子就是这"万世根本"吧。

在活动主办方的安排下,我们看了正在建设中的栗山神母庙和大王府生态园。栗山之上俯瞰开去,碧绿的湖面与青翠的田地温情相拥,从容、自然、开阔、宁静,充满着无限的生机。绿园之中,成片的菜苗恣意舒展着自己的绿意,尽情沐浴在柔和的夕阳中,煞是好看。也许几年后的这两处胜景便也成了凤阳的新奇迹。

磨难是人生一道永远开放着绚丽花朵的风景。生命的丰富多彩不仅体现在获得幸福的过程中,也体现在对磨难的超越中。这是我从凤阳这部历史卷宗中所读到的。

(2014年8月28日)

研磨时光
YANMO SHIGUANG

车牛返的深情

　　一路尽是高低不平的乡间土路。十月的时节，满眼都是庄稼的金黄和蔬果的翠绿，偶有浅浅的水沟，杂草芦苇成片丛生。车子在狭窄、坑洼的村中小道上七拐八抹，最后停在了"鞭打芦花"的地方。

　　这里是"车牛返"村的老村口，一条依山势而筑的古老山道，从远方连绵而来，入村后的一段已经荒废，石板缝中长满杂草。早些时候，当地乡绅在这里立了一块石碑，碑文为："孝哉闵子！人无间言，必在汶上，忠操靡坚。哀之今人，忠孝荡然。求则得之，效法前贤。"纪念碑所在的这座小山叫象山，登上山顶，全村面貌尽收眼底。山脚下，从北流向南的岱河穿村而过，把村庄自然分成河东河西两个部分。靠近纪念碑的山坡上是老村，一色的石屋石墙，不过已是十院九空。有的院门紧闭，院内杂树丛生；有的住着留守老人；有的已把房顶拆走建了新房，只留下残垣断壁，还有院墙下丢弃的石碾、石槽。山坡上生活艰难，新娶的儿媳妇不愿上山，所以都搬到山下岱河两岸去住了。从山顶看下去，由近至远，房子一幢比一幢好，特别是河西，几乎都是清一色的两层小楼。楼丛中，耸立着一座高高的通讯铁塔，更为古老村庄平添了几分现代气息。

　　尊老重孝是中华民族的传统美德。中国孝道的根就在这里。闵子的故事，让村上的人感到自豪。离村的时候，几位大娘争相介绍：俺村的人啊，人人知道闵子，人人学闵子，孩子孝顺，媳妇贤惠，有两位当后妈的，更是宽厚待子，别人不介绍，真看不出那是晚娘。

　　萧县政府筹备在该村建立"中国百孝文化园"。我在想，"鞭打芦花"内涵的拓展还不仅仅是车牛返村未来的一处风景，更应该成为每个人洞察世事的一只眼睛，让我们用孝道的、智慧的眼神细细品味人生。

（2013年10月6日）

随性的嵇康

"目送归鸿,手挥五弦。俯仰自得,游心太玄。"嵇康空灵的琴声,伴随着他的一生。循着嵇康的琴声,我们可以细细地解读这个清逸的魏晋名士的青春风华,可以细细地解读历史背后隐藏着的一件件不为人知的美妙故事,可以细细地解读那些隐秘的散发着恒久光芒的生命内核,可以细细地解读蕴含着他空灵玄远的诗化生命意识与人生境界。

研磨时光
YANMO SHIGUANG

随性的嵇康

嵇康，在后世人的眼里，几乎成了一个具有象征意义的精神导师式的特殊符号。不过，我所在意的，不是他"龙章凤姿、天质自然"的堂堂相貌，不是他"越名教而任自然"的飘然世外的超脱思想，不是他"土木形骸、不自藻饰"的独立人格，不是他"何所闻而来，何所见而去"的率直傲骨。我总以为，这些距离真正的嵇康似乎太过遥远。

我喜欢随性的嵇康，这大概与我目前的心境有关吧。我喜欢随心随性的生活，时光慢慢地磨去了年少时的轻狂，不愿意去追逐名利的无尽头的马拉松，不刻意地去思考为了什么而活着。无论思想还是情趣，无论诗歌还是散文，无论书法还是绘画，无论音乐还是养生，都在嵇康的随性世界里，竞相绽放。嵇康曾说过："尧舜之君世，许由之岩栖，子房之佐汉，接舆之行歌，其揆一也，仰瞻数君，可谓能遂其志也。故君子百行，殊途而同致，循性而动，各附所安。故有处朝廷而不出，入山林而不返之论。"嵇康在自己的"言谈举止"里，活出一种唯美的风流气质和动人的生命精彩，令后人欣慰，又让后人感动。

在嵇康看来，大自然中，日升日落、斗转星移，流转自如；花鸟鱼虫、高山流水，各得其所；阴阳圆融、滋长万物，生生不息。万事万物本就有其和谐的组织秩序和内在的运行规律，这便是天道。尊崇天道，遵循天道，融合天道，享受天道，这便是随性。"鸳鸯于飞，肃肃其羽。朝游高原，夕宿兰渚。邕邕和鸣，顾眄俦侣。俯仰慷慨，优游容与。"这便是嵇康与兄长嵇喜陶醉于山水之间的自在与快乐：一座长满兰草的小洲，一汪清澈见底的湖水，声声默契相和的水鸟……嵇康远离尘世喧嚣的舒畅欢愉之情，就寄托在这些充满生机的自然景物上。在不经意的"俯仰""顾眄"中，嵇康自由地、悠闲地驰骋于天地之间，那该是何等的惬意。大自然生机勃勃，山川河野之间蕴藏着真意。嵇康喜好山水，隐居山林，他的一生和大自然结下了不解之缘。

人生的意义,关键是看是否做到了循性而动,不为物移,是否满足了自己的个性追求。在那个喧嚣混乱的年代,刘伶把心志灌入了无底的酒肠,阮籍把心志融进了悠远的长啸,王戎把心志投向了沉甸的钱囊,山涛把心志拥入了宽阔的胸膛,嵇康则把心志融进了雄奇曼妙的诗文之中。"冲静得自然,荣华安足为","玄居养营魄,千载丧自绥"。诗文成了嵇康充满智慧灵光的宁静天堂,那里充盈着他放逐心性和渴望自由的足迹,飘扬着他欢乐、执着与潇洒的风度,弥散着他的思想、涵养与胸襟。一个真心融于诗文的人,必定也是一个胸怀坦荡的人,胸怀坦荡,就能以高瞻远瞩的眼光俯视现实。我想,人的温暖生命中是不能缺少诗文陪伴的。

竹林七贤隐居山阳时,他们过着无拘无束的生活。嵇康常和好朋友向秀一起在自家院子的一棵枝叶茂密的柳树底下打铁。正中放个大火炉,炉边架一风箱。向秀拉着风箱,风进火炉,炉膛内火苗直蹿。嵇康把铁器放进火炉中,待到烧红时移到大铁墩上,左手握铁钳,右手握铁锤,不停地抡上抡下进行锻打。沉重的大锤轮番起落,需要的是气力和耐力。打铁成了他面对生活的一种潇洒姿态,不为虚伪世俗所拘,超然物外自得其乐。在嵇康的铁锤下,每一件简单随性的铁制品无不演绎着一个个精美绝伦的故事。嵇康似乎把自己也锻打成了一块铁,热烈、亮堂与温暖。

山可以生长草木鸟兽,水可以滋润万物生灵,美妙的琴曲可以陶冶性情。琴与文人的生活自古以来是密切不可分离的,白居易、苏轼等许多的文人都以弹琴吟诗著称。在庸碌的尘世中,文人通过琴声寄托理想与追求。

嵇康从小喜欢音乐,他精于笛、琴,还善于音律,对音乐有特殊的感受能力。他在《琴赋》序中说:"余少好音声,长而习之,以为物有盛衰而此无变。滋味有厌,而此不倦。"南京西善桥南朝墓出土模制嵇康画像砖,描绘了嵇康席坐抚琴、气宇轩昂的形象。"目送归鸿,手挥五弦。俯仰自得,游心太玄。"嵇康空灵的琴声,伴随着他的一生。循着嵇康的琴声,我们可以细细地解读这个清逸的魏晋名士的青春风华,可以细细地解读历史背后隐藏着的一件件不为人知的美妙故事,可以细细地解读那些隐秘的散发着恒久光芒的生命内核,可以细细地解读蕴含着他空灵玄远的诗化生命意识与人生境界。

嵇康创作的《长清》《短清》《长侧》《短侧》四首琴曲,被称为"嵇氏四弄",与蔡邕创作的"蔡氏五弄"合称"九弄",是我国古代一组著名琴曲。隋炀帝曾把弹奏"九弄"作为取士的条件之一,足见其影响之大、成就之高。

研磨时光
YANMO SHIGUANG

嵇康自然平和的人生观都呈现在他的音乐理论上。嵇康主张外得"自然之和"的平和之声,内存"忧喜不留于意,泊然无感而体气和平"的平和之心,从而达到平和之美的审美境界。嵇康所表达的音乐思想,使得魏晋时期的音乐艺术,由传统的功利审美态度转向崇尚自然,从而注重个人内心的情感与艺术的体现。

琴声是嵇康最纯真的生命意识,也成了他最后思想的寄托与凝结。刑场上,嵇康迎着夕阳,缓步走到琴前,提了提衣袖,然后席地坐下,手指一拨,弦起琴响。一曲《广陵散》过后,引颈就戮。嵇康、琴、生命,在此刻融为一体。古往今来,文人志士中不乏视死如归者,但嵇康无疑是其中最为从容、最为潇洒地面对死亡的一位。刑场,将嵇康的随性推到世人永远无法企及的高度。人这一辈子,其滋味和意义,并不在于活了多少年,而在于随性的快乐融进了多少日子里。

一代名贤,放得开权贵的诱惑、放得开名声的羁绊、放得开礼教的束缚,用一颗纯真的心,追寻到了他自己认可的生命意义。他的文采,他的乐技,他的随性,他的平和,他的自由,他一生的所作所为,都有一种撼动人心的风度,一种超越万物的魅力,在当时以及后世,不知迷醉了多少人。有一位叫赵至的少年,十四岁时,看到写石经古文的嵇康,惊为天人,喜不自胜。日久天长,赵至竟对大师相思成灾,甚至得了癔症,多次从家出逃,欲去追寻嵇康。嵇康的朋友东平吕安对嵇康的高致佩服得五体投地,"每一相思,辄千里命驾"。嵇康坐牢时,不仅三千多名太学生联名上书请求留下嵇康,让他到太学当他们的老师,而且还有许许多多的追随者甘愿陪嵇康一起坐牢。

站在已经距离嵇康时代一千七百多年的今天,那种生命在握无愧于心无待于人无挫于世的随性与自恃,闪烁着一种近乎永恒的光芒,依然充满了吸引力,依旧带着砰然的声响,在我们的眼前鲜活地跳动。今天审视嵇康,总能感到他仍然生活在我们的现实中。

真想抓一把嵇康的随性元素,用来滋养我以后的每一个日子。

(2014 年 12 月 21 日)

随性的嵇康
SUIXING DE JIKANG

永远的蹇叔

　　工作之余一个闲暇的时刻，我走出了校门，转而东行，一路上踏着细碎的脚步来到城门之外，来到田野里。眼前有一个绿树掩映的村庄，我想起了春秋时期的蹇叔，当年的蹇叔就是从这个小村子里走向了他政治的巅峰。走进远古，我们会发现那些可贵的品质与卓越的才能穿过了几千年的岁月依然在熠熠闪光。

　　蹇叔本是淡泊名利、与世无争、乐于农耕的隐士。他所住的房舍实际上就是一片茅庐，简朴而幽雅，庐前是一片浓密茂盛的竹林。站在竹林之外、田埂之上，放眼竹林，那是一片绿色的海洋，一派原味十足的野情风格。走在林海的小径上，高挑的竹子用嫩绿的眼睛弯腰致意。坐在竹林下的石凳上，头顶密密匝匝的竹叶，独享一片凉爽的绿荫，那是与大自然最亲密的接触，是一种如梦的情怀。在这样一种境遇里，没有宠辱之争，没有名利之夺，有的只是一种诗人风情、大家气概与智者的泰然自若。

　　茅庐的左边有一眼清澈的泉水，一年四季源源不断地流淌，四周栽有很多的树木和花草，水潺潺地流着，形成了一条自然流淌的小溪。清泉的清凉与美丽都是真实的存在，美丽得令人心动，真实得令人心悸。那清澈和恣意流淌的岂止是泉水？蹇叔的智慧与高远的思想在上面颤动。

　　茅庐的右边放一块石头，沐浴日光月华，历经岁月轮回，石头的棱角渐渐隐去，粗糙的表面渐渐光滑，独特的美丽花纹清晰地显现出来。坐在石头之上细细掰数着流淌的时光，那是最惬意不过的事情了。

　　"翠竹林中景最幽，人生此乐更何求？"蹇叔的生活单纯而悠闲。农忙时和农人一起下田耕犁、刨翻、播种、除草、收获，农闲的时候和邻人一道观泉、登山、捕鹿、捉鱼、阔论高谈。或者一家人坐在一起，享受天伦之乐。这是多么潇洒快意的人生。

研磨时光
YANMO SHIGUANG

小时候,我家的房子也就是一个茅庐了。屋后是一片自留地,父亲在那儿栽种了各种各样的树木。父亲又把房前的那一小块地方开辟成一块菜地,四周扎上篱笆,松了土,打碎了坷垃,打成了垄子,撒上种子,浇上水,没过几天,绿油油的幼苗就探出头来。父亲是个心地善良的人,常把自家的东西拿给更需要的人。他这个村支书应该是村子里最大的"官"了吧,但全家人过着全庄最穷苦的日子。我想,父亲倾下身子欣赏菜苗的眼神该和当年蹇叔耕犁时的眼神一个样子吧。

蹇叔不是锋芒毕露之人,也绝不是平庸凡俗之辈。无论是道德、情操,还是修身养性,都在高雅的志趣中得到锤炼和升华。他又是那种有所为和有所不为的人。他从事劳动,为生活歌唱,为心灵吟诵。他淡泊名利,对世界充满爱心,对未来充满希望。他隐居村野,怀着善良的本性,揣着责任和道义。世界上有千千万万的人在寻求宁静,然而他们一方面渴求内心世界的平静,另一方面又摆脱不了世俗的功利之心的纠缠。只有蹇叔那样的人,才能超脱功利、贪婪、自私、骄傲和野心。

在好友百里奚的举荐下,蹇叔做了秦穆公的右相。秦穆公向他请教治国图霸的良计。蹇叔说:"德义是根本,刑威只能补不足。国家有德无威,国势不张;有威无德,民心不服。必须德威互用,才是立国之道。"("德为本,威济之。德而不威,其国外削;威而不德,其民内溃。")他继续侃侃而谈:"秦与西戎相接,百姓久与戎民杂居,多数不懂礼教,因此应该首先使百姓懂得法律的威严,知事有可为者,也有不可为者;要加强对百姓的教导,使他们知道荣辱;要树立国家的正气,对犯罪的人施以刑罚。这几件事办好了,富国图霸的事才有基础。"

秦穆公问道:"我想称霸诸侯,该从哪做起呢?"蹇叔答道:"称霸诸侯,信义为先。必须三戒:力戒贪图小利、气愤蛮干、急于求成。还得明辨形势,分别缓急。"("毋贪,毋忿,毋急。")他还进一步解释说:"人们吃亏往往是因为贪图小利;失去理智往往是因为愤怒而冲动;做事失误或失败,往往是因为急于求成,而没有细加筹划。只有打下牢固的基础,才能去创图霸的事业。"("贪则多失,忿则多难,急则多蹶。")

蹇叔治国图霸的道理也该是我们立人图强的准则吧。上小学时,我的一位本家叔叔成了我的语文老师,他给我讲的那些做人的道理和求学的方法,让我长进了不少。从小学到初中,我能始终以年级第一名的成绩在同学

中遥遥领先,这都多亏了他给我打下的基础。现在想来,各人的角色不一,但都在自己的角色里尽力做一个完美的自己。在一点上,张老师和蹇叔也应该是一样的。

蹇叔和百里奚在秦国任相兼政时,都已是七八十岁的人了。这种老有所为、老而为之的精神和行为既让人惊奇,又让人佩服、感动。作为杰出的政治家,蹇叔与老友百里奚一起,依靠出众的才智和超群的谋略,辅助秦穆公教化民众,安施变革,兴利除害,使僻处一隅的秦国逐渐强大起来,在其晚年建树了辉煌的业绩。可以说,蹇叔和百里奚的智慧改变了中国历史的进程。秦穆公正是因为得到了蹇叔、百里奚,在他们的辅佐之下才最终成就霸业,成为春秋五霸之一,一个文明程度最落后的小国从此开始领导中华文明。历史上就有了秦无"蹇"不成霸之说。

《古文观止》中有《蹇叔哭师》这一名篇。公元前627年,秦穆公发兵攻打郑国,他打算和安插在郑国的奸细里应外合,夺取郑国都城。蹇叔凭着自己漫长的阅历和丰富的政治经验,根据秦、晋、郑三方情况,将潜在的危险无不向秦穆公一一道出,对"劳师以袭远"的违反常识的做法做了彻底的否定,指出袭郑必败无疑。蹇叔的论战之道几千年来一直为世人称道,被奉为"知己知彼"的楷模。然而秦穆公没有听从蹇叔的正确意见,一意孤行,执意要派孟明视(百里奚的儿子)、白乙丙、西乞术(蹇叔的两个儿子)三帅率部出征。蹇叔实际上已失去了进谏的正常渠道,但他仍然不放弃最后的努力——以"哭师"的形式来进谏。在送别秦国出征之师的时候,蹇叔痛哭流涕地警告官兵们说:"恐怕你们这次袭郑不成,反会遭到晋国的埋伏,我只有到崤山去给你们收尸了。"果然不出蹇叔所料,郑国得到了秦国袭郑的情报,逼走了秦国安插的奸细,做好了迎敌准备。秦军见袭郑不成,只得回师。部队经过崤山时,进入了晋军在那里布下的天罗地网,士卒死的死、降的降。孟明视、西乞术、白乙丙三员大将全都被活捉了。

真正去读蹇叔,真正地读懂了蹇叔,你会领悟,财富、名望、官爵是多么的微不足道。上帝给予人类真正意义上的最伟大的恩赐是心灵的宁静。可是要得到它,无数的人等待了一生。

蹇叔是幸运的。

(2015年11月15日)

研磨时光
YANMO SHIGUANG

油菜花般的清廉

　　三月的相濉大地,像一位走出闺阁的少女,开始向世人展现她的靓丽和俊秀。遍野的油菜花同时绽放,炫目的金黄色彩,为我们绘出了一个充满梦幻的世界,让人迷恋,引人遐想,令人沉醉!从郊外返回家园,带着对那片金黄美丽的依恋,顺手拿起一本书漫不经心地翻看起来。读到范迁,感动于他的一世清廉,犹如人性世界中的油菜花海到了它最美丽动人的时刻。

　　范迁,字子庐,东汉时期沛国相(今安徽省濉溪县)人。相濉大地是一片古老而美丽的土地,这里的每一寸土都积累着秦汉先民的勤劳善良,这里的每一滴水都凝聚着绵绵历史的沧海桑田。数千年来,圣贤流连,名臣牧守,可谓风云际会、兵戎胶葛,演出过许许多多威武雄壮的活剧。相濉本土英彦辈出,名贤不绝,其人其行,犹如日月行天,令人仰止。巍巍士风、清纯至简的范迁就是其中一位佼佼者。

　　范迁在很小的时候就有着报效国家的远大理想,在他筑梦圆梦的同时也造就了一身的正气与傲骨。范迁出仕之初,任为渔阳太守,为戍守边关立下了汗马功劳。范迁足智多谋,常常把来犯的匈奴人打得措手不及。有时半路设伏,阻击匈奴兵;有时将计就计,以其人之道还治其人之身;有时断其后路,使其军心自乱、不战而溃;有时虚张声势,每三人举一只旌旗,马尾拖拽树枝,扫动阵阵烟尘,猎猎狂舞的旌旗声夹杂在杂乱的马蹄声中就像是有千军万马在行进;有时一队骁勇快速的骑兵杀到眼前,在匈奴人完全没有准备的情况下,连中军帐都给挑了。南朝宋范晔《后汉书》卷二十七中记述:"(范迁)以智略安边,匈奴不敢入界。"

　　范迁不仅守土有方,而且还独具慧眼,为朝廷挑选输送了不少干才。范迁手下有一勇将名叫侯瑱,被他委以将帅之任。凡是山谷夷獠不宾附者,范迁便遣使勇将侯瑱前往征伐。牟融的脱颖而出,也有赖于他的力举之功。北海郡安丘人牟融初任司徒府属吏,接着出任丰县县令。在丰县工作的三年中,因为牟融治理教化有方,县里竟没有发生过一起狱讼案件。在司徒范迁的荐举下,牟融升任司隶校尉,再升任为大鸿胪,又升至大司农。短短六年内,由区区一个县令到九卿级京官大臣,牟融打造了官场升迁的神话,这也是对范迁慧眼识才的有力佐证。

正声人去后,公道在人心。东汉著名学者王逸在《楚辞·章句》中注释说:"不受曰廉,不污曰洁。"范迁的高风,为这个注释又作了很好的注脚。范家最大的一笔财产就是几亩住宅地,另外还有祖上传下来的一块不到一顷的荒地。因人口太多,田地不够种,范迁兄长的儿子来信叫苦,想跟他这个朝廷要员讨些好处。朝廷给的俸禄范迁大多用来救济了身边的人,余下的自己都不够用,哪里有闲钱给侄子?范迁毅然把自己名下的那份土地让给了侄子。

为官一生,范迁自始至终廉洁自律,克己奉公,政绩卓著,深得明帝刘庄的赏识。范迁初为渔阳太守,继任雍州刺史,又接镇合肥,后来被调任河南尹,再后来接替郭丹荣任司徒,位于三公之列,相当于现在的国务院总理,主管国家政务,处理国家日常事务。做了司徒之后,范迁还是两袖清风,从不以权谋私。由于家里生活太苦,范夫人常常哭着央求他:"君有四子而无立锥之地,可余俸禄,以为后世业。"

永平八年(65年)年初,范迁死在任上时,家里连一文多余的钱财都没有,剩余粮食还不足一石,连口棺材都买不起,丧事还是刘庄特批大司农府用公款给办了的。《后汉书》中清楚地记载着:"在位四年薨,家无担石焉。"一个风俗淳厚、道德高尚的时代,可以造就一代品格高洁的人。范迁身为高官,节操高洁,一尘不染,他的清廉公正已经到了令后世望尘莫及的地步,以至于难以置信这样的事曾普遍地发生在我们这个古老的国度。在无数道德高士们的以身作则之下,东汉时期民德淳美。

油菜花虽然渺小,但群体总能够创造出波澜壮阔的景象,这也再次印证了个体生存的意义在于种族的繁衍。范迁的清廉故事透着一股油菜花的气息。油菜花的气息充满了一个时节,范迁的清廉之韵是弥漫了千秋的。这种馥郁的永恒性,在于任何一个时代接近他的人都会沾染上花香。愿清廉这种美好的品德之花,在每一个炎黄子孙心田里绽放。

(2014年4月26日)

研磨时光
YANMO SHIGUANG

拜谒虞姬

　　灵璧是孕育着无数美丽动人故事的一片热土。两千多年前,恢弘浩荡、悲壮激烈的楚汉相争的最后决战就发生在这块古老的土地上,四面楚歌、霸王别姬的故事流传至今。虞姬墓作为楚汉战争的重要遗存,千古肃穆,四方景仰。我们今天要拜谒的就是虞姬墓。

　　虞姬墓圆基弧顶,一人多高,直径二三十米的样子,墓拱为青砖所砌。封土上芳草萋萋、枝虬横斜。周围有十来棵柏树、冷杉,没有规则地散布着。一个个美丽动人的传说也借着虞姬墓传播开来。

　　墓地之上以及四周,生长着一种奇特的野草,经春萌夏葳到秋凉时节,西风乍起,野草就会变得一片殷红。那野草殷红的颜色,就是虞姬的鲜血染红的,于是人们便把这种野草称作"虞美人"。乡人们还告诉我们一个奇异的现象,虞美人草和虞美人花,独独在听到《虞美人》这首乐曲时枝叶皆动,而对其他任何曲子都没有反应。

　　墓地上还长着一棵专开白花的桃树,结着苦果,也只独独此处的这棵桃树才结着苦果。当地人继续介绍,这是虞姬长居地下,孤独寂寞,在向人们吐露凄苦的心迹。

　　虞姬墓前,有一块民国十四年重修时所立的墓碑,南向而立,上下两段拼接而成。碑的上方有"巾帼千秋"四个大字,中间是"西楚霸王虞姬之墓",碑两边刻有"虞兮奈何,自古红颜多薄命;姬耶安在,独留青冢向黄昏"的对联。

　　站在古朴静谧的虞姬墓前,眼前仿佛浮现出虞美人衣袖飘飘刎颈而亡的悲凄场景。

　　"力拔山兮气盖世,时不利兮骓不逝。骓不逝兮可奈何,虞兮虞兮奈若何!"霸王饮酒于帐中,无奈地看着面前自己最最心爱的女人。霸王已知大势已去,军营四周响着凄婉楚歌,将士们纷纷离去,现在他身边剩下的已不足千

人。面对自己面前的这个女人,他没有傲气,没有霸气,眼中只剩下一股柔情。

虞姬微笑着迎向这个男人,这个她用尽一世之情深爱着的王者,别人口中的楚霸王。一纤东风,乍起了虞姬楚楚动人的舞姿。没有笙箫,没有丝竹,虞姬一身轻衫,依然舞得那么轻盈如水、那么快速如风。

项羽在低声地吟唱,虞姬也跟着和唱,唱着他们的爱、他们的情,和这一时的忧伤。

"汉兵已略地,四方楚歌声。大王意气尽,贱妾何聊生!"虞姬轻轻抚摩着项羽残留在唇边的胡楂,脑子里往事不断涌起,而这些回忆足以给她做完她能做的最后一件事情的勇气了。虞姬拔剑往脖颈间用力一刎,鲜红色的血从雪白的肌肤中喷涌而出……

"新血化为原上草,香魂先逐剑花飞。"虞姬向颈间决绝的一剑,是她让项羽打回江东以图东山再起的最后激励,是她宁死不为汉人妇的不屈坚贞,是她忧国忧民的仁者情怀,更成就了她对爱的忠贞不渝与痴绝捍卫,其情惊天地,其义泣鬼神!垓下天空的朝霞,从此长红不退。

头顶盔、身挂甲、肩披大巾的项羽,左手抓鞘,右手托起姬妾,圆瞪两眼,神态悲切。头戴桂冠,轻纱紧贴肤体的虞姬面容丰润,凤眼双闭。想起虞姬多年来随同自己南征北战过着戎马倥偬的生活,想起夫歌妻舞的动人情景,项羽悲痛不能自已,不禁放声大哭。

悲痛万分的项羽,把爱姬的头颅藏于甲胄之内,跨上乌骓战马,率众杀出重围。乌江边上,项羽捧出虞姬的头颅,哽咽着,最后一次向妻子痛诉柔情衷肠。身后杀声顿起,追赶的汉军到了。一位老者划着小船,急切地催促着项羽赶快上来。项羽没有动,他放弃了最后生的可能,拿起一把锋利的宝剑,刺进了自己嘶哑的喉咙里,顿时鲜血直流,旖旎起一曲《霸王别虞》的凄婉悲歌。

有风吹来,夹杂着乌骓马最后的嘶鸣……两个形成鲜明对比的形象浮现在我的面前。在北方,一个人为了逃命跑得快一些竟狠心地把自己的一对儿女推下了车;在南方,一个人在重兵围追的死难时刻抱着妻子的尸首拼命地厮杀。在秦王朝政治滑坡的时候,原本没有一尺一寸权位的项羽,奋起于民间,三年时间,就发展壮大起来,率领五国诸侯一举灭秦。他的出现,为中国的历史掀起了一场惊天动地的风云,写下了一段永世不朽的神话。司马迁评价道:"位虽不终,近古以来未尝有也。"项羽的形象没有因那场战役的失败黯然失色,而是以其悲壮、重情和豪气更加熠熠生辉。在我看来,没有项羽就没

研磨时光
YANMO SHIGUANG

有大汉的兴起,项羽推翻秦王朝为此奠定了坚实的基础。什么是胜,什么又是败呢?有时候胜了也是败了,而败了也是胜了。项羽也罢,刘邦也罢,将军也罢,士兵也罢,走着自己的路,做着自己的事,也应该是最心安理得的了。欧阳修说得好:"进不为喜,退不为忧。"这句话很值得人们深思。

为弘扬虞姬文化,灵璧政府开发建设了虞姬文化园。文化园占地三百余亩,分楚汉文化展示区和综合旅游服务区。一期工程"楚汉文化展示区"占地近一百亩,景区建设有虞姬展示区、虞姬享堂、虞姬文化广场、霸王展示区、霸王享堂、亲水平台、景观桥、书法碑廊、虞姬故事长廊、唐河水上景观等重点景点。

园内亭台楼阁,雕梁画栋。在一尊大鼎前面,讲解员给我们讲了虞姬定亲的故事。虞姬出身名门,才华出众,当年仰慕她的苏州后生不计其数,提亲的媒人几乎踏破门槛,可她一概婉言谢绝。一天,虞姬随父到文庙烧香,看着一个个英俊后生对她顾盼神飞,她灵机一动,指着庙中的一口千余斤的大铁鼎说:"谁能举起这口空鼎,我便嫁给他。"话音刚落,但见一身高八尺的壮实武士走上前来,撩起衣袖,轻轻一提,便把千余斤的宝鼎高高举过头顶,连举三次,脸不红,气不喘。这个人就是项羽。虞姬为项羽的英雄气概所吸引,随后与之喜结良缘,举鼎娶妻的故事也传为佳话。

走在虞姬文化园里,仿佛徜徉在两千多年前的沧桑岁月之中。项羽与虞姬,一个是力能扛鼎、气吞山河的盖世英雄,一个是风姿绰约、倾国倾城的绝代佳人。英雄与美人的爱情,在残酷的战争中得到了升华。栩栩如生的雕塑、慷慨凄美的文字、形象传神的图片,生动地展现了虞姬传奇的一生:从出生时的祥云笼罩,到少女时的书香流韵,到与项羽的一见钟情、喜结良缘,到四面楚歌、霸王别姬,完整地展示了虞姬忠贞不渝、舍生取义的爱情。

他们的爱情,也在项羽的鞍马中,踏起红尘里最凄凉的一抹亮色;他们的爱情,也在项羽兵败的垓下,走向了历史的最后;他们的爱情,也因项羽无脸再见江东的父老,走向了寻寻觅觅的绝路。不肯过江东,这是项羽生命的悲惨选择,也是项羽爱情的撼世之举。沧海桑田、浮生如梦,历史的年轮碾过千年,有多少人记得楚汉相争滋生出的恩怨恨仇?而虞姬与项羽的旷世绝爱却千古传颂,鲜活在一代又一代人的记忆里!

漫步在偌大的文化园里,凝神静气地回顾历史、凭吊古人,仔细观赏那些昔日多情善感的文人墨客们留下的诗词、楹联,不禁心生感慨!清人杨兆鋆

的《虞美人》云:"楚歌声逐愁云起,夜帐明灯星。振衣献拭龙,拼取一腔热血洒君前。顾驻无语军情变,似雪刀光乱。桃花片片随东风,化作原头芳草泪丝红。"这是多么凄美的壮怀,观罢让人感奋不已!

在这个当年战争、灾难充斥着每一个角落的地方,我仿佛又听到了一个柔情女子在用她的悲切歌声诉说着对和平和自由的渴望。唱过的歌,爱过的人,做过的梦,已经日渐沉入到历史的长河中。

我的眸光回归到虞姬花上。如绫似绸的花瓣,薄如蝉翼,婀娜多姿,血红的花瓣,红得像燃烧的朝霞。在一簇簇花朵中,仿佛能够看到一缕缕的血迹泪痕。细细的茎,举着如烟的花,带着忧伤的皱褶,滚着浅浅的花边,风来轻舞,像虞姬袅娜的裙裾,在习习凉风中摇曳。

空气中弥漫着虞姬花的清香之气,那是美人绵长的韵味。因了一朵一朵殷红的花,不觉异乡的陌生与疏离,不觉等待的焦急与漫长。一片虞姬花开,惹尽千古遐思。

(2013年10月6日)

研磨时光
YANMO SHIGUANG

人间走了陈晓旭

不知是缘于自己善感的性格,还是基于自己悲情的心绪,读《红楼梦》总感到自己的心和林黛玉贴得特别近。电视剧中,陈晓旭把林黛玉演得是如此出神入化,我便认定了林黛玉走到了现世中,于是痴迷地喜欢上了她。

白天在办公室里备课,突然听到一位同事惊叫:"那个扮演林黛玉的陈晓旭去世了!"

"人间走了陈晓旭,世上再无林黛玉;香魂一朝驾云去,此后哪堪看红楼。"陈晓旭确已去了。一个晓旭走了,一部文学巨著失去了分量。一个晓旭走了,一个时代披上了黑纱。一个晓旭走了,贾宝玉睁了百余年的眼睛是否应该闭了?一个晓旭走了,林黛玉流淌至今的眼泪是否应该擦了?

我一向是不关注艺人的,但陈晓旭的走带给我的是震撼的痛。一生之中,还没有哪一个艺人像她那样在我心中留下那么深刻的烙印。我开始审视陈晓旭走过的路。

短短四十二年的人生历程,晓旭经历了一系列人生角色的大转换。每一次的转化、每一个角色既惊世不凡,又波澜不惊,在这个甚嚣尘上的时代,并不是每一个人都可以做到的。

1965年10月,晓旭诞生于辽宁鞍山。晓旭自幼聪慧,敏而好学,爱好诗歌。十四岁时写的一首《柳絮》洋洋洒洒,至今依然飘飞着淡淡的清香:

  我是一朵柳絮
  长大在美丽的春天里
  因为父母过早地将我遗弃
  我便和春风结成了知己
  我是一朵柳絮
  不要问我的家在哪里

愿春风把我吹送到天涯海角

我要给大海的角落带去春的消息

白色绒毛，随风飞散

1985年，晓旭饰演了电视连续剧《红楼梦》中的黛玉，尽致精妙的表演，深得广大朋友的喜爱。在《红楼梦》剧组里一待就是三年，没有任何表演经验的她把林黛玉演绎得凄凄惨惨切切，其境界至今被许多观众认为无可超越。《红楼梦》后来成了中国电视史上最风行的电视剧，二十一岁的陈晓旭一夜成名。

我们已经分不清了，到底是今天的陈晓旭在走着昔日林黛玉的路，还是昔日的林黛玉托身于今天的陈晓旭。

1988年，陈晓旭在电视连续剧《家春秋》中又饰演女主角梅表姐。

陈晓旭一生只演过这两部戏。"我希望给观众的不光是外表像，还有黛玉的气质也要像，所以我要不断地补充自己的知识。"

1991年，晓旭涉足广告界，加盟长城国际广告有限公司，任制作总部经理。1996年，晓旭创立了自己的公司——北京世邦广告公司，担任董事长。到她因出家退出世邦广告时，北京世邦公司已成为一家年营业额近两亿元的AAAA广告公司。她被评为"2005—2006年度中国十大最具风采女性广告人""中国2005年度经济风云人物"和"2004—2005年度中国三十位杰出女性广告人"。

晓旭的第一段姻缘开始于她在鞍山话剧团工作期间，当时她的同事、同乡、后来在《大宅门》中饰演白家二爷的毕彦君在《大众电视》上看到筹拍电视剧《红楼梦》的消息时，便鼓励陈晓旭去应选林黛玉的角色。在毕彦君的帮助下，晓旭加入《红楼梦》剧组。为了给这段感情一个完美的结局，离开鞍山之前陈晓旭与毕彦君确立了恋爱关系，并在《红楼梦》拍摄结束后领取了结婚证。在《红楼梦》热播后，陈晓旭陷入婚姻危机，最终和毕彦君离婚。

王小帅和晓旭二人相识于电视剧《家春秋》，那时他俩互相颇有好感，暗生情愫，也就开始了他们短暂的恋情。后来王小帅去了福建电影厂，陈晓旭留在了北京，这段恋情也就随之结束了。

1991年，还是北京电影学院摄影系学生的郝彤，在拍摄毕业作品《黑葡萄》时与晓旭相识。郝彤和同学觉得女主角非陈晓旭莫属，于是几经周折找到陈晓旭。那时陈晓旭刚刚结束第一次婚姻，独自漂泊在北京。在陈晓旭看来，郝彤等还是一群毛孩子，于是婉言谢绝。他和同学三顾茅庐，最终以自己

研磨时光
YANMO SHIGUANG

的真诚打动了陈晓旭,她同意出演。拍完戏后,郝彤就经常找理由与陈晓旭见面,随着接触的增多,两个人越走越近,就此结缘。后来他俩一起投身广告界,从最艰难的打拼开始,到最后拥有了亿万家产,可谓一对共患难的夫妻。

2007年2月23日,农历正月初六,晓旭在长春剃度出家,法号妙真。晓旭与佛结缘,潜心修行多年,立志弘扬佛法。陈晓旭远离车马的喧嚣、霓虹的耀眼,用一个完整纯净的自我去追寻一个静寂自由、物我两忘的世界。

晓旭一生广结善缘,乐善好施,先后捐款捐物数千万元。遵照晓旭的遗愿,"陈晓旭慈善基金会"于2007年5月16日创立,这是这位《红楼梦》中的"葬花人"留给世人的最后一缕遗香。"突然我的心明亮了,那个世界仿佛印证了我从小到大对清净仁爱世界的无限向往。我对经中所描述的一切没有丝毫怀疑,就像有人将你心中多年描绘的蓝图突然呈现在你面前那样惊喜、感激。"这是妙真法师虔诚而又感人的话。柳絮的独有情操和魅力,用世界上最轻盈的姿态,又在广袤的天地间弥漫开来。

2007年5月13日,陈晓旭因乳腺癌在深圳逝世。一个人安静祥和地离开,这是一种真正的清新脱俗和上善若水的灵魂升华。陈晓旭的一生终究是与林妹妹的命运如此相似,在锦衣玉食的安然生活后香销玉殒,就此"冷月葬花魂"。

在我的认知里,陈晓旭的身上盈着比林黛玉更可人的好。

"在这个世界上没有偶然的幸运,一切的收获来自于你前生今世的播种和耕耘。"这是陈晓旭指给我们的奋斗道路。

"烦恼有些像浮云,经常飘动,却很快被吹散,很难久留。"这是陈晓旭展示出的生活姿态。

"在我的眼里,没有善人或恶人,只有觉悟的人和迷茫的人。而所有的人都是我的镜子,让我反观自心,精进修行。"这是陈晓旭教给我们的做人道理。

"你做的事情,如果能够是一个真正有作为的事情,这样就幸福。"这是陈晓旭的幸福观。

我的眼前,仿佛出现了仙女手中洒落的花瓣般的柳絮,在和煦的阳光下翩翩起舞。但愿在天国的这位绛珠仙子,会活出柳絮的安静、柳絮的快乐、柳絮的潇洒、柳絮的境界。

(2007年5月27日)

融化的雪糕

一个月前陪一位朋友去了一趟他的老家。朋友的老家在一个偏僻的村子里。

远远地看见村头聚集着一群人。走到近前,才看明白他们围着一个痴傻的中年妇女嬉闹取笑着。妇女站在人群中间,一只胳臂上挎着一个篮子,另一只胳臂伸着,手中紧紧握着几根雪糕棍儿,一脸的茫然疑惑。妇女的面前站着一个七八岁的小男孩。

一个热情的围观者向我们讲述了这个痴傻女人的故事。讲述者作为笑话绘声绘色讲述着,可是烙在心中的却是一个辛酸而又感人的故事。

夏天的一个正午,邻居家的女人把一根雪糕递到孩子的手里,那孩子把雪糕放在嘴里,一点一点地舔食,脸上露出灿烂的微笑。痴傻妇女完完整整地看到了这一幕,那个男孩脸上的微笑刺激了她,她的眼睛闪起了光芒,她的心中有一股热浪在激烈地升腾,一种从未有过的母爱冲动,像曝晒一夏的柴火一下子被一颗飞溅而来的火苗点燃起来,于是就有了要买雪糕送给自己孩子的强烈欲望。在她的心里,雪糕和孩子的笑容紧紧联系在了一起,或者可以说,它带来的将是一种可以触摸的生命激情。

长期以来,女人把自己投放在一个旮旯里,像只蛰伏的丑陋的夏虫,眼巴巴地看着蜻蜓飞来飞去,脸上不敢露出一丝微笑。上帝没有给她一个健全的头脑,她没有能力也没有办法像其他女人那样随意又畅快地表达一个母亲对孩子的爱。她被隔离在众人的世界之外。但是她又和其他女人一样担当着母亲的角色,这是什么都改变不了的事实,上帝改变不了它,周围人的取笑也改变不了它。这一刻女人不由自主地笑了,女人被自己的激情和想法点亮。我想,一个女人,不管她是谁,也不管她是一个什么样的人,一旦心中荡漾起母爱的柔情,那么她就是一朵盛开的桃花,形外质内都洋溢着春天的色彩。

研磨时光
YANMO SHIGUANG

偏僻的村里买不到雪糕，痴傻女人就挎着一个竹篮子向十几里路以外的一个集市赶去。在一个冷饮摊上，痴傻女人用一张皱巴巴的钱买了四根雪糕，然后小心翼翼地放在了竹篮子里，高高兴兴地回家了。

女人在村口碰到了自己的孩子，把孩子拢在自己的面前，拥着孩子仿佛是她一生之中最大的享受，这享受使她从来不知道什么是苦难、忧伤和痛楚。

女人把手伸到篮子里去拿雪糕，这时却怎么也找不到白亮软润的雪糕了，看到的只是几根短而扁平的雪糕棍儿，篮底一片潮湿。女人手中握起雪糕棍儿，仿佛意识到自己作为一个母亲的无能与无助，泪水从眼角边渗出来。

村里的人围过来，你一句我一句地取笑起女人来，嘲笑她竟然不知道雪糕会融化。村民们习惯了对她邋遢的衣着发笑，习惯了对她的痴傻言行评头论足，习惯了看她的尴尬和无助。有了太多这样的习惯，他们又怎么会在意痴傻女人也有她的爱？村民的嘲笑声让女人看到了自己离一个真实的世界有多远，她像个吓坏了的孩子，眼睛里满是惊恐畏惧。

那个七八岁的小男孩从母亲的手中接过雪糕棍儿，认真地审视着，那上面充盈着泥土的颜色，充盈着母亲粗壮的大手抚摸过后的温暖气息。男孩抬起头，看了看母亲，那平和宁静的外表之下，那从容温和的目光之中，有一分母亲对儿子的深深爱意，这爱意不仅表现在雪糕融化后仅剩的棍儿上，还渗透在她最原始的母性怜爱中。母爱浸透在男孩身体的每一寸肌肤，抚慰着他心灵的每一个角落。

小男孩欠起脚，摘下风吹落在母亲身上的一根麦草，右手拿过母亲的篮子，左手拉起母亲的右手，从人群中钻了出去。男孩的头高昂着，母亲脸上荡漾着微笑。一个乡村孩子的快乐，是不能凭借自己高昂的头就能得到的，它需要睿智的双亲、殷实的家庭生活。可是这些小男孩没有，没有能力有。但是我们不得不承认这一刻的小男孩是快乐的，这快乐远远超越了围观人群的嘲笑。

后来再次遇到朋友提及这件事时，朋友告诉我那个痴傻的女人死了，为捞一只无意遗落的孩子的鞋溺死在村头的河沟里。村民将女人的尸体打捞上来时，发现女人的手中还死死攥着那只鞋子。

这个时时被人取笑的痴傻女人，不曾招惹起一点点同情与怜悯，然而最后在最平实的举动中让人们体会到一个母亲的善良和慈爱。一生之中痴傻女人不知摔打过多少家什物件，唯独没有打过孩子一巴掌；做什么事情上都

糊里糊涂,唯独在爱孩子上明明白白。一个智障的女人不只是驼负着一个母亲的空名,她也把自己的母爱留在了人间,留给她的孩子永生无法回报的刻骨铭心的恩情,尽管她的方式与结果与众不同。

我无法想象一个痴傻女人是怎样在水中拼命挣扎喊叫,也无法想象她在痛苦挣扎中是如何抓住那只漂走的鞋子。也许在痴傻女人的心目中,死根本就不可怕,它如同诞生新的生命一样,是大自然轮回中的一次原始回归。我无法以一种超越人性的审美眼光来远眺这个残酷,但是我还是愿意相信是梦想的幸福带走了她。有时候死亡也是上帝的一种青睐,没有缘分的人无法开启这扇森严的大门。低头看自己的鞋子时,我的心中就多了一分感动。

朋友特意提到了那个孩子。男孩来到集市上手持一张皱巴巴的钱要买四根雪糕,男孩清晰地记得母亲就是用一张钱买了四根雪糕的。男孩站在母亲的坟前,等母亲回来,要把四根完整的雪糕送给她。

朋友告诉我,痴傻女人走的时候,一棵树在风中招摇,田野里一个劲地泛着金黄。我猜想着:男孩也一定记住了自己的名字,也一定知道了再也不能等待母亲的召唤了,他要自己走上前去,沿着母亲的心境,把童年一点点撕碎。

(2004 年 9 月 22 日)

研磨时光
YANMO SHIGUANG

拾荒的老太

　　黎明前的天气，就像炎炎夏日刚刚倒入杯子里沸腾的开水，让人喝不得，也急不得。由于要赶做一份上报材料，我早早地起了床，急匆匆地往办公室赶。工作上要做的材料特多，各种各样的争先争优、迎检迎评抢着挤着地涌出来，我总逃不开项目、方案、督查、总结这样的事儿，做完了一样，另一样又来了。在电脑的面前，想到头脑晕，瞅到眼睛干，敲到手指疼，坐到腰背酸。唉！工作就是这样没完没了的累。按时上下班对于我来说是一件奢侈的事情。

　　两个多小时过去了，材料做好上传后，天发亮了，人也感到饿了，我便离开办公室去买早点。找遍整个办公室，却发现装钱包的手提袋不见了。钱包里有身份证、工资卡和六百多元现金。于是沿着来时的路寻找而去。

　　走到居住小区的大门口，迎面走来一位拾荒的老太。老太见我东瞅西看、一脸着急的样子，就走上前来，举起一个手提袋，问我是不是在找这个。原来我在下楼时，顺便把门旁的垃圾袋捎带到楼下，由于心思都在材料上，所以在把垃圾送进垃圾桶时，无意中把手提袋也丢了进去。老太太在翻捡垃圾时，发现了这个崭新的手提袋。老太拉开手提袋，看到了钱包，就知道是个粗心的主儿误把手提袋当成了垃圾丢了进来。老太心想失主一定会回来找寻，于是就在垃圾桶的旁边耐心地等着。

　　六百多元钱对于普通家庭来说可能算不上什么，可对于一位拾荒的老太来说，这足以算得上不小数目的一笔钱。面对意外得来的钱财，拾荒老太没有犹豫，等了一个多小时，把原封未动的钱包还给了我。这样的举动，让我心怀感激，也倍感震惊。

　　我抽出一百元钱给老太以示酬谢，她却怎么也不肯收。"不是俺的钱俺不要。"老太说完这句话转身走了，脸上带着笑，笑得很开心。老人的笑，就是

一枚绿色的橄榄,让人在慢慢的咀嚼中,品咂出可心的温暖。

从此,我开始关注起这位经常来小区捡拾破烂的老太。

老太几乎每天都要早早起床,用颤抖的手解开锁在家门口栅栏上的三轮车,在天亮之前,赶到附近的菜市场和住宅区,开始她一天的"工作"。老人骑着破旧的三轮车穿行在大街小巷,车上满载着从街头巷尾捡来的人们丢弃的废纸、布料、包装盒和塑料瓶。老人瘦弱的身躯伏在车上,弯弯的,苍老而单薄,仿佛一阵风就能吹走似的。一条道上,挺直了身子的人能走,弓着腰的人也能走。老太就这样一路走了过来。

走一小段路程,老太就得在路边停下来歇一会儿。三轮车并不沉重,一个白发苍苍的老太骑着三轮车就显得异常沉重。毒辣的日头无情地摧残着她的脸,她却把一脸最美的笑容留给了夏天。能在风吹雨打中笑出声来的人,还有什么能让她惧怕的呢?

老太什么都不怕,不怕破旧的窝棚倒塌在倾盆大雨中,不怕刚刚破土的幼苗在干旱的季节里全部枯萎,不怕捕捞鱼虾时跌落在泥水里,不怕轻视的目光在她的身上舞蹈……旗帜能高高地飘扬在旗杆上,破烂的衣衫就能在老太太身上飘扬。飘扬是对风的一种响应,也是对风的一种挑战。

老太来到了一片荒地前,脚下已没有路可走,老太就把脚下当成了新的起点。垃圾堆是灰暗色的,静静地卧在角落里。可是在老太的眼里,垃圾堆是光芒四射的,照耀着她心中的一个希望。

老太把三轮车停在旁边,拎着自制的一头带着铁钩的木棍,一步一步缓慢地朝着垃圾堆走去。那脚步声中夹杂着希望,更确切地说,那是一种不屈。肮脏的纸袋,破碎的塑料,以及凌乱的布片被老太一点一点地捡起来。抖落上面的泥土,轻轻地掸平,折叠起来,很虔诚地放到三轮车里。那是老太用一根带着铁钩的木棍写就的一篇篇作品。

老太就喜欢站在三轮车旁,眼睛一直盯着车上那堆被她一点点叠起的东西,像一位初为人母的少妇,满怀喜悦地注视着刚刚出生的婴儿。

别人当作垃圾丢弃的东西,老太把它当作宝贝捡拾起来。在老太的眼里,世上根本就没有废物和垃圾,一切能捧在手上的东西都是宝贝,尤其是在用心凝视它的时候。

老太攥着右手,胳臂往里缩了缩,甩出端头的袖子,把整个右手遮挡在了里面。有殷红的血一滴一滴地往下滴淌,那是一片片花瓣在风中洒落。老太

研磨时光
YANMO SHIGUANG

没有马上离开,静静地站在那儿,汗水湿透了老人的衣服。风来了,有一种民间小调从老太的嘴中飘出来:

　　七月里来十七八
　　一家子老少都去忙庄稼
　　粮食归仓草归垛
　　砍罢了秫秫拾棉花
　　……

　　凡俗的民间小调,在无边的荒野里悠悠回荡。就这样,老太太心甘情愿地劳碌着,顺理成章地满足着,也心安理得地快乐着。快乐就是幸福啊!从老太身上,我想到了昨天车站见到的一幕。一对聋哑夫妇,从公共汽车上下来,站到街道的一角,女人从破旧的手提包里拿出一瓶喝了一半的矿泉水,递给丈夫,男人接过来,喝了两口,又还给了妻子,女人接过来,喝了两口,又递给了丈夫。两个人脸上荡漾着会心的微笑。这不也是一种幸福吗?其实,幸福就是一种心情,从来不跟钱财权势和社会地位画等号。只要有种舒畅快乐的心情,那么,不管他是谁,身处什么样的生活环境中,也不管是什么样的事,他就是幸福的。这样想来,所有的烦恼和疲惫,在老太的小调吟唱中,都开成了美丽的花朵。

　　老太一个人生活。在一个昏暗的小巷道口转弯处,低矮的房屋,如同老人外表一样简陋。巴掌大小的空间里,堆满了捡来的废品,一张简易的床占了将近一半的空间。床的旁边就是锅灶,灶台边的篮子里放着半截南瓜。沉闷寂静的空气中,老人用老树皮一样的双手擦拭着锅碗瓢勺。我想,中国人的俭朴品性,大概就是这两只手擦出来的吧。

　　二十一年前,孤寡的老太在垃圾堆旁发现一个被遗弃的女婴,二话没说就将孩子抱回了家中。从此,在那间日渐破损的小屋内,多出了奶瓶、尿布、玩具、一个女婴的哭声……生活负担重?老太从没有觉得,她就觉得有自己一口饭吃就有女娃一口饭吃,有一个娃儿和她说话,这样就挺幸福。老人的慈爱,像一条不息的河流,喂绿了女娃的春夏秋冬。老太冰凉的手裸露在外面,将笑语溢满茅棚全部的空间。

　　二十一年后,女娃长成了大姑娘,考上了承德的一所大学。从此老人用心地做着三件事:捡破烂卖钱、给女娃寄钱和站在路口守望女儿。老人期盼着学生放假的日子,到那时,牵挂和关爱就成了餐桌上招待女儿最丰盛的一道菜。老人布满皱纹的脸仍在期待着未来的时光。

老人的身子骨一天不如一天了,走起路来也吃力了许多。有一次,我经过老人的住处,无意中问了老人一句:"你有没有想过以后的日子怎么办?""这一辈子就是吃尽苦头,也不会低下头去沿街乞讨。只要自己能动一天,就想办法养活自己一天。"老人说话的语气迟钝且缓慢,但明显含着决心和坚毅。

老人送我到了门口。老人站在阳光下、风口中。风有些生硬,阳光也有些刺目。老人的影子也变得越来越短了。在老人的注视中,我是否能走成一道温馨的风景?

也许拾荒的老太是微不足道的,但就是无数个这样的老太扮靓了人类的道德良心和价值取向。佛祖拈花,迦叶微笑。我印象最深刻的,就是老太脸上时刻挂着的微笑。这笑,也就是整个世界了,把一生的光阴凝成时光长河中那一瓣恒久的心香。我从老太身上认识到了劳动的真实意义,也学到了顺其自然的人生姿态。老人的微笑,是一曲清远、悠扬的笛音,奏响在我深一脚浅一脚的生活之路上。

回到工作岗位上,我的心情好了许多。我在电脑屏幕上看到了五彩缤纷的生活色彩,我从油墨芳香中嗅到了沁人肺腑的甜蜜味道。渐渐地,我明白了,一个忙碌的人才是拥有时间最多的人,因为他把大部分时间都收归了自己,快乐了自己,也成就了事业。忙碌,就是一杯浓浓的咖啡,起初的苦涩,酿就最终的甘甜,让人心旷神怡。带着微笑,带着好心情走下去,平淡中有真味,忙碌里有快乐。我的快乐就是拾荒的老太带给我的。

(1999 年 6 月 11 日)

研磨时光
YANMO SHIGUANG

春天的阳光

春天的阳光,温情脉脉,无论你处在什么心境,一经它的抚摸,就会感到暖融融、飘飘然。

趁一个周末的时间,我回了一趟老家。老家是一个没有院墙的院落,两间破旧的泥墙堂屋,前面脱落得不成样子,东墙裂了一个大口子。没走出家门之前我们就住在这个房子里,如今父母和两个弟弟依然挤住在这里。

第一次走出家门,是娘含着爱怜、高兴、担忧、恋恋不舍的泪水将我送到村口。走得很远了,回过头去,看到娘仍一个人站在村口,朝着我的方向张望。

仍清晰地记得上师范时第一个假日回家的情景。家里没人,我便向庄稼地里走去。一地的人都在挥动着镰刀收割着成熟的麦子。有人看到了我,立刻跑到娘的面前,指着我的方向大声地告诉她:"看,你儿子回来了!"

娘猛然抬起头来,放下手中的镰刀,坐在地上抽泣起来。我知道,那是娘思念与惊奇交加的泪水。娘每时每刻都在牵挂着儿子,担心着儿子的冷暖,儿子是娘的心头肉啊!

看着娘握着镰刀的手,我的心在流泪。看着那瘦弱的身影,我的心在滴血。母亲汗流成河,才撑起这个家,然而我却无力拯救起淹没在母亲汗水中的这个家。

每次回来,看到的都是母亲疼爱、思念的无语凝噎。有一次回来,娘正在门前的压水井前压水,一眼看到我回来,想张口喊我的名字,却一时激动,竟说不出话来,一把把我搂在怀里,大滴的眼泪扑簌扑簌地往下掉。

娘不爱说话,善良得近乎逆来顺受。父亲在大队里当着干部,在家的时候很少。尽管身体十分羸弱,娘总是早起晚睡,白天干地里的农活,晚上还要忙烦琐的家务。有时父亲喝醉了酒很晚回到家里,娘还要耐心地服侍父亲,听他没完没了地唠叨。心里实在难受了,就一个人找个没人的地方把泪水悄

悄咽进肚子里。

每次回到家里,娘就会为我做最好吃的。娘在锅屋里一边揉着被炊烟熏得发红的双眼,一边吧嗒吧嗒拉着风箱。最爱吃母亲亲自做的烙馍,最爱喝母亲做的面筋汤。在当时,白面烙馍和鸡蛋面筋汤是农村最大的奢侈。母亲把这最大的奢侈留给我一个人,自己去啃那干硬的黑面窝头。我不忍心看着年幼的弟弟眼巴巴地看着我独享这"美餐",分一半给弟弟,弟弟欣喜地端起碗,但很快又推给我,一脸的若无其事:"哥还是你吃吧,娘说了,以后收的粮食多了,会再给我们做的。"

如今,母亲老了,无力再为我做那白面烙馍和鸡蛋面筋汤。但每次回来,母亲嘴里总是不停地念叨:"孩子最喜欢吃我做的烙馍和面筋汤。"话语中带着歉意和遗憾。

我多想再吃一张母亲做的烙馍,再喝一碗母亲做的面筋汤啊。我把这看作我一生中最大的欢乐和享受。是娘的白面烙馍,磨炼了我面对困境的坚韧性格;是娘的鸡蛋面筋汤,练就了我心灵深处的寸寸柔肠;是弟弟的懂事,拓展了我悲天悯人的宽大情怀。

在母亲的眼中我有出息了,是很幸福的。可这十几年的跌跌撞撞、磕磕绊绊已将我折磨得面目全非了,我不可能将这些告诉母亲。我无力回报母亲的恩德,我更不能再增添母亲的忧愁。……

不知从何时起,我有些麻木了。经过娇艳的花草、青翠的树木,走过平坦的大道、坎坷的小径,无心走着与己无关的条条道道,无心地谈着与己有关的人人事事,心头没有温存,没有热情,没有凄然,没有悲凉。

回到了家里,春日的暖阳又照在了我的身上。想念娘,想回归到那母爱的芬芳里。

(1997年3月20日)

研磨时光
YANMO SHIGUANG

写 给 母 亲

　　小时候，我喜欢站在门前的树下，或者蹲在屋后的草地上，想着一个个故事，或者编织着一个个幻想。我的家就在一条河的岸边。我是秋天里的孩子，我喜欢落叶和裸露出来的发黄的草根，我喜欢看被云彩遮挡住的太阳，我喜欢刮来又刮去的一阵阵秋风。许多故事和幻想，过了也就忘了。有时回忆起来，就像从地上捡起枯萎的落叶，没有了最初的颜色和形状。

　　我渴望着，也惧怕着，那些被幻想色彩紧紧包裹着的幼稚的故事与幻想，我不知道是任其销声匿迹好，还是重新找到好。幻想和故事成为内心舞动的旋律，像有一条看不见的线与记忆捆绑在一起。记忆也不是准确的。时间是混乱且模糊的，夏天可以飘起雪花。空间是混乱且模糊的，海洋里可以生长森林。人物是混乱且模糊的，我可以就是他。事物是混乱且模糊的，鸟的声音可以用来作画。语言是混乱且模糊的，出口的话掉落在地上，可以好看，也可以不好看。

　　混乱且模糊的世界给了我一个深刻的童年，一种独特的性格，一条清晰的小路，一段灰色的记忆。重复着一个调子，一种颜色，一种心情。但是，在混乱且模糊的记忆中，有一种影像是永远清晰的，那就是母亲面朝黄土的身影；有一种声音永远是清晰的，那是母亲呼唤我的声音。所以，关于母亲的话，还要由我自己亲口对母亲说。

　　"孩子，你回来吧！孩子，你回来吧！孩子，你回来吧！……"

　　当我在村外的树林里迷途的时候，当我在庄头的小河里溺水的时候，当我受到突然的响声惊吓的时候，您总是这样呼唤着我。您就是这样呼唤着我，因为我的点滴闪失都牵连着您的心，也揪痛了您的心。

　　您总说您给不了我什么，只能默默、默默地一声一声把我呼唤。呼唤我的名字，等待我的归来。你总是语重心长地告诉我，先有一次次的出行，才有

一次次的归来。你呼唤着儿子的归来,也是在准备着儿子的一次次前行。

母亲,是您用自己撕心裂肺的疼,给了我生命。是您,给了我生命的第一声啼哭;是您,给了我生长的乳汁;是您,教我牙牙学语;是您,扶我蹒跚学步……我知道我的每一步,都踏痛了您的心,我在您的心路上顽皮、任性。

您是一个不识字,甚至有些愚钝的女人,可是您的话我最听,也最信。我知道,即使所有的人都对我背身而去,仍有您笑着面对着我。这世上也只有您能分担儿子的忧愁,体谅儿子的难处,包容儿子的过失;也只有您给予儿子的疼爱最真最实。我就是在您欣赏的笑容里一次次抬起头来,也就是在您鼓励的注视中一次次迈出了脚步。您也总是在我抬头的时候数着心跳,在我迈步的时候忍着泪水。您倚着门框,用力掸尽围腰上的泥巴与灰尘。您掸去的又不仅仅是泥巴与灰尘,还有痛苦和贫困。在那个饥馑的年代,您把热腾腾的饭菜端到儿女面前的时候,总是说自己一点儿不饿。您一顿不饿,两顿不饿,三顿还不饿……您一天不饿,两天不饿,三天还不饿……在您的心里,儿女的笑脸成了最好的饭菜,有儿女的笑容填满眼睛,您真的一点儿没有了饿的感觉。

为了儿女,为了这个家,您不足百斤的单薄的身量却要把将近两百斤的装满粮食的麻袋扛在自己瘦弱的肩上。您心甘情愿把重负扛在自己的肩上,为了儿女,为了这个家。您使劲地扛着,艰难地走着,跌倒了,您不去抚摸腿上划破的伤口,不去擦拭流淌的鲜血,不去揉搓崴了的脚踝……你竟发疯般地护卫着粮食,紧攥着袋口,生怕有一粒粮食溜走。我分明看到您的心血顺着挥洒如雨的汗水流淌,而您的脸上仍是宽慰儿女的微笑。您微笑着,向着您的儿女们。您总唠叨着这么一句话:作为一个母亲,如果不能让儿女生活得快乐和幸福,那我还算什么母亲。

你做不了什么惊天动地的事情,每天就是扫地洗衣,拾柴堆禾,烧火做饭,锄地除草,喂鸡喂鸭,养猪养牛。要在一天之内把这些全做一遍,那该多么的艰辛与劳顿。在儿子的心中,您是一个了不起的母亲,您是世界上最伟大的母亲。为了给儿女筹集学费,您一次次走着十几里的崎岖坎坷的土路,背着一大筐萝卜和白菜,站在集市的菜市场上,声声叫卖着汗水和血液。是啊,那不是汗水,不是血液,那是农家粪水和泥土喂养出的甘甜和清脆。

母亲,我知道您那时最会苦日子甜过、穷日子巧过。您那双手,不仅调剂了一家人单一的口味,更调和了我们生活的气氛。与炒熟碾碎的芝麻一起掺

研磨时光
YANMO SHIGUANG

水滤汁的柳叶一直香飘到今天的餐桌上,面条中那丝丝缕缕的野菜一直鲜美着今天的口味。您那饱经沧桑的脸和脸上满布的皱纹教育了我,让我的姿态中没有屈服,让我的信念中没有放弃。当您终于看到了一个坚强的男儿走出了农家低矮的屋檐,您笑了,那是您最开心的一刻和最灿烂的一笑。您一门心思地用手指从坚硬的土地中抠出一粒粒闪光的希望。您那粗糙的双手和手上的老茧教育了我,让我懂得了凭良心做人和凭本事做事。您很欣慰,您踩下的脚印终于渗出了微笑,渗出了一条明亮的小道。

每次提到儿子,您总要说到有一个晚上我为您端来了一盆洗脚水。我为您端来洗脚水,因为我知道握母亲的脚在手,其实是握住自己的命运。命运就是这么不留情面,岁月的风霜染白了您的头发,吹皱了您的面容,浑浊了您的眼睛,也消磨了您的记忆。可是您还是凭着一颗执着的心,让一个崭新的呼吸开始了漫长的旅程。

母亲,您的一生,大半时间是在田埂上走来走去。您的身子躬在田埂上,单薄的脊背,竟然让太阳面生怯意,让月亮心存羞愧。您背醒了草长莺飞,背睡了蝉叫蛙鸣。您躬在田埂上的特别动作形成了一种定格,永远扎根于我的脑海中。我知道您是想营造一种幸福,您想用一种幸福严严实实地把儿女的灵魂和身体包围。您自己虽然只是一棵普通的小树,但您期盼着养育的所有枝叶都能葳蕤茂盛,都能远远高过您的头顶。

我终于扯着您褪色的衣襟长大成人,在贫困中您尽了一位母亲最大的责任。高过您头顶的我却愈行愈远,留给您的永远只是背影,一次次的背影。您把我移交给了世界,从此,我就不仅仅属于您了,我属于了整个世界。可是,我知道,您是用漫无天际的失眠、泪水、守望、祷告和挂念,来承担这个世界对一个平凡母亲的掠夺。您像一只善良、孤独、失去生存能力的狼,躲避和外界的接触,反复地回忆着、重复着哺育的姿势与过程;您像一堵历经风雨剥蚀、摇摇欲坠的土墙,坚持着,反复地回忆着曾经的厚实与坚硬。您并不丰硕的乳房在屋檐下亮着福光,带给儿女们一生的祥和与安宁。

后来您再也干不动田间的农活了。年迈的您渐渐养成了一个习惯,每天步履蹒跚地来到村前的马路边,一站就是一天。您看着东来的车辆,一点不敢走神。因为每一时刻、每一辆车都可能载着您的儿子归来。我回来了。可您已不能再站在那条马路边。您瘫痪在床,不能动弹,不能言语。当我双膝跪下,喊了您一声母亲,您就闭上了双眼。您的脸上是一片灿烂的笑容。

看着您最后留下的笑容，我知道您是用最后的一缕微笑深深地感谢命运。您感到自己最高兴和最得意的事情，便是今生成为母亲。您成为一个生命体验完全的女人，您在母亲这个角色中承受了命运带来的许许多多不可预测的苦难与历练。可是您不曾有过一个快乐与幸福的日子。我曾许下"孝"的心愿，可是时间太残酷，当我有了这个能力的时候，一堆黄土把您和我就这样无情地分开了。您走了，遗留给我的是永无偿还的遗憾。

母亲，您虽然离我而去了，却把爱的影子永远地留了下来。您教会了我去尊敬和热爱一切以坚韧拥抱艰辛的生活、绝不因茹苦而撒手的女人。我在苦苦地寻觅着，想从我所喜欢的女人身上找到母亲的影子。可是没有了您温情的注视，我无论怎么微笑，都无法让生活生动起来。

母亲，你就是儿子的天啊！有了你，天底下才有最温暖的阳光和最自由的呼吸！

儿子又来了，还想凭借一串鞭炮、一扎黄纸，再一次向您诉说一番心事。

母亲，您曾一次次告诉我不要害怕，您曾一遍遍对我说您的生命与我的生命会以另一种方式联结起来，因为您在眼睛之外还有眼睛，耳朵之外还有耳朵，心思之外还有心思，生命之外还有生命。母亲，我抓住了您生命遗留的音符，一刻不敢放手。想起了您，一股力量就涌遍了我的全身。母亲，您知道吗？就像枯萎的稻禾怀念淅沥的雨水，冬天的鸟雀怀念远处的树巢，入尘的石子怀念挺拔的大山——我怀念您温暖的怀抱。您的音容笑貌、举手投足，甚至是一个背影，都成了我漂泊生涯中最可人、最隐秘、最温暖的寄托。你在哪里，家就在哪里，脚步的方向就在哪里，无论您居住在地上人间，还是地下黄泉。母亲，我带着绵绵的孤寂和一身的疲惫，想回到家里，回到您的视野中，回到您的怀里。

"孩子，你回来吧！孩子，你回来吧！孩子，你回来吧！……"母亲，您的呼唤声又一遍遍在我耳边响起，一遍比一遍清晰。可是，母亲，我还能回来吗？

每每想起母亲的时候，我就喜欢一个人独处，那个时候总会不由自主地垂下眉来。我把自己置身于路人的喧嚣和视线之外。想念母亲的感觉，纯粹，不需要修饰，与其他的一切都是无关的。如果可以抓得住的话，我会永不放手。

我想念我的母亲。

（2002 年 4 月 5 日）

研磨时光
YANMO SHIGUANG

宝　　宝

　　外孙子还没有出生的时候,女儿就给他起了一个好听的名字叫"何亦辰",女儿取这个名字自有她自己的寓意。我喜欢这个名字,是因为它在一定意义上与我有了联系。我的属相是大龙,宝宝的属相也是大龙,"亦辰"就有着"也是大龙"的意思。外孙子出生后,我们还是喜欢亲昵地叫他"宝宝"。

　　宝宝五官端秀,额头饱满,皮肤娇嫩,小脸胖嘟嘟的,下巴圆乎乎的。更为可爱的是,淡淡的眉毛下面,一双水灵灵的大眼睛,像一对黑亮的珍珠闪着灵动的光芒。微翘的鼻头下面,是樱桃一样可爱的小嘴。

　　为了照看宝宝,妻子辞去了学校的工作。她把所有的心思都放在了宝宝的身上。每当抱起宝宝的时候,她总是小心翼翼地让他平躺在自己的腹部,让头贴着胸脯,两条胳膊环抱在宝宝的身体两侧,用心地防护着,再用两手轻轻地扶着他的双腿。在这样的姿势里,宝宝可以躺上半天不哭不闹。妻子最爱用额头对着额头和宝宝不停地亲昵,有时用手握住宝宝的小手和小脚亲个不停。宝宝躺在摇篮里的时候,妻子就抓住宝宝的两只小手轻轻地摇来摇去,看到宝宝张着薄薄的小嘴笑,还不时地发出"啊、啊"的声音,妻子脸上的笑意也开成了一朵恣意的莲花。宝宝无论怎样的一个举动,在妻子的眼里都是那么的好看。妻子疼起外孙子来,远远胜过当初疼爱自己的儿女,她看不得宝宝受一点风寒。宝宝因生病哭起来的时候,妻子疼得比宝宝哭得还厉害。祖辈远胜父母的这种隔代疼爱是中国当下普遍存在的现象,在妻子的身上表现得尤为明显。

　　星期天我不上班,在家帮着照顾宝宝。宝宝哼哼叽叽的,怎么逗都不高兴。女儿估摸着可能是宝宝饿了,就赶紧去冲奶粉。看到妈妈冲奶粉,宝宝就像军人听到号令召唤一样,快速利索地躺到了床上,小肚子一挺,乖乖地等待着。等冲好后递过来,宝宝两手自然而然地捧着奶瓶咕嘟咕嘟地自己喝起

190

来。我一看就愣了。女儿告诉我,这是宝宝喝奶的习惯,每次喂奶都是让宝宝躺着喝。只要宝宝想喝奶了,不管在哪儿,看到奶瓶都会直接躺下去。趋于习惯和遵从习惯也是人与生俱来的本能吧。不是吗?人的成功往往得益于一个良好的习惯,在这个世界上,没有反复、没有坚持,多少人成了昙花、成了流星。

宝宝不到一周的时候就会说话了,而且发音十分清晰,听起来一点儿都不费劲。起初只能用一个字表达,如"宝,喝"、"宝,哭",后来就能用两个字、三个字说话了。生病住院的时候,我去看他,身子刚刚贴近他,他就张开小嘴对我说:"宝宝,生病,住院,打针。"很多宝宝遇到不适只是一个劲地哭,常常让家长手足无措,但宝宝总能用清晰的语言表达自己的感受,所以在处理宝宝的事情上,我们省了不少心。宝宝不仅说话早,说话清晰,而且特善于表达,只要有人挨近他,他就会主动和人说话。宝宝是一个善于表达的好孩子。说到善于表达,我想到了杨利伟。我国首次载人航天飞行成功后,中国第一个进入太空的宇航员杨利伟一时间家喻户晓、妇孺皆知。航天部门的领导们说,杨利伟之所以最终被选中,其中一个主要因素就是他善于表达。在有三人作为首飞候选人的时候,领导为难了,这三个人各方面都很优秀,难分伯仲。考虑到我国第一个踏入太空的宇航员,势必会受到全世界的瞩目,要接受各大媒体的采访,出席各种活动,进行巡回演讲等,所以最后决定让在口才上有明显优势的杨利伟进行首飞。杨利伟就是在善于表达上走在了竞争者的前面,因此他就脱颖而出了,他的人生也因为这一次的脱颖而出而变得格外精彩。善于表达,更易获得成功。我也期待着宝宝能把自己的这个优点发挥到整个一生。

和其他的娃娃一样,稍大一点的宝宝特别爱看动画片。宝宝常看的动画片有《大头儿子小头爸爸》《熊出没》等。都说娃娃的注意力集中时间短,可宝宝看起动画片来,半个小时,甚至一个小时都一动不动。这让我想到了自己的儿子。儿子天资聪颖,就是在学习上欠缺功夫。有次谈话中,我向他大讲勤奋用功的意义和作用,到了最后儿子辩解式地对我说:"爸,不是我不肯用功,是我确实对这个专业不感兴趣。你看,我在练习吉他时,一坐就是几个小时,甚至十几个小时,可以不吃不睡,甚至手指磨出了血,血淌了一地,我都不会停止练习。在喜欢的事情上我是从来不惜力气和精力的。"我这时才真正意识到,兴趣在一个人的一生中所产生的巨大影响。人大抵如此,在自己喜

研磨时光
YANMO SHIGUANG

欢的事情上,有着超乎寻常的毅力和耐力。孩子的世界是五彩缤纷的,只要是他们喜欢、感兴趣的事情,就放手让他们自己遨游吧!

有次妻子问宝宝:"你喜欢外婆吗?"宝宝小头一昂,很兴奋地回答:"喜欢!""你为什么喜欢外婆呢?"妻子接着问。"没有外婆,我就不能成功。"不到两周岁的宝宝把从动画片中学来的一句话用得如此恰如其分,竟让妻子惊喜地流出泪来。

有一次带着宝宝回乡下的老家。邻居的一只老母鸡在门前悠闲地寻觅着食物,宝宝轻轻地走到老母鸡的面前,微倾着身子,探出小头,柔声地问老母鸡:"你叫什么名字?你今年几岁了?"他把大人们经常问他的话以及那种表情,模仿得惟妙惟肖,逗得大家大笑不止。两到三岁是孩子塑造自我人格的关键时期。父母对孩子的影响是巨大而深刻的,在父母亦长亦友的悉心呵护、精心鼓励和耐心教导中,孩子会一步一步走上道来。我也希望我的女儿能明白这一点,坚持这一点。

还有一次,外婆不小心碰掉了餐桌上的一只小勺子,宝宝就走过来,模仿着妈妈平时教育他的口气教训起外婆来:"这样,对吗?错在哪里,知道吗?"

宝宝极强的模仿力和善于学以致用的一个个趣事,也给了我一种启示:人常常是在模仿中长见识,在学以致用中提高和完善的。我这个从事教育工作几十年的人,这时通过宝宝的印证,也更加认定了"模仿"和"运用"这样一种教育理念。

妻子生病了,心中郁闷难受,说着说着就哭了起来,倒是宝宝第一个走到外婆前,扯着外婆的衣襟,柔声劝慰:"外婆,不哭!外婆,不哭!"

宝宝正在床上全神贯注地玩妈妈刚给他买来的玩具救护车,我凑了过去。正一个人玩得起劲的宝宝不想让人打扰,就先把救护车的车灯打开,然后轻声地对我说:"车灯亮了,照人的眼睛,一会眼睛瞎了,就看不见了。"小家伙没有直接拒绝我的接近,竟学会用这样警示性的语言劝我离开。不到两周岁的娃娃也会利用起语言的技巧来。

餐桌上,有时有一些不适宜宝宝吃的食物,宝宝很好奇,对新鲜的东西也想尝一尝,所以总是问:"这是什么?""那是什么?"女儿和妻子就会婉转地告诉他:"这个菜很辣,宝宝不能吃!"于是在宝宝的面前,夹起一口菜放进自己的嘴里,装出很辣的样子。后来,女儿和妻子喂宝宝饭食的时候,遇到不喜欢吃的东西,他也就学着大人的腔调说:"这个辣,宝宝不能吃!"

宝宝是全家的开心果。宝宝抬头一笑,笑得全家人心花怒放。手触摸到他那不胖不瘦的脸蛋上,体验到的总是一种甜蜜蜜的感觉。生活中宝宝的乐趣越来越多,大人们的笑声也就越来越多。我每天上班,总有一大摊子事情要处理,撰写上级为着某个专项活动需要的工作方案或工作总结,为着规范办学或均衡教育下乡检查,对局长信箱的一些群众反映的问题进行调查和答复,参加各类会议……拖着疲惫的身心回到家里,逗一逗宝宝,一切辛劳和不快也就烟消云散了。宝贝一天天地长大,每天都在进步着,也每天都在给我们带来惊喜和感动。

　　十一月份,女儿带着宝宝回他们自己的家了。宝宝走后的那些天,我和妻子总有些魂不守舍的感觉。宝宝那可爱的模样老是在眼前转悠,不招自来。那份日思夜想的心情,是还没有当爷爷、奶奶、外婆、外公的人们很难体会得到的。周末陪妻子在外面转悠,看见有人带着小娃娃,妻子总忍不住要走向前去搭讪两句:"几个月了?""这孩子真可爱!"嘴里说着,心里就开始和宝宝作比较了:没有宝宝的脸蛋好看,没有宝宝的那股机灵劲,没有宝宝长得漂亮。晚上八九点的光景,估摸着女儿吃过晚饭的时候,妻子就打开QQ视频,和宝宝聊上一段时间,然后才能踏实地上床睡去。有时睡梦里,妻子的脸上带着笑,那是品咂着疼爱远方宝宝的滋味。

　　还有几天,就是宝宝的三周岁生日了。写下这篇文章,以示祝福吧!

(2015年12月12日)

研磨时光
YANMO SHIGUANG

红

刚上初三时，班内转来一位新生红。红住在我们村西头婶子家，红是婶子的侄女。我之所以时常想起她，至今还能回忆起她的音容笑貌，是因为一个少年最初关于女孩子的幻梦，就寄托在她的身上。

在那样一个封闭的时代，在那样偏僻的农村，在那样一个简陋的学校里，男女生见面不打招呼，不在一起谈话说笑，甚至不能在同性同学面前提及异性同学的名字。即使在学习方面遇到难解的问题，要询问成绩好的异性同学也要鼓起很大的勇气。问过题目后还常遭到相处不错的同性同学的讥笑。

红来我们班的第二天，就拿着自己的数学作业本来到我的面前，亲切地喊着我的名字，脸上挂着诚恳的笑，询问我一道几何题该如何加辅助线。我十分吃惊，想象不出她哪里来的这么大的勇气。但她那软盈的步态、柔和的声音，表示这一切都是自然而然的事。这时说笑的学生停止了说笑，读书的学生停止了读书，所有的目光都投到了这儿。我一下子脸憋得通红，不敢将头抬得很高，用眼角瞟了瞟那道题，没有说话，只是匆匆拿起一根铅笔，慌忙在那几何图上加了一条辅助线。由于一时的紧张，那条线画得弯弯曲曲，这弯曲的辅助线竟显得比我更羞涩。她拿起作业本，说了声谢谢，回到了自己的座位上。当嬉笑声和读书声再次响起时，我才从怔愣和惊奇中回过神来，眼睛不由自主地朝她的方向望去。

她坐在我的后排稍偏左。我能清晰地看到她的脸，一种复杂的表情仍滞留在她的脸上，处在即将离去又尚未离去的时候，我知道她对班内一时的鸦雀无声表示茫然不解。由茫然不解的事引发出女孩子特有的羞涩，那表情中还有对我的失态感到好笑的成分。她一定是看到了我一时涨红的脸。最使我感到意想不到的是，她刚来两天是怎么知道我的名字的。在那种环境的学校里，女孩子一般不会去打听男同学的名字的。

不知怎的,从那日起,她的形容就固执地留守在我的脑子里,一种负疚和渴求相交织的感觉重重地压在我的心上。在这种矛盾的心理作用下,我想将这留守在脑里的形容赶走,但它似乎是扎了根总是驱除不掉。也就是从那一日起,我开始注意她的一言一行。

她大约一米五的个子,圆圆的脸总是带着笑意,长长的头发在风中微微地颤动,大大的眼睛饱含着深情,那扁平的唇在一张一合中透露着机灵与秀气。她的衣着大方而得体,总是干干净净的,这使她与当时的女孩子比起来就显得特别清丽超群,特别惹人注意。她的性格随和,总带着一副诚恳、热情、洒脱的样子。尽管她时常和男生谈笑,但很少有人背后议论她,因为她和所有的男生等距离地来往,让你无话可说。自有了她,班内的气氛也一改以前的单调乏味枯燥,而变得多姿多彩、生机勃勃起来。男孩子群中有了女孩子的笑,女孩子群里多了男孩子的高谈阔论。

不光同学们愿意接近她,连老师都对她特别有好感,特别地关注她、偏待她。班主任张老师一向严厉、苛刻,可在她面前表现出极大的宽容与耐性。每次她作业做错了或没有及时交,张老师总是以少见的和蔼可亲的态度帮她讲明事理,帮她分析前因后果、来龙去脉,直到她理解为止。她的课桌上还会时常多出一本写着老师大名的参考书、课外读物和强化练习资料。我们这些成绩好的学生都非常羡慕她,妒忌她所受到的恩宠。那时不像现在,参考资料满天飞,俯仰皆是。集镇上是没有这种资料的,甚至到城里也很难买到。

在这众多的惊羡者中我又是最有福分的。只要老师借给她资料,在她自己浏览之前总是先让我看,在放学回家的路上,她总是轻轻地走在我的后边,待路上的人稀少时,紧走几步赶上我,认真地从书包里掏出老师借给她的那本参考书,毕恭毕敬地递到我的手上,郑重其事地说:"你拿到家里看,看后再还给我,不能让别人知道。"我那时的高兴劲儿与感激是无法用语言来形容的,我想这本书如果是老师亲手送给我的,我都没有那么高兴。不是我自己夸口,课本上的东西只需花费课堂上的功夫就足足够用了。课后的时候总想找些东西读一读,做一做,可就是找不到。闲得无聊时,就翻开父亲的废旧文件读,什么从简办丧事的经验介绍,什么建设兵团快报,还有《红旗》《东海》《民兵》一类的杂志,读了一遍又一遍。再也找不到东西可读的时候,就拿起笔,用这些废旧的文件当纸,自己编题目自己做。那时是买不起很多的白纸的。偶尔一个机会,能在路上捡到一个被人丢弃的烟盒,拆开来当草稿纸使,

研磨时光
YANMO SHIGUANG

都是一种极大的享受。

我常常是一夜不睡觉,把红借给我的资料从头到尾看完。第二天上学的路上再还给她时,一肚子的感激话却说不出半个字来。

我很少到红的住处去,因为婶子一向很好看的脸一见到男孩子过去就变得难看起来。有一次,我们同村同班的三个男孩子约好了一起壮着胆子走进去,红迎出来,把我们邀请到了她的房间。这个房间是临时搭起的防震棚(那时家家都有防震棚,低矮而又简陋),房间里却打扫得干干净净,物品摆放得也很整齐。门朝东,靠西墙是一张单人木床,床上铺着素面碎花的床单,床单上放着红色的叠得工工整整的被子,被子用一张透明的白纱巾盖着;靠南墙是一张旧式三抽桌,棕黑的油漆在有些地方已经脱落;桌面用一张报纸铺着,上面整整齐齐地摆放着几本书,书的右角是一个半旧的闹钟。

军是我们三人中年龄最大、起着头儿作用的一个,也是我们三个中长相最受看且极健谈的一个。整个过程中都是军在滔滔不绝地说,红在漫不经心地应着,讲到幽默处,我们一起赔着笑。正在说笑之中,忽听到有走进门来的脚步声,我抬头望去,是婶子从地里干活回来了。我们看着婶子的时候,她也看到了我们,脸立刻拉得老长。刚好圈里的猪看到婶子抱着一捆青草就从圈里跑出来,婶子把那捆青草使劲地甩在地上,踹了猪一脚,狠狠地骂道:"该死的猪崽,不老老实实地待在圈里,到处乱跑什么。"

我们三人也都很知趣,站起来冲红点了点头就要走。突然军想起了一件事,看了红一眼,用手指了指我们临来时放在屋角的包,回转过身来,拉着我就走。那包里是三个瓜,是军中午时一个人偷偷地爬进生产队的瓜地里偷摘来的。

离毕业还有一个多月的时候,大家都忙着复习功课。我们这一届是中考制度恢复的第二年,那时考中专极热门,大家相聚嬉闹的时候便少了。唯有军不急不躁是个乐天派,因为他自己明白平时考试从没及格过,这次他是无望的了。平常时关心红照顾红成了我们三人的自觉行动,这个时候这种义务和光荣的职责就落在了军的身上。

一天放学回家,我一边读着自己的一篇作文一边往前走。这篇作文是《记我的一位好朋友》,在这篇作文中我把红的名字改成了一个男孩的名字,讲述着我们俩之间的友情。老师表扬了我这篇作文,还在班上作为范文读给大家听。老师给我打了95分。他的批语是"文笔流畅,构思巧妙,用词准确,有真情实感"。我陶醉在自我欣赏中,读着读着便笑出声来,这时突然听到后边有人在喊我,立住脚转过身来,是红定定地站在了那儿。我没有了从前的欢颜,慢慢地走向她,一种不安笼罩在心上。

"军拿走了我的照片,我本不想给他,我……"她这样说,没有再说下去。

那个时候不像现在男女同学互送照片留念是正常的事,那个时候男女同学互送照片就有了特殊的意义。我明白了这里的事情,说不清我当时是怎样一种感觉,我没有和她说什么话,掉过头就跑开了,没有朝家里跑,跑到村西头的河湾里,木然地站在小河边,将那篇作文从作文本中撕下来,然后一点点把它撕碎,抛进缓缓流动的河水里。足足站了两个小时,我好像从一个梦中醒悟过来,来到了军的家中。军见到我,一下子就明白了我的来意。他腼腆地将我迎进去,这可是少有的现象,在我们这些伙伴中,他一直是个头儿,大家都得听他的,我第一次毫无顾忌地在他面前沉下脸来,向他伸开了手。

军搬来一个凳子放在桌子上,爬上桌子,再爬上凳子,然后踮起脚伸直手,勉强够得到房梁的一个夹缝,从夹缝中掏出一个纸包,一边打开一层又一层纸,一边说:"我就知道你和楚(另一个伙伴的名字)要找这张照片,所以藏在这儿让你们找不到,即便找到了,像你们那么矮的个子,也够不到。"军嘴里这么说着,就从上面下了来,走到我面前,有些不舍得地递过来:"你得当心点,只能看一会儿,我在上面喷了香水,我用咱三个凑的要买扑克的钱买了一瓶香水。"

后来不好再当面向军要那张照片,我和楚趁军不在家时,偷偷地溜进他的家,到处找,也没有找到。

女孩子中,有的能滋长男孩子的自卑,让他自卑到在所有的人面前都抬不起头来。有的只能培植男孩子的高傲,让他高傲得不正眼去看任何人。对于红,既不是前者,也不是后者,似乎是介乎于两者之间。和红交谈,即使眼睛一直注视着对方,心依然平静如水;即使四目相遇,也只是会心地一笑。没有意乱神迷,没有心惊肉跳,相处得坦然从容。

再后来我考上了师范,楚考上了高中,军外出到一个亲戚处做木匠去了。红回到了自己的老家。也许军过于珍惜那张照片吧,常常转换藏匿的地方,以至于自己最后也找不到那张照片了。红也像那照片一样,走出了我们三人的圈子,嫁给了别人。那深红色的衣裙,那纯真的微笑,以及那张模糊的背影,像雾中的一尊石像,像雨中的一把素伞,像常居家室中的一件随意摆设,

研磨时光
YANMO SHIGUANG

像现在办公室里的那叠公文稿纸。时间既没把这种感觉清刷得鲜艳明亮,也没有往它身上洒下过多的灰尘。

上初三时,我只有十四岁。十四岁男孩子眼中的女孩是朦胧而清纯的。其间不会有太多的沉溺,不会有太多的渴盼。那时的我们,有谁没谁并不重要,重要的是要有在一起说笑的可能和机缘。现在想来,和红的接触是一种酸涩的甜蜜,像即将成熟而又尚未成熟的苹果。那时候农村的孩子是很难吃到苹果的,但吃起红薯来一样开开心心。

(1985 年 8 月 8 日)

勉

　　第一个真心爱过的女孩是勉,勉年长我一岁,比我高一届。第一年没有考上,第二年复读时留在了我们班里。我们同坐在教室的第一排,中间隔了一位同学。
　　勉中等个子,那时稍显消瘦,一双明亮洁净的眸子,让你看着十分舒服。勉性格内向,不爱说话,每次走进教室,就直接走到自己的位子上,埋头静静地看起书来。勉很勤奋刻苦,常常是最早一个到校、最后一个离校。有时勉也会走到我的面前问学习上遇到的一些问题,问过之后总是善意地冲我笑笑,算是对我的感谢。她的这种寡言少语使我一开始就喜欢上了她。但那时我说不出口,也不知用纸条来传达我的心迹。我只是躲在一个角落里,在不被任何人注意的情况下,默默地注视着她,看她并不算太乌黑的短发,看她被夕阳拉长的影子,看她优美的步姿,看她遐想时微低的头。想和她多说说话,所以一直盼望着老师多出些难题,让她在解答不出来时主动求助于我。整个初三我就做了两件事:一是刻苦地学习,一是刻苦地想她。那时不知道什么是恋爱,什么是婚姻,只知道两个人的好合起来就是一个好,一个男人与一个女人在一起就是一个家。我渴望着有一个我和她的家。到现在我也不清楚她那时是不是也喜欢我。有时我抬眼望去时也看到她往这儿投来深情的目光,四目相视时都红着脸低下了头。更多的时候,是我在她无法觉察的情况下注视她。生活上她极为朴素,不和人攀比,不追求时尚,一身朴素的衣裳大方得体。到了夏天,全班的女生都换上了时兴的漂亮女式凉鞋,唯独她穿着平时穿着的那双布鞋。
　　中考时,我们俩碰巧坐在同一个位子上。那时天气闷热得让人透不过气来。看到我满脸的汗珠,她掏出自己的手帕,诚恳地递过来。我迟疑了一下,接了过来,胡乱地在脸上擦了几下,又递了回去。她没有立即去接,脸上是一

研磨时光
YANMO SHIGUANG

种因嗔怪而羞红的颜色。当时没有明白那是什么意思,现在想起来,仍说不准她羞红的脸是想让我把手帕留下来,还是天气燥热涨红的脸。见她没有接,我就轻轻地放在她座位的拐角上。

中专分数发布后,填报志愿时,我们在一段时间的分别后又见了面。俩人都是不善言语的人,在公开场合竟没有互相说话,临走时她从后面赶上了我。

"人们在背后说你和我的闲话,他们说……"她这样说,但没有说下去。

"人们爱怎么说就怎么说吧,没有的事说不成真的有事来。"我唐突地说出这句冒失的话来,心中要说的话却说不出一句。

此后我们各自接到了中专录取通知书,便高兴地上学去了。也许我们天生没有这种缘分。此后很多年竟没见过一次面,几次拿起笔来却鼓不起写信的勇气,几次写出信来却鼓不起寄信的勇气。就这样写了撕,撕了写,写了再撕。

参加工作那年,我再也忍耐不住了,打听到她的工作单位,寄去了一封信。不几天,便收到了她的回信。这封信我没能保存下来,但最初的那段日子我是像保存自己的生命那样悉心呵护着它的。我知道我不可能永久地保存着它,所以在我认为的一个恰当时候将它烧掉了。我还记得信的大致内容。

"上卫校的三年中我一直在等你的信,却始终不见你的信来。其间有许多男孩子追求我,都被我拒绝了,我一直在等你的信,在等你的话,可你一封信也没有来。参加工作后,仍有许多男孩子追求。我还在等,作为一个女孩子,我怎好先向你开口。后来我不忍再拒绝人们的诚恳,也就选定了一个。"

一口气读完这封信,我竟成了一个泪人。我还能说什么,我还有什么可说呢?睡在床上我一连两天吃不下东西,喝不下水。后来想一想,她信上写的也许不是她的真心话吧!她也许是出于礼貌,出于不愿让我太过失望才这么写的吧。我这么想对不对暂且不论,至少这样想可以得到些许的安慰。

生活中愈是得不到的东西,愈显得可爱与可贵。在我的心中永远留着这么一个纯朴善良的女孩形象。

(1986年6月17日)

梁 老 师

那是1985年的11月,我应人之聘到十余里外的一个偏僻农村联中临时替人代课,当时的英语老师梁因临近产期请了假。那是个教师奇缺的年代,一个老师同时兼任三到四个班的主课,有时还要兼任一些副课。梁请了假,附近就再也找不到接替的人了。

在这以前我和梁就认识。一天我正在宿舍内准备功课,听见有人敲门,我站起来轻轻地拉开门,我的一位学生站在了我的面前,在她的旁边站着一个二十三四岁的女青年。学生开口介绍:"张老师,这位是我们联中的梁老师,也是教外语的,有些问题想问问您。"

叙谈起来,我和梁应该是不在同一个学校的初中上下届同学。梁年长我两三岁,高高的个子,一副很温情的面孔,讲起话来脸上总是荡漾着笑意。梁高中毕业后到了乡村联中教书,当时的乡村中学大多数缺少老师,特别是英语老师,很多未考上大学的高中毕业生便回到家乡的联中代课。

梁走后,我的那位学生向我详细地介绍了梁的情况。梁生活非常清苦。家庭人口多,父母年迈,一家的生计和里里外外的事情全靠梁一个人打理支撑。寒风凄雨里,田间地头上有梁站立着脚板、挺直的腰身和并不红润的双颊,就有了一家人日光下充实的温饱和灯影里荡漾的暖意。

梁性格非常和善,一个女人所能具有的爱心与善良都浓缩在她脸上浅浅的笑容里、捧过书本的手心里和因谦恭而微低的背上。她的两只手同时搭在两个孩子的肩上,就能顷刻化解两者间的误解与矛盾。她手中拿着的针线,不仅补缀了孩子们破烂的衣衫,也缝合了孩子心灵上的缺憾。她温柔的目光,越过城市生活的诱惑,越过富家子弟的门槛,永远停留在一个偏僻得不能再偏僻的乡村学校里。她的脚不离开家乡的泥土,她的嘴里哼唱着乡土气息的歌,她的歌声照亮了农家孩子们的脸膛。

研磨时光
YANMO SHIGUANG

梁老师的生活是十分俭朴的,一个季节穿来穿去就那么一套衣服。但梁老师又是十分慷慨的,每次为困难学生和身遭不幸的人捐款她捐得最多,在经济上受她资助的学生也不计其数。

作为一位老师,能全面了解一些学生的情况并不难,能了解全体学生的一些情况也不难,但要对每一个学生的每一方面的情况都了解就是一个难以想象的艰辛工作。梁老师熟悉每一个学生的兴趣爱好和性格特点,熟悉每一个学生的心理现状和知识水平,熟悉每一个学生的发展潜能和理想抱负,熟悉每一个学生的住址和家庭情况。随便指出一个学生,梁老师甚至能随口说出他爱吃什么东西、喜欢什么颜色。做到这一点,是梁老师无数次不知疲倦地和学生家长交流,和学生本人交流,和其他任课教师交流的结果。也只有像梁老师这样的身许事业、矢志不渝的老师才能做到这一点。

周六周日梁老师几乎从未在家休息过,很多时候都是骑着半旧的自行车走访学生家长。通过不断地和学生家长接触,全面、深入地了解学生。当发现学生出现反常现象时,当学生不思上进时,她都能静下心来推心置腹地交谈,和言细语地劝慰、耐心温和地疏导。梁老师虽然从不板起面孔训斥学生,但所有的学生都敬畏、信服,学生被她高尚的人格力量和无限爱心深深地感动了。正是这些使梁老师身上有了一种神奇的力量,一次肯定的点头、一个关注的眼神或一个鼓励的微笑就可以使学生迷途知返,重新鼓起向上的勇气和干劲。课堂上,梁老师靠着幽默而又睿智的语言引导学生在知识的海洋里遨游,使学生对英语这一学科着了迷。

学生们有了梁老师的呵护和指引,就像海洋上飘摇颠簸的小船飘扬起一面亮丽的旗帜,那是梁老师心火燃就的色彩照亮航行者的自信和方向。

认识后,我和梁两人的交往也就多起来,交谈的话题也由教学的问题与心得逐渐延伸到志趣爱好、理想未来、生活感悟等层面上。在长时间的接触中我进一步了解了她,她的慈善心肠给我留下了极其深刻的印象,我被她孜孜不倦的求知精神所感动。一次次交流,就像一次次优雅又舒心的散步,承载着也宣泄着当事人的主观感受和想象。

后来有好长一段时间她没有再来。再后来听别人说她结了婚。我在心中默默为她祈祷。

那个联中校长来聘我代课时,我正在为考研做准备。考研是一个极其刻苦的事,时间对我来说十分宝贵,一分一秒都不能放过,我不能放弃我一直努力做的事情就从事别的事情。但是当那位校长说是梁推荐的我,我毫不犹豫地答应了。草率的决定,没有使我有任何遗憾和反悔。

再见面时,很少听到梁的爽朗笑声了。她一脸矜持,短暂停站又匆匆离去,她好像在担心着什么,一种无奈与歉意化成一丝淡淡的微笑。

由于距离较远来去不便,我的课集中排在星期三、星期日两天。路面坎坷不平。接课后的第二次,就遇到下大雨。想着学生那一张张渴求知识的天真的脸,我想雨下得再大也要按时赶到学校。就这样,我骑着车子上了路。本来就难走的路,在大雨中又变得泥泞起来,骑不了十多米就得停下来铲除轮子上的泥巴后继续骑。后来实在骑不动了就推着走,推不动的时候就扛着走。雨水模糊了视线,四周是白茫茫的雨雾,看不清树林,看不清村庄,本来就路途不熟,我在雨中迷了路,走错了方向,整个荒野只有我一个人。在模糊中我看到了一个村庄,我扛着自行车,深一脚浅一脚地朝着那个村庄艰难地走去,最后走进村头一户人家。想起几十个学生还在教室里等着,我简单地向这家人说明一下情况,打听清具体的路途,把自行车寄存在这儿,就飞快地跑出了屋,跑进了雨中。

当我带着满身的泥巴和湿淋淋的衣服、头发站在讲台上时,班内响起了雷鸣般的掌声,长时间不止。尽管我的身体冷得打战,我的脸上露出了微笑,那是我一生中最开心的笑。

梁身体恢复后,我就要告别这所学校了。在这破墙残壁的校园里,在这低矮昏暗的教室里,我留下过自己的辛勤汗水,也留下了一片深情。我和这里的师生相处十分融洽,每次来到这里,仿佛回到了温暖的家,他们也像对待自己的亲人那样欢迎我。老师们的热情、质朴、豪爽与诚恳感染了我,熏陶了我,给了我无穷的力量和鞭策。这里的学生刻苦努力,勤奋好学。很多学生住在这里,每天吃着从家中带来的馒头,就着清淡的开水,学生们的吃苦精神和惊人的学习劲头、毅力,都令我深深地感动。看着这些学生,我想我顶着凛冽的寒风而来,踏着冰冷的积雪而去就算不得什么了。我和这里的老师和学生结下了深厚的情谊。马上就要离开这所学校了,心里真有些舍不得。

当我恋恋不舍,挪动着双脚走出校门时,学生们分成两队站在校门两旁,向我喊着:"老师,再见! 老师,再见!"我听着一些学生低声地哭,我也止不住流出了泪。我真想永远留在这里,再也不回去。直到我走得很远很远,还依稀看到学生们站在那儿不停地挥手,我隐约看到梁老师就站在他们的中间。

研磨时光
YANMO SHIGUANG

在人生经历的长河中，影响其流向的往往只是为数不多的关键时段。而某些特定日子中发生的平凡小事也可能成为人生发展进程中的转折点。梁老师的淳朴善良以及对家乡教育事业的投入与执着，打动了我，也感染了我。那时临中的英语老师不多，大多是一个人带三个班的课，如果我走了，这三个班的英语就很难找到人接替了。我放弃了报考研究生的想法，全身心投入自己的教学之中。

离开了乡村小学校，和梁老师的联系也几乎终止了。沉在心底的那种最诚挚、最纯粹的友情，走过一个个秋蝉沉寂的日子，洗去落叶翻飞着的冷漠和疑惑。

几年过去了，突然听到梁老师突发疾病离开了人世，我不相信这是真的，在这之前，我从未听说过她有病，一个人好好的怎么可能突然去世了呢？像她这样的好人怎么可能在正值青春年华之时就匆匆地走了呢？

然而梁确已去了。

是她受的苦太多，受的累太重，受的伤太深，使风动了悲悯怜爱之心，才把她从繁重的教务耕耘和家务劳作中卷走，连同她的那份对教学的痴迷？是风要在另一个世界里让她粗糙的双手重新恢复细腻的光彩？

一个生命没有了，那么两个生命之间原有的那种默契也就戛然而止，让活着的生命同时面对一个有形的死亡和一个无形的死亡。那种不能接受又不得不接受的感觉带来的是无限的感伤和无奈。

一种凝视的角度在一场突然而至的凄风苦雨之后就永远消散得无影无踪了吗？一个可以让我毫无遮掩倾诉的对象，一个可以让我矫情施展的人性舞台，一个可以让我学习感悟的空间，一个使我心灵受到熏染的景致，就这样也随之而去了吗？都一点点消散在泪水里了吗？

我不惧怕两手空空的结果，我只痛心没有完成一个平凡的手势，我的眼睛在落叶盈目的秋天里沾染上一分湿润。有些东西去了，有些东西留了下来。留下来的既属于我，也属于每一个人。

(2007年5月11日)

缺憾的风景

时光的好处在于把幸福变成瞬间、美好变成曾经的同时，也给人一种追求更加美好生活的动力。我试图寻找一个更加美丽的地方，一个远离过往、不受记忆污染的地方，去寻找一片湛蓝的天空，一方悠闲的心灵净土。于是我学会了珍爱进入视野的一切，学会了把缺憾看成风景。

研磨时光
YANMO SHIGUANG

缺 憾 的 风 景

　　离开教了二十五年书的学校，来到县教育局教研室从事教研工作。真正安顿下来，坐在办公室里上班的时候，才发现这里还缺少很多东西。电脑只有主机和显示屏，我从家里把原先自家用的音箱拿过来。写字没有纸笔，我从市场上买来十二支水笔和十个笔记手册。考虑到以后办公的方便，我又买了一个订书机和一个计算器。同一办公室的王老师送我一个玻璃杯和一袋茶叶，同一单位的另一位王老师送给我一大摞书和一个脸盆。

　　我总觉得还缺少什么，在心里。

　　我想深情地回望来时的路，那路已变得模模糊糊；我想重温旧时的梦，那梦早已远我而去；我想怀想爱恋过的人儿，那人的面孔已变得十分陌生；我想找回曾经的故事，一件一件都变得虚幻无形……

　　离开一个工作了二十五年的单位，心中没有不舍，没有依恋。这次的离开，在心中的感觉，就是一种背叛、一种逃离。曾经的春风得意，曾经的忘乎所以，曾经的沉寂隐忍，曾经的憋屈愤懑……一切的一切，犹如河流泛起的阵阵涟漪，在风退的时候重回平静。二十五年恍惚如一梦。人很少和自己的梦较真。

　　我的蓬莱仙境般的生活应该是二十五年前了。那时，无论在哪儿看到的水都是清澈见底的，无论听到什么歌都会喜欢上，无论碰到什么书都会从头到尾读个一遍又一遍，无论玩什么玩具都是自己动手制作的……我用纯洁的眼睛看着村内村外扬起的尘土。

　　我的记忆在一位酋长的身上清晰起来。

　　一位酋长打发他的年轻子民离开部落，到遥远的穷乡僻壤进行磨炼，临行前，送给他们三个字"不要怕"，年轻的子民们各自奔向了自己的前程。多年之后，他们按照约定的时间又回到了故土，有的满载而归，有的一无所获。

老酋长迎接各种结果的子民们时,又送给他们三个字"不要悔"。

我对记忆的惊恐程度超出了内心所能承受的程度。我的脚步很快。我也应该是老酋长后来的一位子民吧。面对一个女人的眼睛以及眼睛中的怀疑与排斥,我怕了吗?我的脚在一步步走近,可是最近的也是最遥远的。我脚下的石头十分坚硬,可有人说那石头也是假的。有人怀疑树叶是假的,蝴蝶是假的,泥土是假的,我的脚也是假的。我怕了吗?我是空着手回来的,甚至衣服已不在我的身上。最后一点的光亮也消失了,我悔了吗?

在不断的坚持与放弃中,有些伤口是注定无法缝合的,有些遗憾是永远无法弥补的,不论靠自身的争取和掠夺,还是他人的赠予与布施。

我的离开是决绝的。过往也就是过往而已,酸甜苦辣都凝聚成缕缕清香,压在心灵的最深处,不再触碰。再多的不舍,也会在花开花落中零落化尘,不论是刻骨铭心的痛,还是炙热似火的爱。

我是看着前方一路走来的,过去的树枝是曲是直我已不在乎了,我开始坐在一张新的办公桌前,拿起新的笔,铺开新的纸,写新的文字了。

换一个角度,人生便会呈现别样的风景。蒙娜丽莎不能开怀大笑,而笑的含蓄也就成就了一种不经意的美丽。维纳斯没有完整的肢体,胳膊的残缺也是一种美,而且这种美,更别致,更超群。其实,这世界上根本没有绝对完美的事情,即使有,也只能把人逼进死胡同。

时光的好处在于把幸福变成瞬间、美好变成曾经的同时,也给人一种追求更加美好生活的动力。我试图寻找一个更加美丽的地方,一个远离过往、不受记忆污染的地方,去寻找一片湛蓝的天空,一方悠闲的心灵净土。这样想着,我便自然而然地翻开了书,翻到了没有文字的那一页。

于是我学会了珍爱进入视野的一切。写字时,我珍爱纸和笔;凝望时,我珍爱那一层层灰色的楼厦和一片片低矮的树林。

于是我学会了把缺憾看成风景。

有些风景不属于我,但让我赏心悦目。

(2007年4月17日)

研磨时光
YANMO SHIGUANG

瓷瓶上的梅花

周末在街上闲逛，无意之中走进了街边一家小店。在这个正午清寂的店内，怀着一种好奇心，细细品味着货架上一件件造型、色彩、图案等各不相同的瓷器，也是一时的兴致与乐趣。

突然被一对梅花瓷瓶吸引住了。我不懂瓷器，只是觉得，洁白亮丽而又晶莹柔润的瓶面上点衬着素雅的梅花图案，特别招人喜爱。

人心总是对美丽的东西十分敏感，人也因了这种敏感而幸福快乐着，那是生命中顽强跳跃的火苗。一瞬间捕捉的美丽竟比经年守护的美丽留下的印痕深刻得多，这种印痕就像瓷瓶上的梅花，年份愈久，愈加鲜艳撩人。

由此，我又想起了几年前惊艳的一瞥。那时，我去一位老人那儿取几幅书画，回来的途中路过一户人家的门口，看到一枝梅迎风开着，像极了一位身着洁白睡衣的少女，亭亭玉立于门槛之上，简直就是一张素雅的水粉画，透出的那种柔质与力感相融得恰到好处的美，牢牢地抓住了我的眼球。这种美的震撼与威慑温柔地碾过我这个匆匆过客的每一根神经，碾进了我的脑海深处，再也没有出来，纯纯的敬羡之感油然而生。爱美之心是岸边的锚，让漂泊的精神之船，有一次短暂但很温馨的停靠，人心也因着爱美而变得愈加澄澈与清亮。能让一个人动心的，不论是一个人，还是一面景，那它一定是美丽的，从外在到内在。也许爱一个人的影子，也是对她最真情的祝福吧。

最后买下了这个梅花瓷瓶。在讲价时，店主的故事也濡染成一件光洁、凄美的瓷器，照亮了我，也深深地感动了我。眼前是一个中等个头、身材瘦消、面容普通的妇女，年纪约莫四十岁。她说自己原是一个工厂的工人，靠出体力挣钱，日复一日地把一个个装满货物的麻袋装到汽车上。活虽然很累，但挣钱较多，而且干久了也已习惯了。后来身体累垮了，出了硬伤，这重活就再也干不下去了，于是才在亲戚朋友的接济下开起了这个商店，挣来的钱供

一大家子糊口和供孩子上学。

谈到经营瓷器,女店主继续说道,由于离景德镇太远,不可能从那儿进货,货是从离此不远的临沂进来的,那儿有一个景德镇瓷器经销点,所以价格就贵一点。这对瓷瓶的进价是一百一十元,加上二十元路费,卖上一百五十元,最后只有二十元的赚头。

我不懂也不在意瓷器的质地和窑艺,也不关注它的大小和高低,我只是喜欢上了它所传达的格调与风范。胎釉的别趣,纹饰的雅态,给予我的是一种无法用语言描述的美感。

我久久地审视着瓷瓶上的梅。在层层绿荫枯殒而去、点点烨华凋零他归的季节,梅逆凛冽寒风而立,傲然独居,淡然刚劲。梅的枝干,染尽层林斑斓的色彩,透着淡淡的红黄晕云,坚强地挺立着。

梅花划开寒风,执着地铺展成一片凝固的风景,呈着柔柔的血一样的颜色,呵气凝香,入目生娇。梅花集高洁、秀雅、坚毅于一身,特别是在寒中孕蕾、雪中开花的品格,更为无数仁人志士所喜爱。"一树寒梅白玉条,迥临村路傍溪桥。不知近水花先发,疑是经冬雪未销。"这是诗人张谓送给我们的《早梅》。"梅岭花初发,天山雪未开。雪处疑花满,花边似雪回。因风入舞袖,杂粉向妆台。匈奴几万里,春至不知来。"这是卢照邻笔下的《梅花落》。文学巨匠鲁迅曾请人为他篆刻过"只有梅花是知己"的石印,抒发自己高洁的情怀。爱梅最甚者,要数洁身自好的林逋。他终身不娶,以梅为妻,生前伴梅,身后梅伴;"孤山一带香雪海,片片和靖梅魂凝"。

这样想着,瓷瓶洁白的肤面便真的在眼前洋洋洒洒飘起雪来,那梅孕育而成的花蕾便在雪中尽情地绽放,绽放成雪花一样的花朵,纯一色的火红。梅雪交融的风景成就了一大亮点,是一个季节的,也是整个一生的。

梅花自古就被赋予了许多美好的品性。梅花傲雪耐寒,独入清香,幽洁自持,孤芳自赏,"离尘香隔紫云来",那是处女的贞洁!在冰雪背景的衬托下,强悍的生命之花点缀出令人瞩目的色彩,"凌寒独自开",那是志者的傲骨!在嘈嘈杂杂的竞斗中,梅隐逸山石丛林,默默地自我滋养,把有限的春季时空慨然揖让给千红万紫。"不与桃李混芳尘",那是君子的风范!

瓷瓶梅花的上方有"喜上梅(眉)梢"四个大字,既是图中之物的谐音合成,也是图的蕴意的最佳诠释。在这个标着"己酉年初夏月写于中国瓷都"主题词语的上下两边,盖有"吉祥""长乐"两枚印章,更将喜庆与祝福的蕴意渲

研磨时光
YANMO SHIGUANG

染得淋漓尽致。

有趣的是,在瓷瓶的背面,却配上一首颂扬牡丹的诗:"三月牡丹呈艳态,壮观人间春世界。浅红深紫各新样,玉笛吹绽牡丹花。"更为有趣的是,这首标着"庚辰年黎明作于景德镇"的诗竟是一首凑合之作。"三月牡丹呈艳态,壮观人间春世界"是直接选自北宋杜安世的《玉楼春》,"浅红深紫各新样"是仿宋代杨万里《牡丹》中的"浅红酽紫各新样,雪白鹅黄非旧名"。末句"玉笛吹绽牡丹花"是《元宫词》中"休教玉笛三更奏,惊起含章梦里人"与"东风吹绽牡丹芽,漠漠轻阴护碧纱"的合用。

戏剧影片的武打场面上,为了突出正面人物的非凡武功,常把对手的功夫渲染展示一番,从而起到突出、反衬的作用。莫非制瓶人也是这种用意?连不可一世的国色天香牡丹都不得不隐在背面,那么梅花的高洁与雅韵就真的无与伦比了。

把这个瓶子直接叫作"喜上眉梢"瓶,似乎有点不妥。在考虑是把它叫作"梅瓶"好还是"瓶梅"好时,一个才女的名字便自然而然地出现在脑海中。民国时期的石评梅终年不满二十七岁,她的创作生涯仅仅六年。诗歌、小说、剧本、评论等体裁,她都曾驾驭过,而最大的成功却在散文上。我们不仅感动于它如梅般哀婉凄美的文笔,更感动于她与高君宇之间如梅般忠贞不渝的爱情,那是世间少有的坚贞的生死恋情,是他们用生命谱成的一场震撼人心的爱情悲剧。几年前曾借去北京开会的机会,特地来到陶然亭高石的墓前,凭借一捧鲜花,来聆听他们凄艳动人的爱情与痛苦,来瞻仰他们为理想而奋斗的艰难历程。高、石的爱情虽然像闪电、像彗星般迅逝,但它永远放射着凄艳动人、璀璨夺目的美丽光芒!今天,这光芒又把梅花瓷瓶照个通亮。

艺术真像一条神奇的时空通衢,相隔时间久远的故人与今人,相距千里的本土行者与他乡工匠,凭借一件小小的瓷器,就能推心置腹地交流。从这一意义上说来,任何一件物品,不管它是什么,只要你喜欢它,它都在带来震撼的同时,也带来心灵的舒畅与快乐。这种魅力和能量,既是它本身具有的,更大意义上也是喜爱它的人赋予它的。

我与瓷瓶上的梅花互相注视着!

(2008年5月5日)

路上的断想

任何事物都有一个属于自己的与众不同的度,事物只有在其最佳的、最适宜的度中才能最鲜活、最美丽。这个度不能缺少,也不能过分。刀锋过于锋利,伤害愈深;火焰过于浓烈,焚毁愈重。对度的把握是美好人生的一个标尺。

标尺也有不灵的时候,所以人也就多了迷惘和无奈。一个人在自己的位置上做得无论怎么至善至美,那也只能是一种类型而已。这种完美,值得欣赏,但不值得人人都去模仿。人们之间存在性格、志趣、阅历、能力等方面的差异,一种植物只有在对于自己最适宜的湿度、温度、阳光和雨露里,才能开出最美的花。

最美的结果来自实实在在的过程。兢兢业业工作,善待事业;诚诚恳恳交往,善待他人;开开心心生活,善待自己。这也是一种生活的姿态与境界。

人的思想到了一定的境界,才会有一种豁达的胸怀。坦然,不是故作高深的清高与漠然,而是历经磨难和付出代价后对真实生活的感悟,是成熟的生命走向更加开阔的精神世界。坦然,不是缺乏热情与志向,而是一种洒脱境界中看轻自己的幸福、看重他人的快乐。坦然地活着,每一个细微的愿望与心情都能在静寂中撑起一个美丽的天地。

我们的眼光落在不同的物体上,反射来的光是不一样的。一个在机关做了几十年办公室主任的人,很动情地说过这样一段话:前天,我陪领导去一个村子慰问孤寡老人,一个八十多岁的老汉紧紧地握着我的手,激动地说:"你是李主任吧?二十年前你来我们村子,还递给我一支烟呢!"你给领导递一辈子烟,他丝毫不会放在心上;你给农民递一支烟,他会敬你二十年。同样的事,落在不同人的身上,结果是不一样的。这也让我们学会了看重谁不看重谁,看重什么不看重什么。外人对你妄加评论,又有多少人能真正走进你的

研磨时光
YANMO SHIGUANG

心里？父母不言不语，理解和爱护都在眼里。

我们处人行事往往有很多的顾忌，也就因了这种顾忌，使得我们迈开的脚步变得有些别扭和遗憾。其实，为了看水，就不要怕在水中留下自己的倒影。只要你用含着爱意的眼睛长久地看着它，再卑微的东西也就有了非凡的存在价值与生存意义。我一直认为，建立在这种信念基础上的生活才是一种快乐的生活。也许，快乐是一部读不完的书，当你读懂它的时候，你正含泪离开它。离别也罢，相遇也罢，总免不了有一时的对视。在我看来，不同的对视都是形形色色的花朵，不是每一朵花都能散发芳香，但是每一个对视都是一种缘，不论这对视是一瞬间，还是几十年。

走近花花草草，也是一种爱惜自己的方式。有了爱，就能托举一个崭新的世界。花朵是煽动蝴蝶激情的魔鬼，也是牵引蝴蝶的无形绳索。蝴蝶把最好的歌唱给花听，然后选取花朵最珍贵的部分。蝴蝶得意的时候，花朵也在笑。花丛下挺着蝴蝶的尸体，花朵也一瓣一瓣地飘落。最后所能听到的，只有风声。风带来了一个季节，最后也掩埋了这个季节。走进一群人中，与走进一丛花中，没有什么两样，快乐与不快乐常常在于你的姿态。

很多事情的成功与否，常常取决于一个人的姿态。有的人被一块石头绊倒，有的人跨越了石头走得逍遥自在，有的人靠这块石头日子过得风生水起。只要头能抬起来，再坎坷崎岖的小径都能成为平坦的大道。

很多时候，路上的坑坑洼洼不是自然形成的，而是一个人的不良心绪挖出来的。带着不良的心绪上路，一片落叶也能成为你的绊脚石。一片叶子可以落到你的面前，也可能落到别人的面前，无论你先迈左脚还是先迈右脚，你都无法掩饰对那片叶子的决断产生的缕缕恐慌。你走近树，你又叫不出树的名字，你只有躲闪一旁，给狂热的风让路。风刮到一棵树上，风就是树的友人，倘若风刮到多棵树上，风就成了大家的敌人。也许看到风逃遁时的狼狈样子，你的脸上会掠过一缕不经意的微笑。

世界上有很多雾气来自人类的嘴中。说的话多了，就看不清周围的人或东西，于是人类产生了对阳光的强烈渴求。其实人一生下来，就注定了死亡。从某种意义上讲，人的工作就是为死亡的事业而奋斗。世上万事万物中只有死亡是永恒和美丽的。富裕的人，有用不完的肉骨头和草料，然而他把肉骨头给了马，把草料给了狗。主人可以自豪地说我给予他们的比任何人都多，但是马和狗都相继死去了。

景色的美并不仅仅在景色本身,更重要的层面上,美在背后的那双眼睛。热爱春天的人,即使在冬天的冰天雪地里,也能看到青翠的绿色。多一颗爱心,这个地球上就多一秒的呼吸。

热爱水,但不能将自己沉溺于水中,拒绝一切救护;热爱阳光,但不能将自己置身于酷夏的炎热中任凭阳光刺痛自己的眼睛。沉寂之中,自有悠远之歌惊落扬扬冷梦;雨季之中,自有和煦之风,摇曳心的琼枝。

不是每一个阴雨的日子都令人烦闷。从繁杂的事务中走来,正需要一场消尘涤污的绵绵细雨带来独处的宁静。在宁静中梳理来不及细品的日子,在梳理中流放长久积淀的思念,在思念中纯净蒙尘的情感世界。在光洁的粉底衬托中,潜心挖掘深层的蕴意。即使所有苍老的岩石和干涸的河流最终都要搬到脸上,翅膀之上依然要长出强劲的羽毛,向着一个又一个冬天飞翔。冬天的飞翔注定是一场苦难,要学会把苦难当作上帝的一种无价恩赐。

人走在路上,思想也就在路上撒播开来,有的变成了花,有的变成了雨。花中,雨中,人还在走着自己的路。世界上,还有什么比能走着路更值得庆幸的事情呢?

(2004年3月11日)

研磨时光
YANMO SHIGUANG

我眼中的酒

　　和许多人不同的是,我是个不能喝酒、不愿喝酒、不大喝酒但又十分喜欢酒和喜欢看别人喝酒的人。

　　不能喝酒,因为我没有那个酒量,两盅酒下肚便会面红耳赤,也因着酒场上的无奈应酬,重重地伤了自己的身体。酒场上,熟悉的人,对我知根知底,从不为难我喝酒。生疏的人,在我委婉而客气的推辞下,也不会执意勉强我喝酒。最怕的就是那些半生不熟的人,一句连一句苦劝的那份真诚,我不知道如何拒绝。再者,作为男人,硬坚持一点不喝总觉得有愧于人家的那份热情。就这样,点滴的应酬累加起来,就是一个我难以承受的量。2009年的夏天,我占着特级教师这一条,被合肥工业大学一路绿灯聘到了附中。刚到不久的一次教师聚会上,我被一张张刚刚熟悉的面孔劝着多喝了几盅,结果脑血管出了问题,住了半个多月的医院。由于身体恢复得并不理想,怕误了工大人的期望,我成了一匹吃回头草的"好马"。

　　不愿喝酒,最初源于对母亲的疼爱。儿时的记忆中,母亲白天忙地里的农活,一早一晚忙着喂猪喂鸡,夜里忙着为六个儿女纺线纳鞋缝衣,每天的睡眠时间不足四个小时。每次父亲醉酒后被别人送到家里,都会给一向勤俭的母亲添上太多的麻烦。母亲先把父亲扶坐在床边上,帮他清洗衣服上和地上的呕吐物,满满地倒一碗白开水,用嘴一点点吹凉,然后送到嘴边一口口喂他喝。接下来,为他摩肩捶背,帮他脱下鞋子洗脚,轻轻地放他在床上,盖上被子……母亲一声不响地做着这一切,一直伺候到父亲安然睡去。我虽然年少,把这一切看在眼里,也知道心疼母亲。如果驱除辛劳能像搬开石头那么容易,我一定会使出全身的力气将这块"石头"从母亲身上搬走。那时的我便下定决心,长大以后绝不因为醉酒让母亲操心。父亲虽然时常醉酒,但是从来不发酒疯,不胡言乱语,所以我对父亲饮酒也没有过多的反感。

我不大喝酒，一年中喝过的酒加起来也不会超过两瓶，但偶尔一次"对酒当歌"的时候还是有的。几个投缘的人，几只高脚酒杯，一瓶芳香流溢的红酒，倒上少许，轻轻举杯，慢慢品味，那是一种恬淡、一种温馨、一种情调。摇动中的酒，像林间跳跃的小鹿，闪烁着智慧灵动的眼睛。有时候，抿一口红如琥珀的液体含在嘴里先不下咽，辛辣刺激过后便是一种浓香微甜，专注于品尝，快乐感和幸福感就在这静默中慢慢弥漫开来。我反对滥喝，相信"酒逢千杯知己少"；我主张浅尝辄止，酒就像倚在身旁的佳人，在微弱灯光的映照下，流露出一抹不可言说的娇羞。若有婉转沉郁的古琴声更妙，让自己的心在酒香音韵中静静绽放成一片空谷幽兰，将简洁的时光晕染得愈加恬静和悠长。

　　我喜欢酒，源于文学的熏陶。"酒有别肠，唯文者近"，单一部《全唐诗》涉及酒的诗文就有一万余首，酒带给中国文人志士的是一种特殊气韵。荆轲酒酣辞行，才有《易水》的悲壮；刘邦宴饮既醉，才有《大风》的豪情；曹操把酒横槊，才有《歌行》的气度。"三杯通大道，一斗合自然"，是李白与天地万物合而为一的玄妙境界；"性蒙业嗜酒，嫉恶怀刚肠"，是杜甫骨子里不屈的气质；"明月几时有，把酒问青天"，是苏轼怀远思长的情感天地。喜欢酒但又不能喝酒，我便把心用在了酒瓶上。我收集了一两百个酒瓶，摆满了客厅、卧室和厨房的方格架子，一个个形态各异、色彩不同的酒瓶，远比画家笔下的仕女图养眼得多。我也从酒瓶身上感悟到了酒带给人类的一种俊爽朗健的精神、一种傲岸不屈的品格、一种恢弘豪迈的气度、一种脱尘超凡的情怀。

　　我特喜欢看别人喝酒，只要不是"今朝有酒今朝醉"的那种人，我都怀有好感。男人喝点酒就像植物喝点雨水一样是再自然不过的事了，喝了雨水的植物开出迷人的花来，喝了酒的男人也能绽放一脸的笑容。楼上的一位同事因为喝多了酒，回家少上了一层楼，推开了我家的房门。看到我坐在客厅内，他先是十分惊讶，然后问道："你什么时候来的？找我有事吗？"原来他把我家误当成了他的家。

　　人生活在天地之间，天与地是对立的，整个世界也都是在对立面的矛盾和谐中发展的。娱人也罢，伤人也罢，成事也罢，败事也罢，其实这些都不在于酒，而在于举起酒杯的那只手。

（2013 年 12 月 17 日）

研磨时光
YANMO SHIGUANG

那时的村庄、男人和女人

　　我的心思总是远离稿纸、钢笔、键盘和鼠标,和一座破损低矮的农舍促膝交谈。

　　男人们随手披上一件破旧的蓝布褂子,早晨大摇大摆地走出去,等晚上再大摇大摆地走回来。女人们在农舍和田地间来回穿梭,挽起发髻,又放开发髻。村头的水井旁槐树下,十几岁的少年娃子光着屁股,就像沟湾边自然开放的野花。上了一定年龄的妇人裸露着上半个身子,像自留地里落蒂的面瓜。男女老幼各自从自己家中走出来,手中端着盛满饭食的粗糙瓷碗,找一处蹲下来……于是,种子离春天近一些,锄头离土地近一些。

　　有时一场雨连续下了几周。

　　有时几周,不下一场雨。

　　男人一直都是顺着自己踩出的那条道儿,走过来,走进月光。一种浅淡的渴望,让他的周围生出许多眼睛。更危险的不是摇摇欲坠的墙壁,是墙壁外无端播撒的语言。这样的书他从来不屑去翻,然而这样的书又无处不在。他双手搭在脸上,像是撑着目光的船,一点点将遗落在农舍的温暖捡拾出来。

　　男人一出生就要爱情,为了爱情的到来,他挖掘所有的草地,推倒所有的房子。为了给爱情一个纯净的巢窝,他搬走所有的鲜花,赶走所有的鸟群。他希望有人能从他的眼睛里听到大海的涛声,从他沙哑的喉咙里看到跳动的心脏。

　　睡眠中总有一个笑脸荡漾开一朵朵浪花,靠向河岸,男人就站在岸边守着花篮,两只脚浸在清凉的世界里。

　　光阴的常青藤上不仅生长梦想,还生长脚印与蓓蕾,脚印与蓓蕾过于杂乱,有时让男人分辨不清哪是细腻的月影、哪是柔软的手臂。爱情从泥土里高高升起,不改原有的优雅。男人把孤独当作润肤的膏霜,一点点涂抹在自

己的脸上。

　　我逐渐明白了为什么纺车成为那个时代女人最中意也最心爱的玩具,纺车的每一次转动点燃了棉絮,也点燃了女人,女人在纺车的吱吱叫声中美丽起来,也生动起来。最终能够从床上爬起来专注地凝视女人的男人是幸福的。男人有时从黑夜里走过来,挥动闪光的长鞭把女人驱赶进自己的怀中。

　　那时的夜空是有星星的,尽管站在大地上依然寂寞,然而最终照亮树丛和花朵的不是星星,是男人自己。

　　太阳,这霸道的东西,剥夺了男人和女人的幸福。

　　男人就是男人,不是老虎,不是猫,不是碎纸片,也不是雨斗笠。他有一个属于自己的天空。

　　村长走进女人的房间,女人接纳了一屋子的呼吸。

　　当我真正拿起笔去书写的时候,我发现有些话藏在纺车里,藏在大摇大摆的步态中。

　　秘密离春天不远。

（2010年9月27日）

研磨时光
YANMO SHIGUANG

我 写 诗

  向来不通诗道，却莫名其妙地喜欢用长短句表达自己的感受。心血来潮，或一时感应，提起笔来就写，不遵律韵格调，也不管是否合乎文法逻辑。感觉着用这样或那样一个词语、一个句子能表达自己的感受，就这么用着。有时回过头来再看时，才发觉有过多的文法错误和幼稚想法。尽管如此，从不尝试去修改它，生来的弯树自成一种风景，又何必刻意地追求没有个性的笔直呢？

  如果确实要为喜爱长短句找一个原因，写起来便利或许是其中一个。平时工作上的事情过多、过于繁杂，想不到什么时候，就得为了应付某种检查等写写汇报、做做总结、组织材料等。上级布置任务还特别喜欢这边提出要求，那边就要结果。工作之余，能抽出来写作的时间微乎其微，再者，特意抽出时间去写作又失去了心情，没有了写作的应有意义。此一时的想法，彼一时就有了变化，甚至忘得一干二净。几句长短句，随想随写。有时，短短的几句话还没有写完，就被突然安排的工作打断。断就断了吧，写到哪是哪，也从不劳神再去续写。不回头看走过的路也是一种力量吧！

  细细想来，诗对于我承载着以下几种功用。

  一是自我记录。一串长短句也就是一串脚印。脚印在现实中模糊，在睡梦中模糊，在记忆中模糊，在诗中异常清晰。

  一是自我揭露。一双破旧袜子的存在很多时候是脚的汗臭传达给它的，一首诗的存在常常是诗人自身的阴暗与缺陷赋予它的。人对他人笑的时候多，而对自己笑的时候少。这也是人的虚伪。我把自己的阴暗、缺陷和虚伪交给了诗。

  一是自我隐藏。有些想法藏在心里美好，呈在现实之中就十分糟糕。有些事情只属于特定的场合和特定的对象，而呈给所有的人就是一种难堪。我

只有借助诗进行珍藏和掩盖。珍藏不是为了收获，而是一种礼待，礼待他人和自己；掩盖不是为了保密，而是出于尊重，尊重他人和自己。

一是自我警醒。从天堂到地狱，就像从桥上到桥下一样容易。有时真怕自己眼睛花了，把周围的一切都看成了花。也怕朱湘眼前的大海太近、海明威的枪口太亲切。我把自己缴给了诗，我相信诗的圣洁会留住它想留住的东西。

读过不少诗人的诗，对我影响比较大的有两个。一个是顾城，另一个是智利的聂鲁达。读顾城，我记住了四样东西，帽子、眼睛、斧头、绳子。帽子压迫了顾城一生，眼睛压迫了他的妻子雷米一生。斧头带走了他的妻子，绳子带走了他自己。读聂鲁达我记住了他的一样东西和一个动作。东西是寓所，动作是发掘。一所无形的寓所使他的心灵成了虔诚的囚徒，一直不停的发掘成就了他、他的诗以及他的后人。也读过席慕蓉的诗，那是浇在铁板上的蜜。

随心所欲地写，天南地北地写，心中还是有自己的主线的。我想只要我还知道抬头看什么，上帝就会给我一片天，不管这片天是灰还是蓝。

（2006年1月23日）

研磨时光
YANMO SHIGUANG

问　　路

当今交通道路密如蛛网,要在大城市找个地方绝不是一件容易的事情。城区交通图上密密麻麻的字与曲里拐弯的线实在是让人头晕目眩,买张地图放在口袋里实质上也只是图个心理安慰。问路又是打心里不愿意的,那是讨扰他人,而且是与自己素不相识的人。毕竟问路比看地图要省心得多,也省时间得多,所以我们经常要在别人的恩惠和善意中或者冷漠和不耐烦中穿行。

有一年带领一帮子教学骨干到山东省的安丘四中考察学习。车子到达安丘,离前方目的地不远的时候,面前出现了两条道。由于没有路标,只好停下来向路人打听,路人伸出手用力指向左边这条道,一脸的豪爽劲儿和英雄气概,当时我们很感激地说了声谢谢,然后按照他的指示一路前行。结果发现还是走错了道,不得已掉转回头。

有一次在省城某招待所开会,第二天的会议由住所上方的会议室换成了行政楼七楼会议室。由于没有标示,哪一座楼是行政楼我们搞不清楚。同事怀着敬意,并且面带笑容、口气谦和地向从面前走过的一位官员询问。官员连头也没抬,径直走自己的路,结果问了也是白问。后来的几次问路,对方虽然告诉了方向,但总是少了点热情,有时甚至看不见一点表情。

有一次在上海下了火车需要转乘长途汽车,就向旁边的一位妇女打听车站的位置。妇女十分热情,说车站很近,并主动提出把我们带到那儿。我们跟着她七拐八抹地行走着,一遍遍地问还有多远,她一次次地回答马上就到。这个"马上"整整延续了五十多分钟。到了车站,本以为妇女好心帮我们带路,一个感谢还没说出口,她便索要三十元的带路费。问路付费任何人都不情愿,但我们不能强求别人在问路上一定给你提供免费服务,付费却也落得个踏实。

多次到北京参加会议或活动,所以也就少不了问路,我们发现在北京问

路简直就是一种享受。问到一些生意人时,他们便放下手中的活儿,详细描述行走路线、拐弯处标志等。涉及路口,他们会告诉你是第几个;涉及拐弯,他们会为你画出图来;涉及乘车,他们会详细说明换乘的车次和方法。有时还担心自己说得不够清楚,他们还会送你一程。在北京问路,没有被阻过一次面子,不管是老的、少的、男的、女的,人人都很热情,告诉你时真是仔细得不能再仔细,有时热情得还真让你受不了。北京人给人的感觉是,无论多么忙,好像都会停下来为你指路。北京确实不愧是一个好客、包容、亲切的城市。

  上次在哈尔滨也找到了在北京问路时的感觉。在去太阳岛下错了车时,一位中学生把我们送到应该换乘的车上,而这个车站是从我们下车的地方拐了七八个弯才找到的。

  在一个陌生的城市里问路,问的不只是一个方向,也是城市的一颗心啊!心的活跃与温热是要靠生活在其中的每一个人都发光发热才积聚而成的。同时,得到的指点与微笑也是一种教育。没有哪一个人能完全熟知所有的方向,指点与微笑也就成了一种恩德,我们都有义务把这种恩德化作自己的自觉行为。遭遇的漠视与冷眼对自己又是一种考验,无论得到的是什么,总得要走路。路是问出来的,更是走出来的。

(2008 年 4 月 21 日)

研磨时光
YANMO SHIGUANG

看　山

　　从淮北平原到云贵高原，落入眼眸中最多的莫过于山了。平原是男人的脊背，美在辽阔坦荡上；高原是女人的胸怀，美在跌宕起伏中。那一座座小山，或独立高耸，或交膀连绵，连同新见时的惊奇与初识时的亲切，让远离了喧嚣与匆忙的平原人的脸上一直荡漾着笑意。在这里，诗情画意不用刻意地描述，也无须用心地找寻，一座山，就是一朵盛开的青莲。

　　待到看得多时，便发觉那些林木稀疏，甚至裸露脊背的山缺少一种韵味，于是目光就更多地落在茂密青翠的山峦上。盈着绿意的林木和野草点缀着山色，郁郁葱葱、层层叠叠、浓淡深浅，自是一派迤逦迷人的自然风光。所有这些浓重的底色，不经意间就溢了满眼的绿了。纯生态的、未经雕琢的山的秉性，还有随风而来、若有似无的碧草清香，让人在不知不觉中卸下所有的虚妄与痴狂，让所有的烦恼和心事都一一沉淀，心情由此也变得清明、宁静、从容，与山的格调达成一种美妙的和谐。

　　有了绿意的山，似乎还缺少一种灵性。一座有灵性的山，是不能没有水的。山嶙峋着，树翠绿着，柔弱的水攀援上山的脊梁，然后倾淌成的缓缓的溪流，水在山间流淌，曲曲折折。当山的沉稳与水的乖巧相融一体时，奇迹和神话就诞生了。从炎黄始族到康乾盛世，由盛唐的国泰民安到当今的歌舞升平，无数的沉淀赋予了这种灵性文化的厚度和历史的深度。

　　最能显现山的气度的应该是瀑布了。水从高高的悬崖飞流直下，尽显山的峥嵘、山的傲骨、山的一分豁达气概。瀑布留给山川的不是铭记，不是赞叹，它像一只有力的大手，很轻易地把很多过往轻轻地抓起然后重重地放下。瀑布把山的眼光投射到未来的日子里。

　　在朝露的映衬下，山张扬着刚毅浩气，引领着人们以高远的目光看待外面的世界。在晚霞的余晖中，山弥漫着一片祥和。"徐行不记山深浅，一路莺

啼送到家",那是山带给人的一种物我两忘的意境。"空山新雨后,天气晚来秋",那是山生发着一股清幽明洁之气。

在林木与野草摇曳的舞姿中,有间歇传来的鸟鸣以及风所传递的最自然的、无法复制的天籁之声,那是无法抵挡的诱惑,像一张张等待紧口的网。

可是山再美,无法带到平原上。再说,山虽美,终究遮挡了人的视线。平原人还是想念一马平川的如绸葱翠和一望无际的苍茫阡陌。那里有一种自由,有一种飘逸。

看山是一种心情。

(2007年10月29日)

研磨时光
YANMO SHIGUANG

路 遇 石 榴

上午在省城合肥开了半天的会,吃过中午饭后便踏上了返程的路。

"石榴!"随着一位同事的喊叫,大家同时向车外望去。高速公路的路边错落排放着一篮篮石榴。

"怀远石榴砀山梨",这是人们对皖北两大水果特产的赞誉。"邑中以此果为最,曹州贡榴所不及也"的怀远石榴诱发起大家的胃口。我吩咐司机把车靠边停下来。大家下了车,直奔石榴而去。

榴果接近圆球的形状,似醉翁谪仙那沉甸甸又香浓浓的酒坛。橙红色的榴果,微透着玉琢脂凝般的青翠光泽,黄白浑染的榴果,又透着燃灯庭火般的红晕。花萼宿存,像生命延续的发须,无声地叙述着曾经的历程和不息的渴望。

大伙儿先奔向一位老汉,再转向一位少妇,然后走近一个小伙子,最终又回到老汉的摊子前,一边品评着石榴,一边和果农们讨价还价。虽然把价钱从每斤四元钱讲到了每斤两元钱,但是过秤之后,大家依然乐意按最初的每斤四元付了钱。对价格的高低大家并不怎么在意,只是有心享受这讨买讨卖带来的乐趣以及感动于果农淳朴诚恳的为人品性。

同事从刚刚买来的石榴中挑拣出一个,掰开来,递给我一半。籽粒水晶般的剔透,盈盈待飘;玛瑙般的红润,滴滴欲流。难怪武则天要封石榴为"多子丽人"。蓝天白云下,每一粒榴籽尽情地展露少女胴体般的姿容,美得鲜嫩,美得震撼,美得无以言喻,美得让人无法抗拒!也许只有经得住榴籽洗礼的心灵才是神圣的,只有沐浴过榴籽光照的情操才是纯粹的。得天地精华之宠于一身,榴粒以一种让人敬仰的奢侈与富丽,装饰着也生动着这个生长的季节。

但是,对于太美的东西来说,每一次展露都是一次自我残害,就像阳光,

照亮了世界上鲜活的生命,也留下了永远赶不走的追魂影子。榴籽通过自己新鲜的伤口,流溢出醉人的光泽,让人们真真切切地感受到光明的全部分量。

一粒榴籽就是一颗灵魂,负载风月柔性的浓厚积淀和殷殷托付,月光般地明亮在生命的旅程上,芬芳而清白。

一粒榴籽就是一种心情,经历苦涩深处的长久珍藏和默默守候,珍珠般地抛掷在人们的视野中,安谧且淡泊。

目光落在石榴上,带着一种隐秘的渴望,幸福而又散发着淡淡的苦味,像洁白的霜掷落在依然痉挛着的伤口上。对于乐于奉献者来说,伤口也是美丽的,苦味也是甜润的。

在黄昏的色彩里,含一粒榴籽在嘴里,齿尖微碰,燥热的口腔瞬间被一种凉意的水汁包围,清甜甘美,风味厚醇。

向路外的连绵山丘望去。成片的石榴树捧擎着浓厚且幽暗的绿,像土地奉献着一片真挚而又深沉的情谊。一株株石榴树像一个个刚刚生产过后的少妇,柔媚而安详。在这里,秋天的所有美丽,都是山峦用石榴的绿色串成的。那是一种怎样的眸光,悄无声息地抛洒给每一个接近她的人,让人不思桃源仙境,忘却华清丽池。明嘉靖年间,上蔡人张惟恕游怀远时有《九日登山》诗:"泉水细润玻璃碧,榴子新披玛瑙红。落日半山弦管发,百年此会信难逢。"观清泉,品红榴,那该是何等的惬意。

石榴树生长在零星的隙地,生长在僻静的丘坡,无须点种,无须施肥,甚至无须看护。那是一种怎样的自我成就,又是一种怎样的生生不息。大山用自己的脊背支撑了石榴的美丽,石榴用一片翠绿身躯释解了大山的忧郁。我看到果农们灰色的、土色的、布满皱纹的、极显粗糙的脸上荡漾着笑意。

我在想嫩叶初萌时叶柄与叶脉的那份清澈碧透的绿。叶片慢慢长大,叶色渐渐发生变化,红色变成咖啡色,再由咖啡色变为绿色。生命,在风拂月慰中完成一个轮回。

我在想榴花遍开时花瓣与花蕊的那份鲜艳如火的红。"春花落尽石榴开,阶前栏外遍地栽;红艳满枝染月夜,晚风轻送暗香来。"那种可观可赏但不可轻狎戏的美,那种力挽春色的执着,那种胜过流水桃花的娇媚,无不透着热烈与豪放。

我在想榴果挂枝时硕体缀枝的那份厚。翡翠丛中点衬着红光闪闪的宝石,自然而和谐,雅静而高贵,像儿女们矫情地依偎在母亲温暖的怀抱里。只

研磨时光
YANMO SHIGUANG

见到"五月榴花照眼明,枝间时见子初成"的朱熹,应该是遗憾的,如若亲睹这成熟的果实,不知要作如何的感叹呢!

我在想榴林丛中飘荡着《摘石榴》民歌小调的柔。至甜至美,诗情画意。愈凝神倾听,愈情意绵长。在清晰亲切的歌声里,体会不尽的是一种被接纳的真实感和幸福感。

我在想,涂山巅上,禹王眼中的溪流是不是如榴叶般的绿;我在想,乳泉边旁,苏子咏怀的豪情是不是如榴花般的红;我在想,卞和洞内层叠的玉石是不是如榴实般的厚;我在想,望淮楼上,曾经的壮怀雄心是不是如榴歌般的润。淮水长流,榴果飘香。

车子上路了,车外弥漫着浅灰色的雾气。一块石榴仍躺在手心里,袅娜成时空交错却永恒美丽的少女。喊声不断,在心里。

其实人所需要的并不多,在生活中,在心灵里,只需一颗石榴,一角温暖湿润的土地。

(2008年11月4日)

河畔桃花

那日从乡下参加一个活动归来，车子从县城西边的外环经过，我无意间向窗外一瞥，竟有了一个惊喜的发现，滩河东岸有一片桃林。"桃之夭夭，灼灼其华。"在春意融融的日子里，踏青赏花，那该是一件多么惬意的事！禁不住桃花那馥郁芬芳的诱惑，这个周末，我便走在了探访滩畔桃林的路上。

沿师范学校西行，然后拾阶而上，便来到了滩河大堤上。顺着大堤一直往南走，不多时，一小片油菜花映入眼帘。盛开的油菜花，在阳光的照射下泛着金黄，散发出沁人心脾的清香。金黄灿灿的油菜花田与潺潺流淌的深青河水相映成趣。朵朵黄花沐浴着和煦的春风，深情地摇曳着，犹如仪仗方队中的英俊少男，用粉黄色的微笑与热情，欢迎我的到来。

横过龙兴桥继续前行。一大片璀璨云霞般的灼灼桃花，展现着一个似真似幻的美丽世界。"东风着意，先上小桃枝。"烂漫桃花，枝条扶疏，花团锦簇，连成一片绯红香海。世间有很多事物，单独一个个体，纵然美艳丰盈引起过客的称许，却难让人有震撼之感。一旦成了规模，就会以惊人的卓越魅力惊艳于世。桃花就是这样，一株两株不过尔尔，成片之后便以一种排山倒海式的张力演绎着惊艳美丽。艳丽本身就是一种强势。当桃林的衣袂沾上了堤岸的身体，当她的发丝缠绕着溪流的脖颈，当她的翩然舞姿在大地上蔓延开来，她就轻而易举地完成了一次绯红的占领。这是一种强磁性征服，整个春天都无法抗拒。红色的精灵舞着迷人的清香，相互追逐在春天动情的眼眸中，轻盈地进入春天梦幻的世界中。桃林的容颜带来了温暖和活力，万种生机在陶冶中复苏，在荡涤中降临。

从高处看，红色云霞从脚下向低处延伸，把堤岸的阡陌绿野铺成一片绯红。桃花静若清池、动如涟漪，隐约中的层次感更加烘托出桃花的美丽姿色。一簇簇绯红的桃花交头接耳地靠在一起，如同一群没有城府的丫头，轻声细

227

研磨时光
YANMO SHIGUANG

语地述说着闺阁的趣事与乐事。"短短桃花临水岸,轻轻柳絮点人衣。"桃林依滩河而生,一个是花的靓丽发髻,一个是水的博大情怀,水为花动,花为水开,花和水相互依偎,仿佛是不离不弃的恋人,用风雨同担的道义与责任,去酝酿生命在相守时才显示出的那种心照不宣的幸福与感动。

　　点缀在缤纷色彩背景中的,是错落的当地居民住房。这些多少还带有北方民居特色的建筑静静地站立着,透着安静与祥和,仿佛试图唤起人们对曲径通幽街巷的回忆。在绚丽、热烈、缤纷的桃花周围,稀疏地生长着一些其他植物,让人感受到淳朴且自然的气息。静谧的青草地中不知名的野花,像宋玉笔下东邻窥墙的邻家小妹,一边脉脉含情地窥视着桃花,一边自我陶醉式地娇羞摇曳,那种欲语而又不言的姿态,好像故意撩拨你的情思,同样惹得你心动。在自然的怀抱中,桃林与它们和睦相处,真心实意地聆听小草的呼吸,感受风儿的抚摸,这不由你不联想到风姿绰约却又不与众香争艳的女人,春风得意但决不咄咄逼人,张扬中有谦恭,妩媚中有轻柔。

　　走进林中,领略那脉脉浮动的幽香,疏影横斜的风韵,更是一件赏心乐事。仔细看你会发现,每一朵桃花都有着一张生动的脸:有的傲立在枝头,在春风中摇摆;有的几朵挤在一处,互相依偎;有的则喜欢和绿叶做伴,在新出的嫩芽后露出笑容。微风吹过,红花舞动,如美妙少女在用灵动的眸子,极力展示滩溪人的好客与热情。那细小的、红红的花瓣纷纷扬扬,轻盈地吻过我的发丝和衣服,然后又轻盈地飘落而下。有的花瓣深红,如同少女的脸蛋水红滋润;有的花瓣浅紫,酷似街上的流行色,浅紫中彰显高贵。有的花蕾红中夹白,恰似少女的玉臂洁白柔嫩;有的花蕾白里透红,像醉酒的美人一样漾着红晕。"桃花乱落如红雨。"这红雨的心思,我只想用心去感受,用心去触摸,用心去融入。

　　偶尔有几个辛苦劳作的蜜蜂,徜徉于桃花丛中,为这红色的天堂增添了几分美的动感。小蜜蜂纷纷叮上了桃花,他们侦察、采粉、酿蜜,跟随春天的脚步,成为大自然最为重要的媒介。几只蝴蝶在花前飞着,敏捷的翅膀扇动着气流,让人感觉到生命的鲜活。它们十分弱小,却有着十足的幸福。蝴蝶对桃花是深怀感激的,也许就因为它们的感恩之心,新奇和喜悦一直伴随着它们,才让它们有了那么美妙的舞姿。

　　桃花散发的一阵又一阵清香,从鼻孔慢慢深入肺叶,然后沿着柔和的血脉一点一点地沁入两肋,又一阵一阵地散出小腹。这种由感官到心里的满足怎不让人滋生无限爱意。伸出手去,一片被风吹落的花瓣飘入掌心。一抹绯红,从暖梦里突然睁开睡眼,挨着春天的衣袖,婀娜行走。我仔细地端详着,便有一种诱惑,一种情感,一种美好的感觉,缠绕在自己的心田。最喜落叶缓缓飘落的那份宁静与优雅,自由自在地飘,不必顾及地的近与天的高。于是想象着有那么一天,不牵任何人的手,独自一个人走上一条铺满落叶的小路,把自己的故事一遍遍讲给自己听。"桃花一簇开无主,可爱深红映浅红。"抚一叶花瓣,嗅一缕花香,审一层花色,迷醉其间,思绪在这红色的海洋里尽情地放纵。

桃花丛中,有一小间低矮的棚子。几块木板随意地搭在一起,简陋而随性。我想躺在里面,闻着桃花的鼻息,对望着桃花深情的眸子,慢慢走进一个不想醒来的梦中。幸福,于是悄悄潜进心底。唐朝诗人崔护写下了千古名句:"去年今日此门中,人面桃花相映红。人面不知何处去,桃花依旧笑春风。"它纪念了一段桃花传情浓缩成的桃花缘,缠绵成一首美丽的绝唱。我不奢望这样的情缘,我只想完成一次内心的自我审视,用哪怕是一生的沉睡换得桃花多一日的嫣红。

离开桃林,继续前行,我发现了一片开着白色小花的豌豆地。青翠的豌豆叶子像不修边幅但青春涌动的少妇面孔,质朴中闪着灵动。深绿簇拥的叶子间,点点白色的豌豆花娇柔盛开。大凡环境宜人之处,其魅力也不只在一物一景。豌豆花,油菜花,小麦苗……都在一定程度上扮靓了这个世界。在生活中植物是人类的好朋友,正是这些美丽、坚韧、智慧的生命赋予土地生机和活力。

在我看来,桃花的好,桃花的让人魂牵梦萦之处,就在满满氤氲的小城温情中,只有那些生活在濉溪的人知道并享受着。也曾去过许多的风景名胜之地,可是人在景中始终抛不开匆匆过客的空寂之感,而在家乡濉溪,才真正觉得是在实实在在地享受风景。家乡偶然的或无意的一种改变,皆可以成为一种好。

濉溪平实悠然的外表之下难掩其深藏的激情和灵性,就像平凡的濉河拥捧着的一片桃花。一片桃花擎举的不只是一季的鲜艳,还有一方百姓的美丽品性。

(2011年4月12日)

研磨时光
YANMO SHIGUANG

梨树·梨花

其实来看梨花,不是一种预谋,不是一种绅士姿态,只是一种感觉,一种心情。

"忽如一夜春风来,千树万树梨花开。"下得车来,站在高处,黄里的百亩梨花就进入了眼帘。一树树的梨花高低起伏着,自自然然地释放着爱与生的力量。一步步地走近它,就像奔赴一个久远的约会。说不清是我干涩一季的期待终于迎来了一声低沉的问候,还是繁花茂枝孕育一冬的情感等到了倾诉的机缘。

首先占据我心灵的不是情感涌动渲染的春潮,而是一种素雅引发的亲近感和一种广阔带来的包容性。花海中,团团簇簇,或密或疏,不争香,不斗艳,轻盈、温婉,随缘随遇,随心随性。那是天上云朵的缥缈给予人世的一次恩宠。

那含苞的花蕾,是小姑娘半张半闭的小嘴,因素雅而简洁,因朴实而纯粹,不带一丝诣媚,不呈一缕招摇。那盛开的花瓣,是少妇装点自己心灵的舞裙,无言的静寂缥缈如烟,无声的飘落轻巧如梦。梨花是乳白色的,片片瓣瓣浸润着母性的慈爱,五片连襟的花瓣紧紧护卫着绒发般细软的花蕊,多像倚门而立的母亲深情注视孩子的眼神。花蕊的顶端擎举着红红的冠头,那是不张不扬但又实实在在的善意与爱心的凝结。在柔和春风的吹拂下,有几瓣花走向大地,飘落得那么心安理得。我突然觉得梨花在走向安息的那一刻,才是最美的花朵。

梨花是朴实的,纯白比不上冬雪,娇艳比不上桃蕊。梨花的美丽不在表层,在内里。梨花看重的是自己自然自在的开放状态,不动声色又任由自己尽情开放,从不去管这种开放能为自己赚来多少眼球。每一朵,每一枝,都开得那么质朴,那么了无遗憾。

一种花娇艳了还可以更娇艳,更娇艳了还可以更更娇艳。梨花不追求这

种没有上限的娇艳,也不屑于跑这没有尽头的马拉松。不论以什么样的姿态出现,它觉得开放本身就很美好,它被自己的美好开放所吸引、所感动。也许正是梨花对简单生活的满足,才让它盛开的疆域如此广阔吧。

梨花不看重名分,再堂皇的名分也赶不上真实的存在。梨花的分量就是我整个心灵的分量,我还能拿什么与之交换呢?

梨树开花,既很用心,又不经意。它开在属于自己的园地里,这种开放所以又是踏实的,世界上能有哪一种脚步迈得比梨花开放更踏实?

梨花无意中落入三月的胸怀,清丽的三月也成就了梨花不加雕饰的美丽。她舍弃了梅的高贵、菊的内敛、荷的明丽、玫瑰的妖艳,就那么悄无声息地绽放着,无私地释放着自己的亲和与温馨姿态。梨花不低俗地景仰太阳,不做作地守候月亮。一万朵不同的梨花,一万种相同的心性。

梨花的情感蕴含其中。谁又能说朵朵梨花不是点点相思之泪?相思之处,是缓缓移动的画笔,是点点片片纸张上的文字,是古筝上走动的手指,是喉咙生发的悦耳清唱,是脸上浅浅流动的笑靥。当相思的泪水盛开如梨花,那才是一种真真正正的快乐与幸福。我就是怀着对这种快乐和幸福的期待,走近了梨花。

走近梨花,就是走进一种洒脱的境界,一种悠然的氛围。

走近梨花,就是走进一种终生不渝的生存方式。

走近梨花,也就完成了一次澄明洁净、不染尘埃的心灵回归。

梨干是粗糙的,似乎无法让人将它与美联系在一起,然而它的美又是实实在在的,只有有心人才能意会。树干的斑驳,给人的印象不是成熟、不是城府,而是一种老态与沧桑。老态,就有面对冰蚀霜打的无畏;沧桑,就有风抚月慰时的坦然。

梨干的心中一直吟唱着一支属于自己也属于万物的乐曲,低沉、浑厚,悠扬、舒缓。走进夏天,是一种托举绿荫的率直纯真;走进秋天,是一种挥洒青春的无怨无悔;走进冬天,是一种卸尽盔甲的轻松朴拙。生命之于梨树,永远是一种孤寂中的安闲享受。

梨干的信仰,更直接地展示在老树新枝嫩花的相得益彰。孤寂时,不显绝望;沉稳中,不失本色。树干的蜿蜒曲直,默默地演绎着春华秋实的精神。那些看不见的根须,将丰富的内涵潜入坚实的泥土,梨根与泥土相互滋润。

梨枝不恣意地向四周伸展,不狂妄地向蓝天邀媚,以自己的内力坚挺着

研磨时光
YANMO SHIGUANG

一缕生活的欢悦。梨枝知道,无论是谁,如果只是一味地追求浮华而鄙视质朴,那么他最终连自己也看不清楚。梨枝以自己的方式努力着,在尘世中静守一份自己的净土,超然物外,淡泊宁静。

梨枝又是思念长出的翅膀,带着梨花淡淡的清香,为一段未了的情结寻找一个方向。我想起一位天姿灵秀的小女人,突然觉得她不像菊,更像梨花。一个拥有梨花清雅与纯情的女人,足以改变一个凡俗的世界。

梨树间,一条泥土小径被人踏踩得十分明亮,一程一程把人引向花海的深处。我在梨园中自由自在地走走停停,寻寻觅觅。走在梨树间,很幸福,也很满足。

梨树展示给世人的就是一种不经意、不虚张、完完全全真实的自我。不苛求路人的微笑,不讨要访客的夸口,不鄙薄果农的粗手。站在自己固有的位置上,坦然,踏实,不张狂地昂首,也不卑微地低头。梨树活在自己生命的本色里,这种活法简单而自由。真实最重要,自然最可贵。真实与自然是梨树对生命意义最贴切的阐释。

梨树的下面有留着果农锄头初吻唇痕的松软的土壤,有稀疏散布的青草野禾;梨树的边缘有浓密葱郁的麦苗,有亮丽橙黄的油菜;梨树的更远处有娇艳粉红的桃花和潺潺流动的溪水。这是一种和谐的自然生态。梨树不盘剥他者的地盘,不吝啬自己的土壤,不攀比妖红,不欺侮草灰。梨树与青草、麦苗、油菜、桃花无所谓谁是谁的陪衬,更没有枝蔓交错的缠绵苟合。梨树的亲和与感召,谱写着春天一段和谐的舞曲。

一个有心人,能在这个世界上找到他想找的任何东西。我想要的东西一半在心里,一半在这梨树上。我知道。走进春天的花朵,离冬天越来越远,离夏天越来越近。我也知道,只要能看清脚下走着的路,只要坚持走下去,就能用生命昭示梨花般的清白与洁净。于是,我走出了梨园。走出梨园,没有太多的流连,因为人也在走这梨花的路。一直走下去,最终必将成就一座自己心灵的梨园。心灵的梨花,不分季节,随时开放。

(2007年4月20日)

断枝的洋槐树

两年多前的一天,妻从大姐家串门回来,带回一棵大拇指般粗的洋槐树苗,在门前的一片空地里随便挖了一个坑,浇了点水,栽上这棵树苗。我从办公室下班回来,正看到妻在给刚栽好的树苗培土。

这片空地正挨着操场的跑道,虽然离跑道还有一定的距离,但一棵小树在那儿显得极其单调,与整个氛围不相协调,看上去就有一种扎眼的感觉。再者,空地是学校的,树苗是咱自家的,咱大小是学校里的一个官儿,不能带头做这损公肥私的事。想到这里,我走过去,阴沉着脸,数落起妻子来。妻有自己的道理:"整个门前空落落的,没有半点生机,栽上这样一棵小树,多少能给这空旷与沉寂增添一点绿意与活力。特别是到了夏季,上操累了的学生还可以坐在树荫下休息。"妻讲话的神情有受了委屈的那种愤愤不平,还有那种洋洋的天真与自得,好像真的看到了一颗高大蓬勃的树撑着庞大的树冠,罩下一片绿荫。

尽管觉得妻说得有理,但心中总有一种内疚与不安,好像做了一件对不起集体对不起人民的错事。我真想走过去,把它连根拔起。妻好像看透了我的心思,两只眼瞪着我。我只好就此作罢。兴许像妻子所说,我们还是在为劳累的学生谋绿荫呢。这样想着,也就心安理得地不把此事放在心上了。

一日在镇上最高级的一家饭店吃饭,在座的人里有一个人颇为了解实情,很神秘地对大家说:"这饭店有一道很高级的菜炒洋槐花,我们不妨叫一盘。"在座的齐声叫好,大有土娃子进西餐店的那种兴奋与自豪。在过去,穷苦的农民家没有菜吃,在洋槐花盛开的时候,把镰刀绑在一根长长的棍上,用这棍把洋槐花从树上一枝一枝地够下来。现在这种菜却成了稀罕的"高级"菜了。

大家吃着这道菜,一脸不可一世的样子,好像都当上了科长局长似的。

研磨时光
YANMO SHIGUANG

　　我想起了家门前的那棵小洋槐树，想象着一年后或者两年后上面挂着满树洁白细碎的小花。想象着以后年年都有一度坐在餐桌旁享受"鸡蛋抱槐花"的美味，乐滋滋的心绪跑到了脸上，变成抑制不住的笑。

　　一年以后，小树已长得有拳头那般粗，顶部长出三个较粗的大枝，每个大枝上又长出十几个小的枝杈。走过去数一数在不显眼处已长出了五朵细碎的花。又过了几天，再去数十一朵，再后来是二十三朵……没过多久，满树的洋槐花就摇曳在夏日的热风里了，几只蜜蜂在一串一串的洋槐花间飞来飞去。

　　枝头上摇晃着妻子的喜悦，一直晃晃悠悠地飘进她缱绻的心里。因了这棵树的存在，平淡琐碎的日子，有了亮丽的风景。

　　花期已过，转眼间到了六月份。妻常常给这棵树松土、浇水、施肥，树冠浓郁茂密就像妻密密的心事，就像我对这树怀有的疯长着的希望，就像儿女的纯情与天真。

　　有一天，我从办公室出来，往家走，远远地就看到那小树的两大枝杈耷拉下来，待我急匆匆跑到跟前，看到那棵树露在外白嫩嫩的伤处，我的心一阵阵绞痛。是被经过的车带断的？是顽童无意中拉断的？我跑进屋喊出妻，妻也怔怔地看着遭受摧残的小树，心里发堵，竟没能说出话来。那被拉断的两大枝杈，就那样耷拉着，我们不忍心再去动它。尽管很显然它没有生活的希望了，我们还是不忍心把它从树上全部拉下来。唯一剩下的那根枝杈更显得孤单，无依无靠，独独地撑在那儿，像守候在死难兄弟面前的沉痛的哀悼者。再后来，那树枝不知被谁拽了下来，被邻人捡去抛在柴火堆上。我们也只有默认这种不期而遇的灾祸，希望着残余的那根枝杈能从悲哀中振作起来，以顽强的毅力生活下去，支撑一方浓郁的天地。

　　连日的干旱酷热之后，老天像玩腻了捉弄人的游戏，突然收起狂热的面孔，换了一付阴沉的脸，先是大点大点地滴下泪来，滴滴停停，停停滴滴，再接着便像被人惹怒一般，倾盆大雨如注，雷电交加，刹那间，平地积水成渠。自那日看到那棵小树遭人摧折的惨景之后，心中就特别挂念着这棵小树。我在想在这样一个狂风暴雨的夜里，小树又该受到怎样的侵袭呢？拿着手电，撑起雨伞来到门口，只见那垂下的枝杈连同整个树干在风中摇曳着、挣扎着，与肆虐的风雨抗争。也许树是有灵性的，独立的那根枝杈仿佛知道唯有坚强地挺过来，唯有刻苦地活着，才是对死亡弟兄的最好哀悼，也才是对自己生存意义的最好宣昭。

每次风雨将它的枝叶压下去，它都努力地弹起来。就这样在起起伏伏中继续自己的抗争。风渐渐地小了，雨渐渐地小了，狂怒的暴性泄完自己最后的力量。许是惊叹于小树顽强的毅力？我禁不住为小树欢呼起来，此后便安心地回到床上睡觉去了。

一觉醒来，天已大亮，打开门来，一种令人难以置信的景象使我惊呆在那儿。独独的那根枝杈从它与树干相接的地方劈开，低垂了下来，与先前的两根枝杈是一个样子。断枝的洋槐树，像一位断了臂的残疾人，孤零零地站在那儿，显得那么可怜无助。从它的断裂处可以看到枝干是那么的新鲜、娇嫩，裸露着垂泪的伤口。它从烈日的暴晒中挺过来，它从风雨的侵袭中挺过来，它从病虫的毒害中挺过来，它从自身的消沉中挺过来，但它最终还是没有躲过人为的残害。

妻子从屋子里走出来，也被眼前的景象惊呆了。"我栽这棵树，不为别的，只为让这荒凉的地块有一丝绿意。就这么一棵树，站在草地里，它又招惹谁了呢？"妻子喃喃着，眼睛里一片湿润。在妻子的感觉里，这棵树俨然已经成为家里的一个成员。妻子每天提着水给树浇水，辛辛苦苦把树养到这么大，这树承载着妻子的满心希冀。

妻子一声不响地走到邻居家借来一把大剪子，将折断的枝丫进行了整枝修剪，用一块塑料布小心翼翼地包扎着断裂处，回填泥土，用脚压实。

待到第二年开春，断裂处又长出新芽，再接着又是一季如盖的青绿，撑起生生不息的渴望，洒下透心彻骨的清凉。每一枚叶，都似乎是一只流溢着绿色光芒的眼睛，平静中承受着迎面而来的一切。阳光细碎，在绿叶间闪动、跳跃。洋槐树在日复一日地延展着根系，增长着树干，拓宽着树冠。

呵护洋槐树，便在它的葳蕤中汲取希望。欣赏洋槐树，便会在它的茂盛中发现坚强。我明白了，一棵折断枝条的树之所以在挫折中再次挺拔，是因为生命中贮藏着一个不屈的灵魂。

(2004年7月10日)

研磨时光
YANMO SHIGUANG

青 檀 树

到皇藏峪来,是想感受一份命运与天意的撼人杰作。兵败彭城、被项羽追杀的刘邦跑进深山,情急无奈之中躲进悬崖上一个小小的石洞里藏身。追兵到前,一块巨石从天而降,落到石洞的前面,形成一道屏障;紧接着又有殷勤的蜘蛛用自己的丝网密密地将洞口封住,造就一种假象。刘邦借此躲过了劫难。

到皇藏峪来,是想感受千年银杏树的育子教训。三棵银杏树并排连在一起,中间粗大的一棵是爷爷,左边笔直细长的是父亲,右边弯曲低垂的是孙子。孙子之所以这么不成器,是因为过于贪恋右前方美女化身的桂花和蜡梅。望子成龙的父亲想对儿子严加管束,无奈溺爱孙子的爷爷阻在中间。

到皇藏峪来,是想亲眼目睹千年古刹瑞云寺、神秘幻境三仙洞、充满灵性的拔剑泉、禅意绵绵的洗钵池……

真正进得皇藏峪中,惊异和感动的却是映入眼帘的青檀树。青檀主要分布在皖南和大别山区,在淮北地带并不多见。皇藏峪的千年青檀古树群无疑是皖北大地上的一大奇观,为皇藏峪平添了无限风采。

皇藏峪的美,其实就美在青檀上。

密密匝匝、遍山漫谷的青檀树,植根于叠嶂山崖之中,盘根错节,千姿百态,造化神秀,有的直生矗立,有的横生倒挂,风霜雪雨之中,被大自然的鬼斧神工雕塑成了一件件令人叹为观止的艺术品。树根似虬龙翻旋盘卧,树干如蟠蛟屈挈伸展,树冠若孔雀开屏成荫,郁郁葱葱,气势俊逸超拔,婆婆娑娑,风姿奇特劲秀。瑞云寺山门前的一株青檀树,已经空心了,主干上长了个"瘤子",成不规则圆形,直径有四十厘米左右,其色金黄,正看似龟,侧视像兔,人们命名为"金龟听经",又名"龟兔同体"。大概由于青檀树瘤较多,躯干苍虬,材质不理想,才没有遭到人类的砍伐,成全了它的长寿,真是应验了老子的祸

福相倚论。

　　导游把我们引到一棵黄杨树前,介绍说,它是中国现存三个千年黄杨树之一。可是我分明看到,它靠着一棵水泥柱子支撑的头冠,在无力地甚至是绝望地祈求着微弱的阳光,它的神情是迷惘的,在寻找着适合自己生存的哪怕是一星一点的趋向。相比之下,青檀的生命是顽强而又极具个性的。不在鸟语虫鸣中消沉,不在花芬草芳中媚俗,不在山险石奇中驻足。沧海桑田,任世界在它的枝头喧嚣,它们依然是宁静着、沉思着。

　　宁静是一种生活姿态,沉思是一种生命方式。很多东西经常是以一种倏忽的态度出现,而曾经以为崭新的东西,须臾就变得模糊不清,甚至是越来越远。然而错过的朦胧感情,错过的熟悉声音,都会在一次次宁静和沉思中积淀成生命的财富。

　　生命,充满了快乐的情绪。

　　春天绽放在枝头上的花朵是嫩绿、浅紫,抑或是淡淡的鹅黄?那时山谷里,醉人的檀香会是怎样的沁人心脾?盛夏凝结在叶怀中的果实是滚圆、细长,抑或是沉沉的扁团?那时的幽风中,丰满的檀籽会成怎样的观止绝响?在这刚刚立冬的日子里,那些关于姹紫嫣红的猜想也只是瞬间即逝的。萧瑟寒风中,青檀树除却了浓郁的服饰、褪去了华美的装束,自是一种灼灼柔姿与铮铮铁骨融为一体的生命本色。那些青檀悬于山崖,树干执着地顺着崖壁的缝隙攀缘而上,在坚硬而冰冷的岩石中生生撑出了一条条鲜活的生命轨迹。枝枝杈杈从峭壁中奔涌而出,伸展着,盘旋而上,肆意张扬着坚韧的风骨和旺盛的活力。在那些青檀古树的盘根错节与枯藤腐蔓上,鲜明地镌刻着生命的年轮和岁月的印记。然而一株株经历了千年的植物,它们身上依然掩饰不住蓬勃向上的青春的力量,依旧峥嵘立地,苍翠擎天,愈老愈壮。有一棵独立山坡上的青檀,生活了两千多年,树根已是千疮百孔,树干也是满目疮痍。然而在已垂死的躯体之上,新的根茎在孕育而生,新的枝杈在蓬勃升起。

　　青檀的姿态与生命本色,连同它们那裸露着的盘根错节的根部,瞬间潜入了我的灵魂,引领我在生命绝对的短暂和相对的永恒中去领悟人生的要义。扎根土地不是最重要的,重要的是敢于伸直腰身,敢于挥舞手臂,就能在任何艰难困苦的环境中汲取生命所需要的空气、阳光和水分。

(2006年11月25日)

研磨时光
YANMO SHIGUANG

杏台与日轩

　　顺潍河公园的主道往南走,横跨过师范学校大桥,再前行五六十米,便可以看到东侧那座精巧别致的小木房子。

　　玩具般紧凑精巧的小木房子,把自己圈在一个小小的角落里,面朝潍河,安详地端坐在一片绿荫之中。这是一座普普通通的房子,朴素,淡雅,原始,自然,不去做智慧的驰骋,不去做梦幻的遐想,不拒绝清新空气的拥抱,不推挡暖日和风的抚慰。普普通通是大自然最恣意的生存方式吧。

　　在我的眼里,小木房子的朴素里,是带着一种特有魅惑的。公园把小木房子展示给游人,就像一个女人适度裸露着娇嫩的肌肤,那优美的姿态与惬意的风情成为一束散发着暗香的静夜幽兰,让驻足在此的每一次观赏都变成了一件格外浪漫的事。

　　每次从它的面前经过,我都不自觉地停下脚步,稍作逗留。我喜欢上了它的简单、朴素,胜过喜欢世界上的任何一处亭台楼阁。

　　在我幼年的时候,我就亲手搭建过自己的房子。深秋里,坐在院子里,用大人们剥光玉米粒后剩下的一堆玉米骨子,横一个竖一个地搭建小房子。奶奶踮着小脚走过来,笑吟吟地夸我:"我的小乖乖这么能,搭的房子比地主老财家的堂屋都漂亮。"这时,我就会甜甜地一笑,扬起胳膊,抬起头来,透过沾满灰屑的小手看湛蓝湛蓝的天空。阳光五彩斑斓。这样想着,我便有了一种久违的、熟悉而又陌生的感动,一种曾经体验过的力量让自己从世俗生存中超拔出来。也就在这一瞬间,我似乎又触摸到了奶奶生命的温热。

　　小时候家里住的房子是泥木结构的,土墙,土山,木质的门框,木质的单开门,木质的门槛,木质的窗子,甚至连门上的梁子也是木质的,屋顶是草煽的。想起父亲造泥坯房的情景。先在地上按着要盖房子的大小挖一个长方形的浅沟,在沟里垒上几层青砖做地基。用俗称的架车子到南沟湾里拉几车黄土回来，掺上一些麻袋碎屑、麦场瓢子和杂草，用坯模子打出坯来。待泥坯干透后，在地基上面用一块块泥坯垒起来。到了一定的高度，就可以上房梁了。梁上架檩，檩上架椽，椽上铺笆，笆上抹泥，泥上散草。一座茅草泥坯房就盖成了。为保证坚固，父亲还用一种手工打造的溜子在泥坯间勾缝。长时间风吹日晒，外面的土坯就一层一层往下掉。下雨天屋顶漏水了，就找来大大小小的盆罐接住。家家户户都这样，小孩子还觉得这些没有什么不好，哪里知道大人的愁。现如今房子不在了，但时常出现在我的梦里。

公园的这所房子自建好后就一直空着。每当我沿着边缘的木梯拾级而上，然后走进房子的里面时，我都在想：它可以用来做什么好呢？

可以开一个茶社。请几个朋友到这儿来，不要西湖龙井，不要黄山毛峰，不要碧螺春，不要铁观音，只要一杯家乡临涣的棒棒茶，也只有这世界上最便宜的茶能让我品出生命的滋味来。

可以开一个牌室。四个人围坐在一张桌子前。坐在我对面的是一个温情的女孩子，长达腰际的黑色直发梳得一丝不苟，眼神澄澈，细嫩的麦色皮肤。衣服没有皱褶，亚麻布长裤。打起牌来不紧不慢，安静温情。趁她出牌犹豫之际，我悄悄地问她："是否相信世上真有一见钟情？"她会不假思索地回答："当然有了。"她的目光依然盯在手中将出未出的那张牌上。牌出手后，她还是抬起头来冲我一笑，也就是这一笑，让我感觉到世界上真正的春天就在这里了。

可以开一个书吧。轻轻地打开小巧玲珑的手包，将一把铜色的钥匙从夹层中拎出来，一点一点插进锁孔里，再轻轻地用力旋那么一下，任由金属撞击的细碎声音抚摸自己的耳膜。桌子上放着一个花瓶，花瓶里有新鲜的玫瑰。把窗子打开，让风吹进来，到迎风的那一边去。找一个角落坐下来，随手从架子上取一本书，聚精会神地一页一页翻下去。不大一会儿，被书中的某一个情节感动，眼角有泪在微光中闪动，泪水痒痒的、涩涩地停在腮边，再接着便滴答滴答地掉在书本上。

要不，就在这里开一个面馆吧。自己动手，煮上满满一大碗阳春面，不放肉片、肉丝，也不打鸡蛋，就放上几根嫩嫩的小白菜叶子，热气腾腾地端上来。不慌不忙地在桌子的前面坐下来，抄起一双筷子，不紧不慢地吃着，渐渐地面碗见了底。兴致来了的时候，还可以端着碗走出屋子，坐在边缘的木梯子上，或者坐在屋前的那块石头上，或者就往地上一蹲，旁若无人地吃自己的面。

研磨时光
YANMO SHIGUANG

　　为什么一定要在一张白纸上写字呢？我又想，房子空着也有空着的好。房子什么人都可以进来，什么时候都可以进来，就像现在这个样子，空空的，幽幽的，静静的。这便是真正意义上的"大家好，才是真的好"吧。

　　该给这所房子起一个名字吧。叫它坊有些土气，叫它堂又过于俗气，叫它斋又濡染上过重的肃穆之气，就叫它轩吧。叫什么轩好呢？如果从房子结构上看，房子连同前部的过廊正好构成一个"日"字，另外，房子的后墙无遮无拦，每天正好第一个迎接初升的太阳。"日轩"中寓意着温暖、闲适与希望。

　　房子的前面是一个小小的花园，花园中有一棵松树、两棵石榴树、两棵桂花树、三棵玉兰，还有六七棵我叫不上名字的树，地面上有各种各样的花花草草。两边稍前方竖放着两块石槽，石槽里栽种着迎春花。我对其中的两块石头很感兴趣。北面的那块像极了一头站立着的象，南面的那块有着卧牛的神韵。这是一个多么悠闲的场面，大象不用在森林里奔跑，老牛不用在田野中劳作，就连石槽也不用再盛放草料。象的右侧身上刻着"同乐"两个红字，恰好成了这一幽静、和谐场面的真实写照。

　　主道的右侧是一个口字型的花坛，花坛的中间是一棵树。

　　口字型花坛的前面是木钢结合的台子。两边各有一条架起的笔直甬道。左侧甬道的前端有一棵树，在深蓝的天空下撑开清晰的轮廓。有趣的是，在大约两米高的地方分出两个大的枝杈，每个大的枝杈上又各分出两个枝杈，每个枝杈再分出两个小枝杈，这种两两一起葳蕤向上的淡定与执着，让人喜悦，也让人感动。我倚着树干，像依偎在一个温暖的胸怀。再往前走，两条甬道的连接处又是两个左右伸展的长长的甬道，每个甬道大约三十米长。可以沿着任何一条甬道走下去，走到滩河的岸边。若不从甬道下去，还可以直往前走，这便是延伸而来的迎水平台了，一排栏杆挡在前面。站在这里向前方眺望，透过对岸密集的杨树隐约可以看到省道上往来穿梭的车辆，漫过树梢是一座座并不很高的楼房。远处的景，在眼睛里，越看越模糊，越看越渺小了。

　　两条甬道中间空着，有木质台阶一路下行。沿着下行木梯走下去，到达地面，面前是一面影壁墙，正中留一个圆形的窗口，圆形的窗口也就成了一个自然的画框。透过窗口可以更加真切地看到岸边的垂柳，河中的流水和更远处的公路，只是不能像头顶之上近水平台上那样看到路那边的楼房了。这便是低有低的好，高有高的好。

　　这个结构较为复杂的台子也没有名字。从其外观上看，倒像汉字中的

"木"字,连上口字型花坛,那便是一个"杏"字,就叫它为"杏台"吧。山东曲阜孔庙的大成殿前有一个杏坛,那曾是孔子的讲学之处。潍河公园的这个"杏台",那该去潍溪人休闲的绝妙之地。古人习惯于将"杏"比作女人漂亮的眼睛或漂亮的脸蛋,即"杏眼"或"杏脸"。历代诗人中,王安石是比较喜欢杏的。"俯窥娇娆杏,未觉身胜影。嫣如景阳妃,含笑坠宫井。"傍水的杏花,如同妖娆多姿、含笑凝睇的美女,楚楚动人,独具风韵。"杏脸桃腮,乘着月色,娇滴滴越显得红白。"脸似杏花白,腮如桃花红,单纯的白色太苍白,独自的红色太妖艳,白里透红,便是王实甫笔下美女的可爱。

    叫它"杏台",还有我个人的偏好。杏花,因春而发,春尽而逝,既有绚丽灿烂的无限风光,也有凋零空寂的凄楚悲怆,恰如人的一生,酸甜苦辣都曾有过。在我们的身上,在我们的眼前,究竟发生了多少故事,没有人能说得清。那些渐行渐远的身影,那些刻骨铭心的记忆,那早已辨不清色泽的一捧春泥,那永远无法再找得到的一片落叶,终究无法深挖细掘。所有的初绽与飘落,早在枝头泛青的那一刻就已经注定了。杏花的花语就在于此。喜欢杏花的人,受到杏花祝福的人,外表柔弱含蓄,内心却蕴藏着灵敏的思维及无比的坚韧,是隐忍、经得起风浪的人。这样想来,这里该种上几棵杏树才对。

    杏台与日轩结合,那便有了"杏日"一词,这让我自然而然地想到了韩琮的诗句"桃时杏日不争浓,叶帐阴成始放红"。韩琮用桃时杏日来反衬"叶帐阴成始放红"的牡丹,也恰恰从另一个方面印证了浓不可争的杏是永远凝结于春天的独特风姿。这是杏日捧给世人的好。

    不论官方以后会给它一个怎样的诗意命名,它永远是我的日轩与杏台。与杏台与日轩的亲密接触,我体验了很多,也思考了很多。对于一个地方,一个物件,如果光凭眼睛,你是无法了解它的真谛的,真正让你喜欢上它、留恋它的不是色彩、不是形状,而是它的气质与韵味。杏台与日轩的气质与韵味永远地留在了我的心里。

    离开了日轩与杏台,我走上了回家的路。

(2015年5月7日)

研磨时光
YANMO SHIGUANG

走在校园的广场上

  大门内侧,运动场地的西面,学校新建设了一座校园休闲广场。有花草点缀、曲廊衬托的广场以其观赏、休闲、补偿的特性,无疑成了学校师生放松疲惫身心的一方精神家园。

  学校一向资金短缺,把多方筹措来的钱用来改造校园的人居环境,建成了这座景色如画的休闲广场,配套添置了健身器械,这也算是一个善举吧。对于整日忙碌于高高低低的建筑和大大小小的设备之间的老师和学生来说,一片绿荫就能让他们享受到诸葛亮躬耕垄亩的自得、陶渊明采菊东篱的悠然和嵇康把酒竹林的闲适。广场让他们更加贴近自然,品味生态,陶冶性情。课余饭后的片刻消遣也是他们的一次与环境的亲和与人性的寄寓,一种精神情感的慰藉和生命情调的复归。石凳上坐一坐,花岗岩地面上站一站,贴近樱花轻轻地嗅一嗅,点滴活动体现的都是生活的情韵和生命的灵光。有了善于感受自然的心灵,生活中才会多一分惊喜与感动。进入眼帘的景物是短暂的,但是留在心里的感受是永恒的。

  由于生性偏爱独处和工作琐碎繁杂,平时很少进行户外活动。加上不擅长琴棋书画,不爱好球类运动,偶尔有点时间就喜欢到这广场上站站、坐坐。在这平心息性的过程中心境得到放松,不知不觉中忘却了生活中的烦恼与不快,忘却了工作带来的压力和劳累,细细品味着一种酣畅的惬意之感,和这惬意之感带来的许多乐趣。我的脚步,在广场开阔平坦的地面上响着,像是重新掂量着、细细掰数着少不更事时的异想天开,青春年华时的谈笑风生,初为人师时的激动与喜悦……

  斜冲着学校大门,广场的入口处,放着一块标志性的石头,学校原打算在上面刻些字,却一直没有酝酿出合适的语句。其实又何必一定要用直白的文字告诉人们什么呢?仔细端详起来,石头的形状本身就像诸葛亮手中的那把

扇子,妙计锦囊的谋略与占卜天地的智慧都在其中,还有什么语言能有这本身造型的蕴意更为丰富?有时候留着一片空地,远比建造一所房子更为重要,不论是物质上的还是精神上的。

广场上有一条蜿蜒曲折的鹅卵石铺成的健身路径。路径由鸽子蛋般大小、经千万年河水不断冲刷而成的鹅卵石镶嵌组成,石子铺设整齐匀称,路面中间还有不同形状的花纹格局。清晨和傍晚的时候,一些学生和老师聚集在广场上,在这鹅卵石路径上,来来回回地用心锻炼和慢慢行走。有的穿着薄底鞋缓缓前行,有的脱去鞋子、穿着袜子在上面行走,甚至有人干脆赤着脚在石子上踩来踩去。有的人只是静静地站在上面,有的人在上面欢快地跳跃。

据说经常在圆滑的鹅卵石小径上行走能提高身体的平衡能力和协调性。来这里的人们在意的远远不是这些。大家有说有笑,其乐融融,与同事或同学交流着,乐此不疲,一边呼吸着院墙以外田野之上飘来的清新空气,一边体味着卵石给脚掌所带来的奇特感受。这条鹅卵石路多像林黛玉遗落的一只发簪,略略带有她话中的醋意,酸酸地扎人,却含着爱意与慰藉。

人到了一定年龄,对身边的世界和周围的事物,认识层面和思维方式也就有了新的变化,说不上是一种深沉,还是一种彻悟,感性的东西少一些,反思的成分多一些。每天埋头于无休无止的工作和无头无序的事务之中,虽然换来了自以为得意的阅历和为人称道的业绩,同时也悄然发现,这世上的风景错过了很多,也糟蹋了很多。于是还想在旭日东升的晨曦中,在夕阳西下的黄昏里,再走一次曲曲弯弯的小路,再感受一次轻盈拂面的微风,再聆听一次飘飘荡荡的悠扬舞曲,再眺望一次悄然颤动的水光树影。

广场中心偏西北的位置有一个水池。虽说新栽的柳树还不能撑起一片绿荫,新注的清水还缺少流动的畅快,但是池里有一群鲜活的红鲤鱼,像绽开笑容的朵朵荷花。如果鲤鱼真有微笑的话,这微笑绝不是强装着,而是自自然然的。抓一把鱼食撒在水面上,鱼食慢慢地四散开来,不大一会儿,一条鱼出来了,接着是两条,三条,一大群……鱼儿摆动着尾巴拖动着全身,灵巧而多变,互相之间摩擦着、嬉戏着……

深藏于地表以下岩层深处的水,顺应电机深情的轰鸣召唤,经数百米的直线奔涌,终于来到了校园这块净土之上,把自己最美丽的水性呈现在了师生面前。泛着绿波的水池像醉卧草地的西子,那座层层叠叠的假山宛若她高高盘起的发髻,西施的天生丽质与绝伦禀赋也只有这一池清水才能诠释得清

研磨时光
YANMO SHIGUANG

楚了。我想这娴静少女般的小池塘是再幸福不过的了,有可爱的红鲤鱼活跃在她的心中,像一件件呼之欲出的少女心事。在北方,在一个普普通通的校园里,能有日红树绿、桥小水静这样一种景致,也着实让人心动了。池塘温和的面容和纯净的内心,让人向往,也让人嫉妒!

到了阴雨绵绵的日子,这里更有韵味了。雨滴一颗颗落入水池,缓缓地漾起圈圈涟漪。也许只有淅沥的小雨在池面上才能写出最缠绵的诗意。

东南角是个露天曲折的亭廊,肃穆地矗立着,宛若一座构思奇特的雕塑,挥洒着一种刚毅与阴柔并蓄的质感和魅力。条条道道有规律地排列着,分明就是断臂维纳斯的骨节的一次拆解与重组,透着古典的美,透着现代的秀。亭子的圆形立柱、弧形横梁和散开的条梁组成的锥体顶棚都被涂染成白色,耀眼的雪的颜色,令人心生敬意的颜色。

换个角度,站在高高的办公楼上眺望广场,下面的景物仿佛映射出古代四大神兽的影像来。葱郁的水池就是一只青龙,威严的亭廊就是一只白虎,鹅卵石图案就是一只活灵活现的朱雀,石碑就是一只龟蛇合体的玄武。在中国古时星象说中,一共建立二十八宿,分为四组,每组有七个星宿。这四组分别是春、夏、秋、冬四季之星。每一季配以一种动物和一个方位。春天配以东方,其灵物为青龙,青龙代表了春天的勃勃生机以及花草萌芽之象、万物生长之气。夏天配以南方,其灵物为朱雀。朱雀又叫火凤凰,有火里重生的特性,以它的歌声与仪态为百鸟之王,给人间带来祥瑞。秋天配以西方,其灵物为白虎。白虎避邪禳灾、祈丰促财、惩恶扬善,张扬的是一种正义与勇猛。冬天配以北方,其灵物为玄武。玄武是一种由龟和蛇组合成的灵物,普寿生灵,操延社稷,成了长生不老的象征。

中国古代的这种星象说,具有至高无上的权威性和神圣性,包罗着万事万物的道法规律,被奉为无与伦比的大智慧。

由广场我又想起了那个篱边菊花、窗前芭蕉的美丽构思,我总是不由自主地想起它,任何一件事情都能触发我对它的向往。主人是一个极具温柔情怀且很懂得生活的女人。芭蕉不需要修剪,菊花也不需要人为的摆弄。房子在僻静的角落里,应该通风很好,没有围拢的院墙,坐在房前就可以随意眺望。我爱上了这个与我毫无干系的虚拟的家。我想象着自己在房前小憩,品一杯无论质量怎么低劣却十分可人的粗茶,也可以随处走走,听那悠扬的琴音,看着主人在小房子的正中间弹着古筝。那张脸永远是红润的,那头头发

永远是乌黑的。如果能够融进这样的生活,那一生也就没有任何憾事了,我总是这么想,我爱这么想着。我想象着我们一起谈生活、谈梦想,谈我不懂的琴声和不明白的画意,可以不是夫妻,可以不是情人,甚至可以不是一对朋友。所有的话语,都是心灵之花自然地开放。我想只要心里有花,就会有一路寻来的明丽阳光。

很多时候,美好的想象和踏实的睡眠是相伴而生的。梦里有水,有桥,有花草,有亭廊,有由此引发的想象,有想象中人的影子。很多时候,睡眠是男人自己的屋子,不属于任何人。有时轻轻地将门掩上,把所有的过去都遗落在门外,不带进任何一件曾属于他的东西,包括那张永远寻觅不到的照片,那个考场上传递过来的手帕,那根一遍一遍被吹熄的蜡烛,那个没有赴约的约会。有时放弃一次接近,也就选择了一条自由快乐的生活之路。

慢慢地我发现,健身路径上的鹅卵石被一些好奇、顽皮的孩子用砖头砸碎了不少,池塘里的红鲤鱼也一日日减少,绿茵茵的草地也被图行走便利的学生踩出了小径。假山后面移植过来唯一存活的一棵竹子也被人拦腰折断。看到浑圆润滑的鹅卵石,自由游动的红鲤鱼,心生喜爱之情,想象着把握于手中,任凭自己自由地赏玩,这是一种快意的事情,可是一旦越过了心理的那道道德防线,一切美好的东西就被破坏了。"毁坏公物是不道德的",这是每一个稍稍明白事理的人,不论是儿童还是成年人,都曾从不同方面获得的警示,也在心里认同的真理,然而这又是每个心有私欲的人不可避免地要走入的禁区。一旦好奇变成了谋取、喜欢变成了伤害、便利变成了践踏,人性也就随之变成了残忍。把索取当作风,这风带来的不只是凉爽,很多人站在风口中,迷失了方向。眼中无爱,再清晰的路也无法看得清楚。

昨天夜里下起了零星小雨,顺着雨声我突然又找到了先前的那份感觉。那一年,一朵秋菊开在盛夏里。那个时候我真真切切感觉到了等待已久的温暖,那个时候我固执地认为自己一定会这么幸福地一直走下去。

我的思绪还是离开了这个主题,又回到了砸碎的鹅卵石和被捞出水面的红鲤鱼身上。鹅卵石和红鲤鱼应该学会救赎和珍爱自己。

(2007年4月15日)

研磨时光
YANMO SHIGUANG

钟 情 于 诗

　　文友圈内有个说法：唇边的爱，心头的诗。人这一生不仅应该有爱人的纯情注视，还应该有诗歌的温暖光照。两者的调和中，如果不能把爱人变成诗，那就把诗变成情人吧。

　　诗不分季节，不分场合，随时随地就能生长出来。心情是诗的肥料。好心情坏心情都能使它茁壮成长。诗的脸色也就随着我的心情开出五颜六色的花来。有时，我活跃在诗的亢奋中，我为诗而欢呼，我为诗而畅饮。有时，我平静于诗的沉默中，我啃噬诗中的温馨。有时，星星般的蜜汁浓液，沿着突遇酷暑严寒的诗之边缘，一滴一滴地坠落。对诗的钟情，让我渴望奇迹，渴望在另一个世界中看到一个形象翩然而归。

　　一个人生活的那段时间，我让诗包裹着。整个卧室里，书架上，桌子上，地上，床上，全是诗集诗刊。很多的时候就是读着诗进入梦乡的。有时半夜梦中醒来，顺手抓起一本书，便大声地读起来。即使是在梦中，常有雪莱、拜伦、聂鲁达、顾城在我眼前晃动。

　　读到一定的程度，我便拿起了笔。我写诗，常常是为了表现一时的情绪、一时的思想。难以名状的心绪，生动在奇异的词汇表达和新奇语言上。在别人耳边如风而过的事情，在我这儿就成了一条道或者一堵墙。想让手中的这支笔永不停歇，想让写出的每一个字都渲染快乐的色彩。当我感觉到需要一个人时，不是掀开绯红的遮盖，而是举起诗的旗帜，让诗走到温暖的阳光之中。即使独自一个人躲在一个隐秘的角落，也要挖一个深浅适宜的洞穴，让诗心在悄无声息中去接近一个人、欣赏一个人。

　　我通过眼睛和手与诗歌深情地对话。我诠释着我心中的诗。诗是一团丝线，只能由一个人慢慢而又专注地抽，若多人都在抽，它必然变得一团糟。

　　钟情于诗，也就不可避免地沉在纠结中。让这诗纠结的，不是决绝的声

音,不是远去的背影,不是抖落的面纱,不是冷峻的面孔。我的纠结是不由自主的,由不得我,定居在我脑子里,继而扩散到全身。阵阵冷雨叩窗,片片落叶满地,都是我的诗情。

钟情于诗,也就钟情于死亡。诗人在死亡面前有一种无法遏止的激情和冲动。海子以一个极其潇洒的卧姿,将全部生命的真实意义赐予二十五个春夏秋冬。顾城的淋漓尽致,将平凡的一瞬变成惊人的永恒。世上更没有哪一位跳水运动员,会有朱湘那辉煌之举,在诗歌声中随波而去,该是怎样的壮丽。把自己交给诗,便拥有死亡之情人。从生到死,就像出一个门进另一个门,就像一次不回头的旅行,就像嵇康弹奏过《广陵散》后的一次散步。生是一场梦,死是梦的苏醒。诗让人有了大彻大悟,人在大彻大悟中,每一个日子才能过得有滋有味,无形中人的旅途也就延展了许多,丰富了许多,人的姿态也就潇洒了许多,缤纷了许多。

钟情于诗,造就人类最伟大的丰碑。

(2000年3月3日)

研磨时光
YANMO SHIGUANG

桂 花 树

每个人都有他钟情的花朵。有些话,我只对桂花说。

教学楼前靠西角是一片小小的苗圃,小小的苗圃里生长着一株醒目的桂花,像一位盘坐在青草地上虔诚修行的尼姑一样安详。青翠的枝叶在这苍凉的秋季给人一种温暖的感觉,让有心人在碧绿氛围中寻找和谐、寻找依靠、寻找超越空旷漠然的诗的意境。青翠让含羞者扯去面纱,以坦然的姿态慰藉怡然的心绪。青翠让放荡者收敛粗犷的野性,以平静的目光笼络豪放的情怀。

有人专为着花香而来,在它的面前,或蹲或立,都以挚诚的心敬仰它的香气,接受花香的抚摸。有人紧闭着眼,试图用一己的意念将这满园花香摄入心扉,这样坐着便有了一脸的感动。有人长时间俯着头,一腔的眷恋与思念沿着淡淡的桂香之边缘一缕缕涌动。

我时常在没人或人少的时候,静静地伫立在这棵桂花树前。在我的感觉里,桂花树是睁着眼睛的,我便与桂花树相互对视,通过眸光的交融传递各自的心事,我想桂花树也该是有心事的。我的心事便在这个时候落在了桂花树青翠的叶子上。

当一个人缺失了某一样东西的时候,便会有另一样东西或早或晚地填补它的位置。也许远方的那人会站成我心中永久的桂花树,那人的微笑会为我开成四季不败的桂花。桂花永不改变的姿态,使我想起远方那人永恒的美丽,桂花摇曳的枝条,使我想起远方那人真挚绵长的情怀。走进桂花装点的天地,我沐浴在柔柔的月光湖般的惬意中。走进桂花飘香的氛围,我有了长久思念后的感动。

我爱这株桂花树。我最喜欢在无人的周末独自一人驻足在桂花树前,任幽静的锋芒刺疼我痴呆的思想。我不怕忧伤会在细雨蒙蒙的日子无限制地弥漫,我不怕我的孤寂会在风吹桂林的响动中独立支持寒碜。我站在桂花树

前,放开我不同凡响的遐想,放开我无与伦比的深沉思念。

　　当夕阳的最后一抹余晖恋恋不舍地离开地面时,在热闹的观赏人群离去的日子,我会一个人悄悄地走来,用自己的倾心低诉,驱去桂花的孤单寂寞。我会轻轻地掀起衣袖,小心翼翼地拭去每一个叶片上的尘埃。我会拖动沉重的锄头,为它松土除草。我会不顾一天的疲惫劳顿为它浇水施肥。我在悄无声息中做着这一切,在悄无声息中离开。我会在大雨如注时,脱下自己的衣服为它遮风挡雨。

　　在桂花的濡染中,我的眼睛也明亮了起来。有时我的目光会离开桂花树,落在其他的观花人身上。于是我发现每一个人在桂花树的面前都是那么的温柔、宁静,含着慈爱。我便悄悄地从这儿退出来,我愿把娇艳和清丽留给观赏的热闹人群,并赞美每一个爱花的人。

　　我清楚地知道,在桂花的面前我能做什么,不能做什么。我觉得桂花最美的时候,是开在人心里的那一刻。

(2002年9月28日)

研磨时光
YANMO SHIGUANG

用宽容的心态接纳诗

　　就我个人的写作经历而言,写散文远比写诗歌顺手得多,也顺畅得多,也许就是因为这样一个原因,我对诗歌的痴迷程度远远大于散文。
　　由古典神秘时期,到现代立意时期,到今天的后现代解构时期,诗歌在以自己的方式走着自己的路。目前对于诗歌有两种极端的倾向:一种是诗人以外看不上诗人的诗,一种是诗人之间看不上对方的诗。
　　时时可以听到"读诗的人没有写诗的人多"的抱怨声。韩寒也曾表达过这样一个观点:现代诗歌和诗人都没有存在的必要。这可能就是诗人以外看不上诗人的诗的典型例子。诗内诗外还是有一定距离的,有距离,就会因了解的程度不一而看不清对方本来的面目。也就是了解上的缺乏,让真正的新诗遭了许多不白之冤。一个没有进过男澡堂子的女子,滔滔不绝地谈论男澡堂里是如何的不堪,她哪里知道那里个个都是铮铮铁骨。
　　一种"意蕴复杂"的诗风正成为大量诗人和诗歌爱好者追求的美学趋向。"明白清楚"的诗人,认为"晦涩难懂"的诗人,是在"玩玄奥""装深沉",对他们的作品深恶痛绝。其实,"一首好诗在诗人自己的心中大概没有是晦涩的"(朱光潜《谈晦涩》)。若以习惯的甚至陈腐的姿态去打量这样的诗,又不努力深入地了解,得来的印象一定是失真的。
　　"晦涩难懂"的诗人,认为"明白清楚"的诗人"传达的技巧幼稚",对他们的作品嗤之以鼻。把自己所感受到的明明白白地说出来,让旁人也能感受到,这不正是现代诗的生机和活力所在吗?日本百岁女诗人柴田丰有一首《请不要灰心呀!》的诗:我说/你不要唉声叹气地/诉说着自己的不幸//微风和阳光/并不偏心/梦/对每个人都是平等的//你看看我/也有过伤心往事/可我依然觉得/活着挺好//所以我说/你也不要伤心/不要气馁。诗中表现出的对生活的热爱和人生的信念,抚慰了亿万因地震海啸而伤心沉痛的人的心灵。这首诗通俗得连小学生也能看明白，却能打动那么多人的心，让人感受到一种力量。

前天和妻子一起在超市里买菜，妻子挑了猴菇，我挑了萝卜。我突然有了一种认识：六元一斤的猴菇是蔬菜，五角一斤的萝卜也是蔬菜；萝卜里长得直的是萝卜，长得弯的也是萝卜，直萝卜和弯萝卜都是萝卜的味道。如果出现大萝卜看不上小萝卜，直萝卜看不上弯萝卜，甚至出现小萝卜看不上大萝卜，弯萝卜看不上直萝卜的现象，我觉得这总不是一种好现象。

万紫千红各有各的好，诗歌大抵也是如此。"我原想收获一缕春风，你却给了我整个春天"，这是汪国真的清纯；"所有的结局都已写好，所有的泪水也都已启程"，这是席慕蓉的感性；"黑夜给了我黑色的眼睛，我却用它来寻找光明"，这是顾城的朦胧；"面朝大海，春暖花开"，这是海子的温情；"我喜欢你是寂静的，仿佛你消失了一样"，这是聂鲁达的深沉；"春天来了，冬天还会远吗"，这是雪莱的哲思。

我想起了魏晋名贤嵇康提出的"声无哀乐"的观点：音乐是客观存在的音响，本身的变化和美与不美，与人在情感上的哀乐是毫无关系的，音乐只是人的哀与乐的诱导和媒介。诗歌世界里，没有好与坏，只有喜欢与不喜欢。用好坏来衡量诗歌，是世俗的世界；用喜欢与不喜欢来衡量诗歌，是品位的世界。也就是说就诗歌的本体来说无好无坏，喜欢与不喜欢是精神被诗歌触动后产生的感情。人可以走进让你欢心的诗歌，接纳让你动心的诗歌，放开让你痛心的诗歌，远离让你恶心的诗歌。

评价诗歌的视角也应该是多元的。莫言无疑是一位优秀的作家。但有这么几点，我想大家应该是认同的。莫言的作品代表了中国文学获得的最高的荣誉，但他们并不能代表中国文学的最高水平；莫言有其独特的写作风格，但不可能也不能要求所有的小说作家都用那样一种风格写作。不能为了追求所谓的"时尚""新潮"，便把最基础、最根本的东西丢掉了。我真的不希望诗歌写作上也出现这样的现象。

前天在上岛咖啡喝茶，看到一句广告词，觉得挺有诗意：如果我不在家，我就在上岛咖啡；如果我不在上岛咖啡，我就在去上岛咖啡的路上。我想，诗人在路上，诗歌在路上，读者也在路上。

（2015年10月12日）

研磨时光
YANMO SHIGUANG

教师节感想

又是一年教师节,教育局在县实验小学报告厅举行了一场别开生面的庆祝和表彰大会。活动开始之前,举办方首先播放了一段临时赶制的宣传濉溪教育成就的短片。有两个镜头,虽然只是一闪而过,但让我感动不已。

其一是邵英文老师坐在轮椅上给孩子们上课。弥漫性肌肉萎缩使他肢体瘫软,由妻子脚蹬三轮车接送上下班,十八年风雨无阻。一个拖着病残身体的乡村教师,克服了常人难以想象的困难,用生命顽强地坚守三尺讲台,用无私的爱把孩子们的梦想点燃,用毅力挑战生命的高度。在油榨小学赵楼教学点,邵英文已工作了三十八年。

其二是荐雪梅老师正夸张地用口型教一位聋人男孩发音。这位从江苏新沂来到淮北的异乡女子,是淮北市濉溪县启言聋儿语言康复中心的创办人。每天,她要用专业的技巧、炽热的情感和万分的耐心,引导六十多位聋哑孩子慢慢走出沉默的世界。她要兼顾寄宿在学校里每一位聋哑孩子的饮食起居,她要面对从各地慕名而来的家长们殷殷期待的眼睛,她要为康复中心的发展奔帮求助……

一次走在大街上,一个从建筑工地上刚刚下来的农民工拦住了我,向我打听去一个地方怎么走,我细致地向他描述了走与转的路线,他向我致谢,顺便又问了一句我是从事什么工作着。当我告诉他我是教书的时,他瞪大了眼睛,连声说:"老师好,当老师好啊!这世界上老师都是好心人啊!"

老师是好心人的职业。一个人不论原来性格多么古怪、脾气多么暴躁、心理多么灰暗,一旦走进了教师这个行业,人就变得善良得多、仁慈得多,也温柔得多了。孩子们童稚的眼睛,就是一个纯净的浴场。

无论从何时开始,无论从何处开始,教师的每一步都是朝着一个方向走去,这个方向就是善良和仁慈。也就是这分仁慈和善良,让教师能够在漆黑的夜里,如流星般地灿烂美丽,成就教师灵魂的高度。他们用爱点燃生命之光,接纳顽皮,接纳傻气,甚至接纳屈辱、接纳不幸。他的一个眼神、一个微笑、一个手势,都成了孩子们温暖的家。

我的小学语文老师,也是我本家的一个叔,走进校园我喊老师,出了校门我喊叔。一天晚上轮到他护校,他喊上我,我跟着他走进了平时很少进的教师办公室。他把语文参考书拿给我,把语文字典拿给我,把几本语文杂志拿给我,把几本那时很难得的几本课外读物拿给我。他不停地翻箱倒柜,似乎想把他拥有的一切、能找到的都拿给我。要知道那时的孩子不像现在教辅资料满天飞,很难看到辅助学习的书,能得到一本都像获得了天大的宝贝似的。一种兴奋笼罩着我,那是从未有过的幸福与激动。在昏暗的灯光下,我如饥似渴地翻着读着,我隐隐感觉到,张老师就坐在旁边,眼睛里闪着慈爱的光芒。

在我的心目中,师范学院的王德生老师,是一个对事业专注与执着的典范。他教我们精读课时,把大量的心血都用在了备课上。两课的书他竟写满了整整一本子教案。在别人出门遛弯、在家打牌的时候,他在书海里寻找着知识和智慧,从没有一丝一毫的懈怠。王老师的一贯勤勉和敬业精神让我铭记永远。

教师就是这样一群甘于奉献的人,对于学生如此,对于整个社会也是如此。教师的生命就是燃烧自己照亮他人的情感和生命历程,这也就是教师之所以是教师不同于其他行业的原因之一吧。

教育事业也就是一种菊的事业吧,感谢上帝也给了我这样一个机会,让我告别春桃与夏荷,去接近秋天的菊,让四季中举起的手都散发着菊的温暖。我在教学一线教了二十五年书,在教研单位又做了六年的教研教改工作,到今天,我在教育管理的岗位上又干了将近三年。我幸福,我在教育这块园地里成为一位体验最为完整的人。走在大街上,每每看到有人牵着孩子从面前经过,我都有一种冲动,想走上前去,告诉他:这孩子是我们的。

庆祝表彰会结束了,那些身披绶带、手捧荣誉证书的优秀教师们,融入参会教师的人流当中,说笑着走出会场。其实,只要能用心地做好自己的事,老师们并不在乎什么荣誉不荣誉。

(2015 年 9 月 10 日)

研磨时光
YANMO SHIGUANG

后　　记

　　从上初中的时候起,我就养成了一个习惯,爱把自己经历的事情、体验的情感和思悟的东西,通过自己歪歪斜斜的文字,在自己折折皱皱的笔记本上,密密麻麻地写下来。虽然时常因一时忙碌不能及时记录,一旦有了空闲还是尽量按照自己的回忆一一变成长短句。一般在景物描述之后,自然而然就有了一些感悟,我也就随机写在描述文字的后面,虽在文体上有"画蛇添足"或"不伦不类"之嫌,但我总觉得写作还是忠实于内心、忠实于感觉比较好,所以落笔时每每遇到这种情况,我还是忽略了文法,依然按照自己的意思去表达。我想,萝卜长得直了是萝卜的味道,长得歪了也还是萝卜的味道吧。

　　我仰慕嵇康等一批历史文人随性的生活和高尚的情操,我喜欢大自然的清新与自由,也渴望精神世界的独立与自尊。我把我的这层思想付诸笔端。受我学生时代所受教育和所读文章的影响,我的写作里烙着那个时代文风的印记。没有刻意去探寻独特的视角,也没有潜心地揣摩写作的新意,文字的运用上重复着别人用过的词句。有句话说,"第一个把女人比作花的是天才,第二个把女人比作花的是蠢材。"我是第一百零一个把女孩比作花的人,我固执地认为,真的没有哪一种东西能比花更能传达女孩的美貌、性格与气质。在我的钟情里,效颦的东施也就是真正意义的西施了。

　　曾有一段时间,我痴迷于地方文史的探究和写作,也因此结交了地方民俗专家陈雷先生。经陈雷的介绍,我认识了省财政厅机关服务中心主任刘小兵先生。在刘主任的建议下,我建立了自己的精英博客,偶尔把自己

后记
HOUJI

的文字发在自己的博客里,时而读到博友们的温馨回应,心中也是乐滋滋的。那些高于实际的溢美之词鼓励了我,也怂恿了我,我对写作的喜爱也一天胜似一天。

我曾褊狭地认为,一个人笔下的文字,就是他最中意的情人,只能在他自己的面前裸露她的芳姿纤体,所以一直以来,我把自己写的一本一本的东西,置放在橱子的最底层,从不拿出来进行新的修饰,也从不拿出来示人。在一次便宴上,认识了刚刚从县委督查室主任调任县文联主席的王明文先生。与王主席的深入交流和交往,让我开阔了眼界。在王主席的帮助和支持下,我放开了胸怀,我的文章也时常见诸报端。也是在王主席的建议和鼓励下,再加上好友刘从光先生,皖新传媒濉溪分公司的任明军、李纪山先生的鼎力相助,我便开始整理自己写过的东西,把它们归纳到了一起。这个选集的印刷出版,首先要感谢的就是陈雷、刘小兵、任明军、李纪山等这些鼓励和帮助过我的人。

我大致把这本书分成五辑。第一辑"风动桂花香",为情感悸动之作。我把青年时期的感性长短句收集在这里。"那本书,我珍藏着,那枚胸花,我保存着,我知道那些物件的上面闪着你的眼神。但我不能合着你的眼神的节拍走路,为你,也为我自己。"第二辑"家乡的古槐",为故土眷恋之作。这里主要写的是家乡的一景一物,一思一情。"流淌的河水,游动的鱼虾,丰美的水草,飘飞的柳絮,空气中的泥腥味和野草香,河岸边的吆喝声和号子声,都柔柔地温暖过我的心扉。"第三辑"画廊新安江"为游历剪影之作。偶遇闲暇旅游,总能收获些自己不曾知道的东西,"眼睛美了,看到的一切都是美丽的,不论是现代的还是古朴的,也不论是张扬的还是沉稳的"。第四辑"随性的嵇康"为人物怀想之作,"一朵虞姬花开,竟是千年相思"。第五辑"缺憾的风景"为心灵感应之作。生活教会了我很多,"兢兢业业工作,善待事业;诚诚恳恳交往,善待他人;开开心心生活,善待自己。这也是一种生活的姿态与境界"。

最要感谢的是省文联、省作协的两任主席季宇和吴雪先生。季宇先生在百忙之中肯为我这个不成方圆的选集写序,是我一生之中最为感动和感激的一件事情。我会把季宇先生的话牢牢记住,以更加用心、更加

255

勤奋的姿态投入写作中去。吴雪先生为我这个集子亲自题写书名。雄浑灵动、洒脱飘逸、大气磅礴的笔墨,让这个集子多了几分清新、几分峻切、几分犀利。

受我个性、阅历和认识能力所限,写作中还不能很好地抓住事物的特征,刻画的形象还不够生动饱满,还不能从一个高度去发掘生活真善美的内涵,容我慢慢地改进吧!

张云波

2016年5月